मन्नतों के धागे

मन्नतों के धागे

चन्द्रभान 'राही'

Sarvatra
An imprint of Manjul Publishing House

Sarvatra
An imprint of Manjul Publishing House
◆ द्वितीय तल, उषा प्रीत कॉम्प्लेक्स,
42 मालवीय नगर, भोपाल-462 003
◆ सी-16, सेक्टर 3, नोएडा, उत्तर प्रदेश, 201301
वेबसाइट : www.manjulindia.com

यह संस्करण 2022 में पहली बार प्रकाशित

मन्नतों के धागे

ISBN 978-93-5543-132-5

चन्द्रभान 'राही' इस पुस्तक के
लेखक होने की नैतिक ज़िम्मेदारी वहन करते हैं

मुद्रण व जिल्दसाज़ी : रेप्रो इंडिया लिमिटेड, मुंबई

समर्पण

माँ के लिये...!

अपनी बात

"मन्नतों के धागे" यह आस्था और विश्वास पर आधारित उपन्यास है। मानव समाज आज भाँति-भाँति की आस्थाओं से घिरा है। मान्यताओं और किंवदंतियों के आधार पर वह अपनी पूजा-अर्चना का निर्धारण करता है। ईश्वरीय शक्तियों को चुनौती नहीं दी जा सकती परन्तु ईश्वर और मानवों के बीच सेतु का कार्य करने वाले आचार्य, धर्म गुरू और पाखण्डी इसे व्यापार बना लेते हैं। इन्हीं कुरीतियों को विषय-वस्तु बनाकर लिखा गया सामाजिक उपन्यास है "मन्नतों के धागे।"

कोविड-19 कोरोना महामारी की दूसरी लहर में लगे कोरोना कर्फ्यू के दौरान खाली समय में जहाँ घर के बाहर मौत नाच रही थी, मन उदास था, समाचार पत्र, टी.वी. चैनल भी घर के भीतर श्मशानों में जलती चिताओं के दृश्य दिखा रहे थे। वैसे में कहाँ कोई रचना रचने का मन करता। लेकिन श्री राजेश नरवाल, पिलानी राजस्थान मेरे अभिन्न मित्रों में से एक हैं। उनका फोन सुबह-शाम-दोपहर तीन टाइम आता और वो एक बात कहते "मन्नतों के धागे" कितना लिखा। मेरा जवाब होता "चल रहा है।" वो कहते, चल रहा है से काम नहीं चलेगा, पूरा करो। श्री राजेश की बातें मुझे ऊर्जा देती और फिर मैं लिखने बैठ जाता। श्री राजेश नरवाल जी का मैं हृदय से आभारी हूँ।

अश्विनी कुमार दुबे वरिष्ठ कथाकार इन्दौर (म.प्र.), रामाकांत ताम्रकार, वरिष्ठ व्यंग्यकार, जबलपुर (म.प्र.) गोकुल सोनी, वरिष्ठ व्यंग्यकार और भी कई मित्र जो जाने-अंनजाने मेरा हौसला बढ़ाते रहे। मैं उन सभी मित्रों का एवं अपने पाठकों का हृदय से आभार प्रकट करता हूँ।

यह उपन्यास इस आशा और विश्वास के साथ आपके हाथों में सौंप रहा हूँ कि आपकी पारखी दृष्टि इसे परखने के बाद अपने उचित स्नेह से मुझे भी सराबोर करेगी आपके स्नेह की प्रतीक्षा है।

आपका

—चन्द्रभान 'राही'

भोपाल

मन्नतों के धागे

"टन!"

देवपुर गाँव के सरोवर के निकट बने महादेव के मंदिर का घण्टा प्रातःकाल टनटना उठा। देवाश्रम के समस्त सेवकों ने पण्डित भगवान देव के साथ आरती प्रारंभ कर दी। आरती की ध्वनि से देवपुर गाँव के साथ-साथ आसपास के टोला, मोहल्ला के वासी भी उठ कर प्रातःकाल की प्रथम आराधना का अनुश्रवण करने लगते हैं। पण्डित भगवान देव की यह दिनचर्या थी। प्रातः, दोपहर और शाम पूजन, आरती, भोग, प्रसाद वितरण आदि उसी तरह करते जिस तरह किया जाता है।

पण्डित भगवान देव कहाँ से आए थे, किसी को पता नहीं। बस एक दिन एक युवक मंदिर की सीढ़ियों पर सोता मिला। मंदिर के पुजारी ने उसे मंदिर की सफाई के लिए रख लिया। उसने इतनी ईमानदारी और लगन से काम करना प्रारंभ किया कि पुजारी के देहावसान के पश्चात मंदिर का मुख्य पुजारी पण्डित भगवान देव बन गया।

कहते हैं कि पण्डित भगवान देव ने एकांत पूजा कर के सिद्धि प्राप्त कर ली है। यह सिद्धि उन्हें कामाख्या माता से मिली है। इसीलिए उनकी भविष्यवाणी सटीक रहती है। देवपुर गाँव के साथ-साथ दूर दूर तक पण्डित भगवान देव की शक्तियाँ और तेज़ का प्रभाव है। बाल ब्रह्मचारी होने के कारण उनके चेहरे पर तेज़ प्रकाशित होता है।

सरोवर के पास ही पाँच एकड़ ज़मीन में पण्डित भगवान देव ने अपना आश्रम बना रखा है जिसका नाम रखा गया "देवाश्रम"। देवाश्रम, समाज में छूटी हुई स्त्रियाँ, अनाथ बालक-बालिकाएँ, वृद्ध आदि अपनी इच्छानुसार ईश्वर की आराधना-साधना में लीन होने के लिए आते-जाते रहते हैं।

महादेव मंदिर अत्यधिक प्राचीन है। इस मंदिर को किसने बनाया, कब बनाया, इसके इतिहास में जाना उचित नहीं। बस महादेव का मंदिर है, उसमें

आदमकद महादेव की मूर्ति स्थापित है। बाहर नंदी विराजमान हैं। महादेव की जटा में "माँ" गंगा विराजमान हैं।

इस क्षेत्र में यह मान्यता आम है कि महादेव मंदिर में यदि कोई मन्नत के धागे बांधता है तो उसकी मन्नत अवश्य पूरी होती है। इसलिए मंदिर में लगे पीपल के पेड़ और जालियों में मन्नतों के धागे भारी संख्या में बंधे पड़े हैं।

शिवरात्रि का दिन है। देवपुर गाँव के साथ-साथ अन्य गाँवों के बड़े-बूढ़े, जवान और बच्चों से पूरा महादेव मंदिर भरा था, भीड़ उमड़ी हुई थी। पण्डित भगवान देव अपने आसन पर विराजमान थे। चेहरे पर प्रसन्नता के भाव, माथे पर चंदन का तिलक, धोती कुर्ता पहने, कसा हुआ शरीर, चेहरे पर रौब और बाल ब्रहमचर्य होने से तेज़ की आभा अलग ही देखते बनती।

पण्डित भगवान देव के चरण वंदन करने के लिए भक्तों की लम्बी कतार लगी थी। मन्नतों के धागे बांधने के लिए पीपल के पेड़ और मंदिर की जाली के पास भारी मात्रा में स्त्रियाँ एक-दूसरे को धक्का देते हुए नज़र आ रही थीं। भीड़ बढ़ती जा रही थी। दोपहर का समय हो चुका था। मंदिर के एक तरफ भण्डारा प्रारंभ हो चुका था। दूर गाँव से आने वाले लोग प्रसाद ग्रहण करने लगे थे। दूर जाने वालों ने मंदिर से प्रस्थान करना भी प्रारंभ कर दिया था।

आज देवों के देव महादेव का दिन था। लड़कियाँ अपने मनपसंद वर के लिए भी अनेक जतन करने के लिए महादेव के पास खड़ी थी। राजकुमार की कामना अब धुँधली हो चुकी थी। बस किसी फिल्मी हीरो की तरह दिखने वाला हीरो ही मिल जाए। यहाँ वो कमाऊ पति मिले इसकी कामना नहीं करती, बस उसकी शक्ल-सूरत हीरो की तरह हो। बाद में चाहे वो गंजा ही क्यों न हो जाए। वास्तव में आत्मनिर्भर वर की कामना करनी चाहिये, ताकि अपने साथ-साथ वो अपने परिवार का भरण पोषण कर सके। बैसाखियों के सहारे चलने वाले किसी का क्या सहारा बनेंगे जो स्वयं किसी सहारे से खड़े हैं।

ईश्वर ही हैं जो हर समय मानव के सुख-दुःख और आम विपदाओं में खड़े रहते हैं। मानव यदि सच्चे मन से ईश्वर की आराधना करे तो आत्मबल की प्राप्ति होती है। मानव का मार्ग प्रशस्त होता है। यह सत्य है कि ईश्वर

स्वयं कुछ नहीं करता। परन्तु मानव को उसके कर्म का मार्गदर्शन करा देता है। बिना कर्म के फल की इच्छा भी व्यर्थ है। जिस तरह मानव ईश्वर पर विश्वास करता है, उसके भरोसे रहता है। क्या पता ईश्वर भी आपके भरोसे हो। वह भी आपसे अपेक्षा रखता हो। यह एक गूढ़ रहस्य है। इसको समझने के लिए अपनी ज्ञानेन्द्रियाँ जागृत करनी होगी। ईश्वर है कि नहीं, यह अलग विषय है परन्तु ईश्वर के होने का आभास करते हैं। मंदिर में प्रवेश करते ही मन-मस्तिष्क ईश्वरमय हो जाता है। जयकारे लगने लगते हैं। भीतर से ही ईश्वर के सामने सर झुकाने का मन हो जाता है। इसका अर्थ है कि हमें विश्वास है कि ईश्वर है। विश्वास से बड़ी कोई चीज नहीं। यदि अविश्वास किया तो सब कुछ समाप्त। मानों तो देव नहीं तो पत्थर तो है ही।

मानव जब स्वयं से भयभीत होने लगता है, तब ही वो ईश्वर की शरण में आता है। मानव के मन के भीतर व्याप्त भय ही मानवों की दशा और दिशा दोनों का निर्माण करता है। प्रत्येक प्राणी को सर्वप्रथम स्वयं पर विश्वास करना चाहिए और उसे वही कार्य करना चाहिए, जिसे करने में वो दक्ष हो या उस कार्य को कराने का सामर्थ्य रखता हो। आवश्यकता से अधिक बोझा उठाने से नुकसान उठाना पड़ता है।

महिलाओं के झुण्ड में देवपुर गाँव के साथ-साथ आसपास की टोला, मोहल्ला की महिलाएँ भी मंदिर में प्रवेश कर रही थीं। अपनी अपनी पूजा की थाली अपने हाथों में थामे भीतर प्रवेश करती हुई आगे बढ़ रही थीं।

देवपुर गाँव की अधेड़ महिला सावित्री जिसके बाल उम्र के हिसाब से आधे पक चुके थे जिन्हें छुपाने के लिए बार-बार अपने आँचल को सर पर रख रही थी। वहीं पास से चल रही थी, टोला की बहू दौलतिया, छरहरा शरीर, उज्जवल ललाट, श्यामवर्ण, गहरी काली आँखें, मध्यम कद और सर्प की सी चपलता करती लम्बी चोटी, हिरणी से चंचल दीर्घ नयन, कमान सी भोंहें, गुलाबी कोपल से पतले अधर के साथ उन्नत उरोज, जिसे देखने मात्र से सुखद आनन्द की अनुभूति हो जाए।

"कैसी हो?" सवित्री ने पास चल रही दौलतिया से पूछा।

"अब आपसे क्या छुपा है। दो वर्ष हो गए गोद अभी भी सूनी है। महादेव के सामने माथा टेकने आई हूँ। शायद अबकी बार मेरी अरज सुन लें।"

"हाँ देख न हमारी भी गोद महादेव ने भरी थी। आज मुन्ना आ रहा है।"

"अच्छा रमेश बाबू आ रहे हैं। सुना है शहर में नौकरी मिल गई।"

"हाँ सारा खेल महादेव का है। बड़ी मिन्नत और मन्नत से पुत्र दिया, फिर पढ़ाई और अब नौकरी। बड़े पुण्य किये होंगे, पिछले जनम में, जो इस जनम में सारी मन्नत-मनौती पूरी हो रही है।"

"भगवान मेरी भी सुन लेता।"

"तू मन्नत के धागे क्यों नहीं बाँधती। बड़े चमत्कारी हैं महादेव। देख आज मेरी मन्नत पूरी हुई कि नहीं। बस अब रूपवान, गुणवान बहू के लिए एक धागा और बांधूगी। बस सारा जीवन सुखमय हो जाएगा। बुढ़ापे में और क्या चाहिए, बच्चों का साथ मिल जाए तो मानो स्वर्ग मिल गया।"

"सच कह रही हैं आप, जिनके औलाद नहीं वो बिचारे ताकते रहे सहारे के लिए।"

अब तक दोनों पण्डित भगवान देव के निकट आ गए। भगवान देव प्रसाद के साथ आशीर्वाद देने का काम तीव्र गति से कर रहे थे। पण्डित की नज़र दौलतिया पर पड़ी तो बस उसके रूप को निहारने लगे। दौलतिया ने निकट पहुँच कर पण्डित के चरण छू लिए और कहा-

"महाराज मेरी गोद कब भरेगी। आप तो भविष्य भी जान लेते हैं।"

कांधे से पकड़ कर ऊपर उठाते हुए भगवान देव ने कहा-

"आप ईश्वर के सामने खड़े हैं। सभी की मनोकामना को पूरा करने वाले देव हैं, महादेव। आप बस अपना धैर्य न खोएं। आज महाशिवरात्रि है। आज भोले बाबा सब पर प्रसन्न रहते हैं। जी खोल कर माँग लो।"

दौलतिया ने हाथ जोड़कर प्रणाम किया और आगे बढ़ गई। भीड़ की धक्का मुक्की के कारण ज्यादा देर ईश्वर के सामने खड़ा हो पाना कठिन कार्य था। भीड़ इस तरह से दर्शन करने के लिए टूट रही थी मानो भगवान आज के बाद उठकर कहीं चले जाएंगे।

मंदिर के प्रांगण में दोनों अपनी पूजन की थाली लिए आ गई थीं। सावित्री ने मंदिर की जाली पर रक्षा सूत्र से अपने पुत्र के लिए, पुत्रवधू की प्राप्ति की मन्नत मानते हुए धागे को बांध दिया। वहीं दौलतिया ने अपनी

कोख भर जाने के लिए मन्नत का धागा बांधा। न जाने क्यों दौलतिया के आँखों से आँसू झलक उठे। आँखों में आँसुओं को देखकर सावित्री ने कहा -

"मन छोटा न कर। ईश्वर सबकी सुनता है।"

"पता नहीं मेरी कब सुनेंगे।"

"तू पण्डित भगवान देव से एकांत पूजा क्यों नहीं करा लेती।"

"न बाबा। सुना है बड़ी कठिन पूजा है। मुझसे निर्वाह न हो सका तो। पाप के भागीदार बन जाएगें।"

"न ऐसा कुछ न है। बस हिम्मत और धैर्य की आवश्यकता है। एक-दो बार नियमित रूप से एकांत पूजा विधि विधान से पूर्ण कर ले तो देख कैसे न गोद भरेगी।"

"आपने भी एकांत पूजा की थी।"

"हाँ। रमेश उसी प्रसाद का फल है। हमें तो कई बरस तक जतन करने के बाद भी गोद सूनी की सूनी थी। भला हो पण्ड़ित भगवान देव जी का जिन्होंने मेरी लाख मिन्नत के बाद एकांत पूजा के लिए तैयार हुए वरना आज मैं समाज के तानों से जी न पाती। समाज की महिलाएँ मज़ाक उड़ाती, कहती मरद में ही कुछ कमी होगी। कुछ कहती इसकी कोख ही बांझ है। किस-किस का मुँह बंद करेंगे। जितनी मुँह उतनी बातें। वे भी सारे लांछन औरतों पर ही लगते हैं। मेरी मानो तो पण्ड़ित जी को एकांत पूजा के लिए राजी कर ले।"

"उनसे पूछती हूँ। इसके लिए कुछ पैसे इकट्ठा कर लूँ। सफाई दरोगा को बोलूँगी कि कुछ पैसा उधार दे दें।"

अब तक दोनों अपने-अपने मनवांछित फल पाने के लिए जाली पर मन्नत के धागे बांध चुकी थी। लोग मंदिर से बाहर निकलने लगे थे। दोनों अपनी अपनी पीड़ाओं को एक-दूसरे से बताते हुए चल रही थी। कहते हैं कि मंदिर में अपनी पीड़ा बताने से मानव के साथ देवता भी सुनते हैं। संभव है कि किसी देवता का हृदय पिघल जाए और वो अपनी पीड़ा को हर ले। इसीलिए मंदिरों में बसे भगवान के आगे मत्था टेक कर अपनी पीड़ा को बताने की प्रथा चली आ रही है।

मंदिर के बाहर आने के बाद दोनों गाँव की ओर बढ़ने लगीं। दौलतिया ने कहा -

"रमेश बाबू तो अब जवान हो गये होंगे। छेल छबिले की तरह।"

"आकर देख लेना। जवान बेटा किसी हीरे से कम न है। बड़ा संभाल के रखना पड़ता है।"

"ये सब महादेव की एकांत पूजा का फल है। सच बताओ ना एकांत पूजा में होता क्या है।"

"देख दौलतिया। इस पूजा का नाम ही एकांत पूजा है, जिसके बारे में बताना पाप है। पण्डित भगवान देव को कामाख्या से सिद्धि मिली है। उनका साफ-साफ कहना है, इस बारे में बात की तो अगला-पिछला पुन्य भी पाप में बदल जाएगा फिर न कहना।"

"न, न, आप तो नाराज़ हो गई चलो जैसा आप कहे वैसा ही करूँगी।"

"एक बात और सुन।"

दोनों उस जगह आकर खड़ी हो गई जहाँ से एक पगडंडी देवपुर गाँव और दूसरी पगडंडी टोला की ओर जाती है।

"वो क्या?"

"बिना बीज के अंकुर नहीं होता, इतना समझ ले।"

और दोनों अपनी-अपनी पगडंडी की ओर मुड़ गए।

टोला की ओर महिलाओं के झुण्ड के साथ दौलतिया भी आगे बढ़ती जा रही थी। औरतों की इस भीड़ में दौलतिया स्वयं को अकेला पा रही थी। उसे रह-रह कर सावित्री की बातें याद आ रही थीं। वह सोच रही थी कि कितनी सच्चाई है उनकी बातों में।

"बिना बीज के अंकुर नहीं फूटता।"

अपने ही विचारों में खोई उसके पग टोला की ओर बढ़ते जा रहे थे। देवपुर गाँव के कुछ दूरी पर पच्चीस घरों का एक गाँव है, जिसे टोला कहते हैं। वास्तव में नींच कुल के लोगों का वास है। इसलिए यह टोला मुख्य गाँव से अलग ही बसा है। इस टोला के पुरुष, महिला अधिकांशतः सफाई कामगार हैं। पंचायतों और ब्लाक मालिक के माध्यम से गाँव की सड़कें, मंदिर, स्कूल, आँगनवाड़ी आदि की नियमित साफ सफाई का कार्य इसी टोला के लोगों से कराया जाता है। इस ज़ोन का दरोगा इन सबकी ड्यूटी लगाता है। इस टोला के परिवारों की आमदनी का यह मुख्य आधार है। शेष, जिनके पास स्वयं की कुछ खेती है वो अपने खेत में काम करते हैं। आवश्यकता अनुसार ऊँचे कुल के लोगों के खेतों में भी जाकर काम करते हैं।

विज्ञान ने भले ही चाँद-तारों को छूने का मन बना लिया है लेकिन मानव के हृदय में बसे ऊँच-नीच के भेद-भाव को दूर कर पाने में आज भी सक्षम नहीं है। उच्च वर्ग का मानव नीच कुल के मानव को यह आभास दिला देता है कि तुम हमारे साथ बैठने के काबिल नहीं हो क्योंकि तुम नीच कुल के हो। यह एक चुभन है जो इस वर्ग को आज तक सताती है, जिसके कारण ही यह वर्ग उच्च वर्ग के मानवों के साथ बराबर उठ बैठ नहीं पाता।

"खट...खट...खट...।"

दौलतिया ने किवाड़ की सांकल खट-खटाई। किवाड़ को दयाराम ने खोला। दयाराम, राजाराम का छोटा भाई और दौलतिया का देवर है।

"अरे भाभी आप आ गई। दर्शन हो गए।"

दौलतिया बिना कोई उत्तर दिए भीतर प्रवेश कर गई। कमरे से

"खों...खों...खों...।" की आवाज़ आने लगी। पूजन थाली एक तरफ रख कर दौलतिया आवाज़ की ओर दौड़ी। राजाराम पलंग पर बैठा बीड़ी पी रहा था।

"आपको कितनी बार कहा बीड़ी पीना बन्द कर दो। आपको अपनी सेहत की तनिक भी चिन्ता नहीं। जरा देखो आपका शरीर कितना कमजोर हो गया है। डॉक्टर साहब ने भी आपको आराम करने को कहा है। आप हैं कि मेरी एक नहीं सुनते।"

बीड़ी को एक तरफ फेंकते हुए राजाराम बोला।

"अरे! नराज़ न हो। अभी-अभी आया हूँ। अब झाड़ू लगाते नहीं बनता, थकान होती है। लेकिन क्या करूँ न जाऊँ तो दरोगा पैसा काट देगा।"

दौलतिया खटिया पर बैठते हुए बोली-

"मेरी मानो तो एक बात कहूँ।"

"हाँ बोलो।"

"तुम्हारी जगह मैं सुबह चली जाऊँ झाड़ू लगाने।"

"न। दरोगा की नीयत ठीक नहीं। बड़ा बुरा बर्ताव करता है औरतों के साथ। उसको लगता है कि हम नीच कुल के लोग गन्दा साफ करने के लिए ही जन्म लेते हैं। बड़ा बुरा लगता है। वो भूल जाता है कि वो भी इसी नीच कुल का महानीच आदमी है।"

"खों...खों...खों...।"

"देखो आपकी तबियत कुछ ज्यादा खराब लग रही है। आज महादेव के सामने आपके जल्द ठीक होने की मन्नत मांगी है। मन्नत का धागा भी बांध दिया है। ईश्वर सबकी सुनता है। हमारी भी सुनेगा। देवर जी को कहती हूँ कि वो भी कल से आपके साथ सफाई केलिएचले जाया करेंगे। आपकी सेहत का भी ख़्याल रखता रहेगा और आपके साथ भी रहेगा।"

"जाने दो बिना माँ-बाप का बच्चा है। कहेगा देखो भईया ने हमारा बचपन छुड़ा कर हमारे हाथ में झाड़ू पकड़ा दिया।"

"आप भी। कहाँ का बचपन, सांड बना गाँव की लड़कियों के पीछे भागता रहता है। पिछले दिनों ही शिकायत आई थी। मैंने न बताई आपको।"

"अरे अब लड़का जवान है, शिकायत तो आएगी ही। कुछ रिश्ता आ जाता तो उसके गलेमें भी घण्टी बांध दूँ।"

"अच्छा हम आपके गले की घण्टी हैं।"

"अरे नहीं तू तो हमारे गले का हार है। आ जरा इन बाहों का हार तो पहना दे मुझे।"

"रुको किवाड़ बन्द कर दूँ।"

दौलतिया उठी और कमरे का किवाड़ अन्दर से बन्द कर ली।

रमेश के आ जाने से रामजीवन के घर में प्रसन्नता नहीं आई थी बल्कि पूरे देवपुर गाँव में प्रसन्नता की लहर दौड़ गई थी। रमेश बाबू को शहर में नौकरी मिल गई है। आज वो अपने घर आ गए हैं। आँगन में, खाट पर, रामजीवन गाँव के दो-चार व्यक्तियों के साथ बैठे आपस में बात कर रहे थे।

"अब आप तो गाँव छोड़ दोगे रामजीवन जी। आपके तो दिन बदल गए।"

"अरे आप भी न। अपनी माटी को कोई भूला है भला। दादा-परदादा की ज़मीन छोड़ कर कहाँ जाएँगे।"

"अरे बेटा शहर में रहेगा और आप गाँव में, भला ये बात ठीक न बैठ रही है।"

"देखो भईया। रमेश का विवाह हो जाए बस बहू यहीं रहेगी हमारे साथ। बेटा भी आता रहेगा।"

"क्या कहते हो भला। बहू अपने लिए ला रहे हो या बेटे के लिए।"

सारे लोग इस मजाक पर हँसने लगे। सावित्री सभी के लिए चाय बनाकर ले आई। सभी ने चाय का गिलास उठाया और पीने लगे। रमेश भी तैयार होकर बाहर आया। गाँव वालों को बाहर बैठा देख प्रसन्न हुआ, सभी के पाँव छूने के बाद पास ही रखी खाली खटिया पर बैठ गया।

"बड़ा संस्कारी बच्चा है। शहर जाकर भी बड़ों का पाँव छूना नहीं भूला।" एक व्यक्ति ने कहा।

"हाँ, नहींतो शहर की हवा लगी नहीं कि नमस्ते की जगह "हाय-हलो" आ जाता है।" दूसरे ने कहा।

"रमेश बेटा, शहर तो बहुत बड़ा होगा।"

"हाँ चाचा। शहर बहुत बड़ा है।"

"अच्छा सुना है सिनेमा चलता है। उसमें बड़ा-बड़ा सब दिखता है।"

"तुमको बहुत जल्दी है बड़ा-बड़ा देखने की। रमेश बेटा अबकी बार इन्हें भी शहर ले जाना जरा, शहर का सब बड़ा-बड़ा इन्हें दिखवा देना।"

रमेश शरमा के उठा। बोला -

"अच्छा पिता जी मैं थोड़ा घूम कर आता हूँ।"

"देखा ये संस्कारी लड़का। बड़ों के बीच बैठने में उसे शरम आई। हम सबका लिहाज करके चला गया और एक तुम हो बड़ा-बड़ा देखने की बात करते हो।"

सारे लोग फिर इस मजाक पर हँसने लगे। इसी तरह की जीवन शैली से भरा देवपुर गाँव है। ग्रामीणों के पास सीमित काम है, चिन्ताएँ ज्यादा, आमदनी कम, खर्चा अधिक। गाँव को कब शहर की हवा लग जाए कुछ कह नहीं सकते। गाँव के कई लड़के बम्बई, दिल्ली और न जाने कहाँ-कहाँ कमाने चले जाते हैं। फिर वापस गाँव में लौटते नहीं।

"अरे भईया रामजीवन जी। अपने गाँव के दौलत का बेटा दिल्ली गया था कमाने। आज तक ससुरा वापस नहीं आया।"

"तो क्या मर गया?"

"अरे नहीं।"

"तो फिर।"

"साले को शहर की हवा लग गई।"

"वो कैसे?"

"कहता है गाँव में मिट्टी लगती है।"

"तो क्या दिल्ली में हवा में चलता है। ज़मीन पर नहीं चलता।"

"यह तो नहीं मालूम लेकिन उसके बूढ़े माँ-बाप रस्ता ही ताक रहे हैं। अब तो फोन भी नहीं उठता। बेचारे बैठे रहते हैं रास्ते की ओर ताकते हुए कि आज नहीं तो कल बेटा इसी रास्ते से आएगा।"

"पता नहीं क्या हो जाता है। आज कल के बच्चों को पैदा किए हुए माँ-बाप को पल में पराया कर देते है। आज के बच्चों को इतना भी समझ नहीं कि चप्पल पाँव का साथ तो देती है, लेकिन पीछे से कीचड़ भी उछाल देती है। हमारे साथ ही रहने वाला व्यक्ति समय आने पर हमारा गला काट देगा।"

"राजाराम जी। हमारी बात का बुरा मत मानना। सारे लड़के ऐसे नहीं होते कि वो अपने माँ-बाप को भूल जाए लेकिन अधिकांश परिवारों को देखा है। जिनके बच्चे माँ-बाप को एक बोझ समझ कर अपनी गठरी को एक तरफ रख कर आगे बढ़ गए। वो बूढ़ी आँखें आज तक रस्ता निहारती रहती हैं। मुझसे कहती है तू अच्छा है जो निरवंसिया है। तुझे औलाद नहीं तुझे औलाद का दुःख नहीं मालूम। अब आप को क्या बताऊँ रामजीवन जी। जवानी में मेरा कितना मजाक उड़ाया गया। लोगों ने कहा "रामलौट" तुम मर्द ही नहीं हो इसलिए तुमको औलाद नहीं "निरवंसिया" हो। सीने में भाले की तरह चुभता था, कसम से। इसी दुःख में पत्नी स्वर्ग सिधार गई और हम हो गए निरवंसिया से रंडुआ निरवंसिया। अब हमारे नाम के साथ दो गाली और मिलती, रामलौट वो रंडुआ, निरवंसिया। मैंने किसी का क्या बिगाड़ा लेकिन बस चलन हो गया। भगवान महादेव की यही मर्जी तो यही सही। सहन कर ली। अब आज वही आदमी जो हमको गरियाते थे, ताना देते थे, वही कहते हैं रामलौट भाई अच्छा हुआ तुम निरवंसिया हो। कम से कम पुत्र बिछोह तो नहीं है। ऊपर से रंडुआ ये सोने पे सुहागा। कम से कम बुढ़ापे में बुढ़िया को रगड़-रगड़ के मरते तो न देखोगे। अब समझ में आया कि महादेव जो करते हैं रामजीवन जी वो अच्छा करते हैं। कुछ तो पिछले जन्म में गलती रही होगी जो इस जन्म में हम सजा पा रहे हैं। ये महादेव का निर्णय है, इसे मानना पड़ेगा।"

इसी तरह दोपहर तक आपस में हँसी-मजाक, दुःख-तकलीफों की बातें होती रही फिर धीरे-धीरे कुछ लोग उठ कर जाने लगे। रामलौट भी उठे और रामजीवन से कहा -

"अच्छा भईया चलता हूँ। थोड़ा आराम करलूँ। राम, राम।"

सबके जाने के बाद सावित्री बाहर आई और बोली -

"आप भी इनके साथ बतियाने लग जाते हो तो उठने का नाम नहीं लेते। इतने दिनों के बाद बेटा वापस आया है। उसके साथ बैठकर बात करने के बजाए ये धिंगडों के साथ हँसी ठिठौली कर रहे हो। खाने का समय हो गया, दोपहर हो चली है। रमेश का कहीं पता नहीं, चलो हाथ मुँह धो लो खाना लगाती हूँ।"

रामजीवन की बात सुने बिना सावित्री घर के भीतर चली गई।

"खट...खट...खट...।"

सुबह-सुबह राजाराम के घर के किवाड़ की सांकल खटकी। दौलतिया ने किवाड़ खोला। देखा सामने दरोगा खड़ा था। दौलतिया के चेहरे पर बाल बिखरे थे। उनको वो हटा रही थी। ऐसा लग रहा था मानो बादलों के बीच से चाँद निकल रहा हो। दरोगा एक टक दौलतिया को निहारे जा रहा था। दौलतिया ने कहा-

"तबियत ठीक न है। आज काम पर ना जाएँगे।"

"कोई बात नहीं। उन्हें बुलाने कौन आए हैं।"

"फिर?"

"अरे इतना खूबसूरत चेहरा जो सुबह-सुबह देखने को मिलता है।"

"दरोगा जी सुबह-सुबह ठिठोली ठीक नहीं।"

"अरे भाभी कौन है, किवाड़ बन्द करो ठण्डी हवा भीतर आ रही है।"

"देखो दौलतिया हम कहते हैं कि राजाराम की तबियत ठीक नहीं रहती। उसका उपचार कराओ और साथ ही तुम काम पर आ जाओ। भगवान कसम कुछ न करना होगा।"

"जब कुछ करना ही नहीं तो आने से फायदा।"

"खटाक" के साथ दौलतिया ने किवाड़ बन्द कर दिया। दरोगा अपना सा मुँह लेकर वापस चला गया। दरोगा की मोटरसायकल की भढ़-भढ़ की आवाज़ पूरे टोला में गूँज रही थी।

"क्या कह रहा था दरोगा।"

बिस्तर के भीतर से राजाराम ने दौलतिया से पूछा।दौलतिया अपने खुले बालों का जूड़ा बांधते हुए बोली -

"आपका पूछ रहा था। काम पर न आएँगे। मैंने कहा तबियत ठीक नहीं और चला गया।"

"चला गया। भला इतनी आसानी से। कुछ बकवास तो न की उसने।"

"न औरत के सामने ज्यादा बोलने की हिम्मत न होती होगी।"

"हाँ सच कहती हो।"

"लेकिन उपचार तो कराना होगा।"

"अब क्या उपचार कराएँ। मुझे लगता है कि गंदगी घुस गई भीतर। अब तो प्राण लेकर ही जाएगी?"

"न! फिर न ऐसा कहना। भगवान का नाम लो। महादेव के दर से कोई खाली न लौटा है। भला आपके प्राणों की रक्षा न हो सकेगी।"

"दौलतिया जमाना खराब है। सीधे आदमी का जीना हराम है। घर में घुस कर बत्तमीजी करते हैं। एक बात कहूँ।"

"हाँ बोलो।"

"मैं न रहा तो तू दूसरा कर लेना।"

दौलतिया ने राजाराम के मुँह पर अपना हाथ रख दिया। अपने सुडौल वक्षों को उसकी छाती पर लादते हुए बोली -

"फिर कभी ऐसी बात न कहना। सती हो जाऊँगी पर न, दूसरे की हो कर न रहूँगी। ईश्वर ऐसे दिन मेरी सौत को भी न दिखाए।"

राजाराम ने दौलतिया को कम्बल के भीतर खींच लिया।

सूरज की रोशनी देवपुर गाँव में आ चुकी थी। गाँव की गाय-बकरी चरने के लिए घरों से बाहर निकल चुकी थी। कुछ गायों के गले में बंधी घण्टी "टन...टन...टन..." कर रही थी, कुछ बकरियों के पाँवों में बंधी घुंघरुओं से "छम...छम...छम..." की आवाज़ आ रही थी। ग्रामीण भी खेतों में काम करने के लिए जा चुके थे। सारा गाँव जाग गया था। चिड़ियों की चहाहट भी तीव्र हो गई थी।

जिस खेत में पानी का बहाव चल रहा था, वहाँ चिड़ियों का झुण्ड ज्यादा था, कारण कि खेत में पानी के प्रवेश करते ही कीट, पंतगे और कीड़े ऊपर आ जाते हैं जिन्हें खाने के लिए चिड़ियाँ मण्डराती और जैसे अवसर मिलता झपटकर अपना पेट भर लेती।

सावित्री रमेश की चादर खैंचते हुए बोली -

"उठो बेटा सूरज सर पर आ गया है। पूरा गाँव उठ गया। खेती-बारी करने चले गए। एक तुम हो अभी तक सो रहे हो।"

"अरे माँ मुझे कौन सा हल चलाने जाना है। सोने दो न।"

रमेश चादर फिर से अपने मुँह पर डालकर सो गया। रामजीवन प्रातः भ्रमण करके वापस लौट आए। उनके आते ही सावित्री ने कहा -

"देखो बेटा अभी तक सो रहा है।"

"सोने दो जवानी सोने के लिए ही होती है। फिर जगना तो ज़िन्दगी भर ही है।"

"आपसे तो कुछ कहना ही बेकार है, बाप-बेटे दोनों एक जैसे हैं। कोई मेरी नहीं सुनता।"

पाँव पटकते हुए सावित्री भीतर घुस गई। रामजीवन रमेश के पलंग के पास जाकर बोले -

"रमेश! ओ रमेश बेटा उठो सूरज चढ़ आया है। चाय पी लो।"

रमेश पिता की आवाज़ सुनकर उठ बैठा और बिस्तर छोड़कर मुँह धोने हैण्डपम्प की ओर जाने लगा। रामजीवन आँगन में बिछे तख्त पर जाकर बैठ गये। सावित्री दो कप चाय लेकर आ गई। रामजीवन ने चाय का कप उठाया और बोले -

"बच्चे जब जवान हो जाएं तो मित्रता का व्यवहार करना चाहिए।"

"जैसे हम कभी जवान थे ही नहीं।"

"अभी कौन सा बुढ़ा गई हो। नूर टपक रहा है चेहरे से।"

"हटो। तुमको तो बस अवसर चाहिए मज़ाक करने का।"

रमेश मुँह पोंछते हुए आ रहा था। सावित्री भीतर चली गई।

"आओ बेटा बैठो।"

चाय के कप को एक तरफ सरकाते हुए रामजीवन ने रमेश को बैठने का इशारा किया। रमेश तौलिये को एक तरफ टांगते हुए बोला -

"जी।"

रमेश तख्त पर बैठकर चाय पीने लगा।

"कब तक वापस जाना है।"

"एक सप्ताह बाद।"

"शहर में अकेले जी न लगता होगा।"

"न पिता जी। काम का भार अधिक होने से समय का पता नहीं चलता।"

"कुछ दिन के लिए माँ को ले जा। समय से खाना मिल जाएगा।"

"अरे पिता जी कम्पनी की ओर से सब कुछ है।"

"बेटा हम चाह रहे थे कि तुम्हारे लिए अच्छी सी लड़की देख लें। तुम्हारे जाने के बाद हम लोग अकेले हो जाएँगे।"

"पिता जी अभी तो मेरी नौकरी लगी है। जरा मुझे अपने पाँवों पे तो खड़ा हो जाने दो। शादी-ब्याह तो करना ही है। भला कम्पनी के मकान में अपना परिवार रखूँगा, कम से कम दो कमरे का एक मकान तो बनवा लूँ। फिर बाहर शहर में एकड़ से ज़मीन न मिले, वहाँ तो फुट से ज़मीन मिलती है। इतनी मंहगाई में मकान बनाना बहुत ही कठिन काम है। थोड़ा रुकते हैं।"

"ठीक है बेटा। तू क्या शहर में घर बनाएगा। यहाँ तो है अपना घर। यहाँ नहीं रहेगा।"

"ऐसी बात नहीं पिता जी। अब यहाँ रहूँगा तो नौकरी कैसे करूँगा। अब नौकरी करनी है तो घर तो बनाना ही पड़ेगा।

"मतलब कि गाँव छोड़ देगा।"

"अरे नहीं पिता जी। भला गाँव कैसे छूटेगा। ये हमारी जन्म भूमि है। फिर आप लोग तो यहीं रहेंगे। भला मैं अपने माँ-बाप को छोड़ दूँगा।"

"तो क्या हम लोग तेरे साथ शहर न चलेंगे।"

"चलेंगे पिता जी। वही तो मैं कह रहा था कि शहर में एक, दो कमरे का घर तैयार कर लूँ तो विवाह भी कर लूँ और आप लोगों को भी ले चलूं फिर वहीं साथ-साथ रहेंगे।"

"हाँ बेटा। तू और लौंडों के जैसे मत करना। रामलौट कह रहा था एक बार लौंडों को शहर की हवा लगी नहीं कि बस माँ-बाप उनके लिए फालतू हो गए। बेटा मेरा नाम खराब मत करना। ऐसा न हो कि हमारी आँखें तेरा रस्ता निहारते-निहारते पथरा जाए। तेरी माँ ने बड़ी मन्नत-जतन से तुझे पाया है। महादेव मंदिर में वर्षों मन्नत के धागे बांधे और खोले हैं, तब जाकर तू आया है। बेटा तुम्हारे सिवा हमारा कौन है दुनिया में। अपनी खेती है, अब खेती भी न हो सके समय पर। मजदूर भी नहीं मिलते। सबको शहर की हवा लग गई है। अपनी औरतों को छोड़-छोड़कर सब भाग गए। यहाँ काम के लिए आदमियों का अकाल है। जो हैं, वो भी इतनी मंहगी मजदूरी मांगते हैं कि बस सुनकर कान खड़े हो जाते हैं।"

"पिता जी ऐसा कुछ नहीं होगा जैसा आप सोच रहे हैं। रामलौट काका का क्या है। उनके आगे नाथ न पीछे पगहा, जो मुँह में आता है, अनाप-सनाप बक देते हैं। भला कोई बेटा अपने माँ-बाप को छोड़ देगा क्या?"

चाय का गिलास रखते हुए रमेश उठा और भुनभुनाते हुए भीतर जाने लगा। सावित्री भीतर से बाहर निकलते हुए रमेश के भुनभुनाने पर पूछा-

"क्या भुनभुना रहे हो।"

"पिता जी से पूछो।"

रामजीवन के पास आकर सावित्री ने कहा –

"क्या बोल दिया आपने बेटे को।"

"लो भला, अब हम ही खराब हो गए इस घर में। अब क्या हम समझा भी न सकें रमेश को।"

"हम भी तो जानें क्या ज्ञान बघार रहे थे।"

"ज्ञान का बघारेंगे। रामलौट कह रहा था...।"

अभी बात भी पूरी न हुई थी कि सावित्री नाराज़ होते हुए बोली-

"भाड़ में जाए ये रामलौट उसका तो अपना कुछ है नहीं, जिसका है उसके घर में आग लगवा देता है। नासमिटा आता ही क्यों है। देखो जी, ये रामलौट की बात उसके पास ही रखो समझे, मैं नहीं चाहती किउसकी बातों से हमारे घर में आग लगे।"

"अरे अब कोई लट्ठ नहीं मारा है।"

"लड़का जवान है। जवानी में लड़कों का दिमाग गरम रहता है। कुछ ऊँच-नीच क़दम उठा लिया तो हाथ मलते रह जाओगे। भलाई इसी में है कि हम बेटे की बात के माने समझें।"

तख्त पर से खाली चाय के गिलास को उठाकर सावित्री खड़ी हो गई, धीरे से पूछा –

"कुछ बात की रमेश से।"

"लो और क्या कह रहे हैं। तब से बात ही तो कर रहे थे।"

"अरे वो छोड़ो। विवाह की।"

"ओह। हाँ, मना कर रहा है।"

"मना कर रहा है लेकिन क्यों।"

"कहता है घर ले लूँ तब विवाह करूँगा।"

"घर ले लूँ। तो ये घर न है।"

"ये बात नहीं। शहर में घर लेने की बात कह रहा है। फिर विवाह करेगा।"

"मतलब वो अब गाँव में नहीं रहेगा। हमारा साथ छोड़ रहा है।"

"अरे भाग्यवान ये बात नहीं है। उसका कहना है कि कम्पनी का मकान छोटा है। बड़ा मकान ले ले तब वो हम सबको अपने साथ शहर में रखेगा। भला ज़िन्दगी भर शहर में बाबू साहब बनके नौकरी करे और बाद में यहाँ गोबर-माटी में आकर खेती। भला क्या मतलब रहा पढ़ाई-लिखाई का। इसलिए अपने बाल-बच्चों के सर पर छत का ठीहा बनाना ज़रूरी है। समझी।"

सावित्री को समझने में जरा देर लगी। माँ-बाप वो भी गाँव के, उनको अपनी औलाद ज़मीन से भी ज्यादा प्यारी होतीहै। समय जब बुढ़ापे की ओर बढ़ता है तो जवानों से सहारे की आस बढ़ जाती है। यही प्रकृति का नियम है, यही दस्तूर है।

रामजीवन उठे और वो भी भीतर जाने लगे। सावित्री जूठे बर्तनों को एकत्रित कर हैण्डपम्प पर मांज़ने के लिए बैठ गई।

सोमवार का दिन होने से महादेव के मंदिर में भीड़ अत्यधिक थी। महिलाएँ और युवतियाँ-लड़कियाँ दुःख तकलीफों को दूर करने के लिए नित्य उपाय करते हैं। झाड़फूँक के साथ भाँति-भाँति की पूजा, अर्चना, उपासना और अखण्ड ज्योति प्रज्जवलित करने का कार्य करते हैं। भविष्य में होने वाली घटना-दुर्घटना को जानने के लिए ज्यादा भीड़ उमड़कर आती है।

भीड़ में बहुत देर से सावित्री और दौलतिया भी बैठे थे।

दौलतिया ने कहा -

"दीदी।"

"हूँ।"

"बहुत देर हो रही है। उनकी तबियत भी ठीक न है।"

"बस कुछ देर में नम्बर आने वाला है।"

इनके आगे जवान, सुहागन औरत बैठी थी। कुछ देर में उनका नम्बर आया। पण्डित भगवान देव ने पूछा -

"क्या परेशानी है।"

"महाराज मेरे पति को एक औरत ने अपने वश में कर लिया है।"

"वश में कर लिया है। भला वो कैसे?"

"महाराज अब आपको क्या बताऊँ वो सौत है मेरी। उसी के घर पड़े रहते हैं। बस मैं यह चाहती हूँ कि वो किसी तरह उसका पीछा छोड़ दें। मुझे लगता है कि काला जादू कर दिया उसने मेरे पति पर।"

"अच्छा ठीक है देखते हैं।"

पण्डित भगवान देव ने अपनी आँखें बन्द की और ध्यान मग्न हो गए। कुछ क्षण के पश्चात नेत्रों को खोलकर देखा। महिला अपने हाथों को जोड़े सामने बहुत ही आस लिए बैठी थी।

"क्या हुआ महाराज।"

"अपने बर्ताव में बदलाव लाओ। सब ठीक हो जाएगा।"

"कैसा बदलाव।"

"तुम एक औरत हो। वो भी एक औरत है, जिसके पास तुम्हारा आदमी जाता है। ऐसी क्या कमी है तुम में, जो वो तुमको छोड़कर उसके पास जाता है।"

"वासना महाराज, वासना। वो बहुत बेकार औरत है।"

"गलत, तुम भी औरत हो। तुम भी वासना की पूर्ति कर सकती हो। लेकिन नहीं। वासना से परे भी कुछ और बात है जो तुम पहचान नहीं पा रही हो। जिस दिन हम हमारी गलतियों को पहचान जाएँगे, उसी दिन हमारे कष्ट दूर हो जाएँगे।"

पण्डित भगवान देव ने उस महिला को समझा-बुझा कर जाने को कहा। दौलतिया ने पण्डित भगवान देव के सामने बैठकर अपनी अर्जी लगाई।

"महाराज मेरे पतिदेव बीमार रहते हैं। उनका स्वास्थ्य दिन प्रतिदिन गिरता जा रहा है। डॉक्टर की दवा भी चल रही है। लेकिन शरीर को लग नहीं रही है। महाराज हमारी गोद भी आज तक सूनी है।"

"अच्छा देखते हैं।"

महाराज ने अपनी आँखों को बन्द किया और ध्यानमग्न हो गए। कुछ देर के बाद आँख खोलकर बोले -

"आपका दिन शीघ्र बदलने वाला है, लेकिन इस बदलाव के पूर्व आपको भारी क्षति होगी लेकिन बदलाव अवश्य है।"

दौलतिया ने महाराज के चरणों को छूने का प्रयास किया। महाराज ने अपने पाँवों को सिकोड़ते हुए कहा -

"बस...बस...बस...। हम बाल ब्रह्मचारी हैं। महिलाओं से अपने पाँव नहीं छुआते। ईश्वर आपकी मनोकामना पूर्ण करें। जय महादेव।"

दौलतिया उठकर एक तरफ चली गई। पीछे-पीछे सावित्री भी चलने लगी। सावित्री अभी आगे बढ़ने वाली थी कि महाराज ने कहा -

"सुनो।"

"जी महाराज।"

"अगर आप चाहो तो एकांत पूजा करके देख सकते है। हो सकता कि आपकी गोद भर जाए।"

"जैसी आज्ञा।"

सावित्री भी चाहती थी कि दौलतिया की गोद भर जाए। औरत को, पूर्ण औरत होने का मान तभी होता है, जब वो औरत माँ बन जाए। यही सृष्टी का नियम है, यही सृष्टी का विधान है।

मंदिर से निकल कर दोनों बाहर आ गए थे। दोनों देवपुर जाने वाले रास्ते पर चल रहे थे।

"दीदी कुछ भारी क्षति होने वाली है मानों तभी तो महाराज कह रहे थे कि बदलाव अवश्य आएगा लेकिन उससे पहले भारी क्षति उठानी पड़ेगी। आपको क्या लगता है, क्या क्षति हो सकती है।"

"पण्डित जी तो अच्छे भविष्यवक्ता हैं। कह रहे है तो कुछ तो सच्चाई होगी ही। इस बात को पक्की मानो।"

दोनों चलते-चलते रुक गई। दौलतिया बोली -

"दीदी आपको क्या लगता है। जब मेरे पास खोने के लिए कुछ है ही नहीं तो मेरी क्षति क्या होगी। परेशानी तो अभी है। आगे क्या होगा किसने देखा। लोग तो आज मेरी कोख को बांझ कह रहे हैं। गाली तो आज मिल रही है। कल मान लो सब अच्छा हो गया तो फिर बात ही क्या?"

"अगर तू कहे तो मैं भगवान देव से पुत्र प्राप्ति के लिए एकांत पूजा की बात करूँ।

"सुना है बहुत खर्चा है।"

"हाँ खर्चा तो है, लेकिन देव पूजा है। अगर हो गया तो समझ तेरी गोद हरी-भरी होने से कोई रोक नहीं सकता।"

"ठीक है दीदी रुपयों की व्यवस्था करती हूँ।"

पगडंडी के मोड़ से दोनों अपनी-अपनी पगडंडी पर चलने लगी।

सूरज भी डूबने वाला था। अंधेरा होने से पहले दौलतिया टोला पहुँचना चाह रही थी। उसके क़दम भी तीव्रता से टोला की ओर बढ़ते जा रहे थे।

उसके मन में इस बात का भी भय था कि अंधेरे में नीच कुल की अकेली औरत देखकर देवपुर गाँव के ऊँचे कुल के शराबी लड़के छेड़ने लगते हैं। नीच कुल की औरतें और लड़कियाँ मानो उनके लिए आज भी दिल बहलाने के खिलौने से कम नहीं। टोला की औरतें और लड़कियाँ अपनी मर्यादा में रहकर अपनी लाज बचाते हुए सूरज डूबने से पहले ही अपने-अपने घरों में आ जाती है।

दौलतिया का मन उदास था। घर जाने की जल्दी तो थी लेकिन उत्साह न था। घर में बीमार पति, आवारा देवर, खाली बर्तन, बुझा चूल्हा सब कुछ उसकी आँखों के सामने किसी चलचित्र की भाँति उभरकर आ रहा था। वह सोच रही थी कि आज देवर से कहूँगी कि वह भी काम पर जाया करे। चार पैसे आएँगे तो भईया का इलाज हो सकेगा। घर में नकारा के जैसे पड़े रहते हो ठीक नहीं।

दौलतिया अपनी उधेड़ बुन में अपनी झोपड़ी तक कब पहुँच गई कुछ पता न चला। उसकी विचार तन्द्रा तब टूटी जब दयाराम की कड़क आवाज़ सुनाई दी -

"क्या भाभी इतनी देर लगा दी।"

दौलतिया, घर के बाहर खड़े देवर को देखकर दंग रह गई। मन कांप गया। अनहोनी का अंदेशा हो रहा था। घबरा कर बोली -

"सब ठीक है न।"

"हाँ, सब ठीक है लेकिन भाभी इतनी देर तक घर से बाहर न रहा करो।"

आवाज़ में कठोरता थी। समझाने का तरीका बिल्कुल न था। डांटने का तरीका था। दौलतिया को बुरा लगा। पलटवार करते हुए कहा -

"देवर जी। आप कब से इतने सयाने हो गए कि घर की औरत के अन्दर-बाहर आने पर नज़र रखने लगे। मंदिर गई थी, आपके भईया की लम्बी उम्र की मन्नत मांगने और आपको सद्‌बुद्धि के लिए प्रार्थना करने समझे। जरा अपने दिमाग से गोबर निकालकर बाहर फेंको और सुनो कुछ काम-वाम करना शुरू करो। भईया की तबियत ठीक नहीं रहती। दरोगा से कहो तो मैं कह दूँ। कल से ही काम पर रख लेगा।"

"खबरदार दरोगा से बातकरने की, तुमको ज़रूरत नहीं। हम ही बात कर लेंगे और भाभी तनिक घरमें जल्दी आ जाया करो।"

दयाराम, दौलतिया के निकट आकर चापलूसी करने लगा।

"वो क्यों?"

"हमें अच्छा नहीं लगता।"

"तुम्हें अच्छा नहीं लगता मतलब।"

"मतलब खाली-खाली घर काटने को दौड़ता है।"

"भईया तो हैं उनकी सेवा करो। वो आपके बड़े भाई हैं।"

"ओह भभी आप समझती नहीं भईया तो भईया ही हैं, आप भाभी हैं घर की हैं। फिर हमारा मन...।"

कहते-कहते दयाराम रुक गया। दौलतिया घर के भीतर प्रवेश कर गई। दयाराम, दौलतिया से बात करके अति प्रसन्नता महसूस कर रहा था। बिस्तर पर राजाराम लेटे हुए थे। दौलतिया को देखा तो बोले -

"महाराज ने क्या कहा।"

"आप जल्दी ठीक हो जाएँगे। महादेव की कृपा बनी है आप पर। लो प्रसाद खा लो।"

राजाराम बिस्तर से उठकर बैठ गया। खाँसी भी आने लगी। खों... खों...खों... करने लगा। दौलतिया ने प्रसाद देकर पानी पिलाया। महादेव को स्मरण किया और कहा -

"कभी-कभी ईश्वर भी सच्चे व्यक्तियों की परीक्षा लेता है। वह जानता है कि ये इस परीक्षा में फेल हो जाएँगे।

"अरे पगली भगवान को क्यों कोसती हो। हो सकता है कि हमारी किस्मत में ही यह दुःख लिखा हो। अब सबको, सब कुछ तो नहीं मिलता न।"

दौलतिया भी पलंग पर बैठ गई। अपने आँचल से अपना मुँह पोंछने के बाद बोली -

"एक बात कहूँ।"

"हूँ।"

"बुरा मत मानना।"

"अरे अब कहो भी।"

"मैं सोचती हूँ कि मैं भी सफाई काम में लग जाऊँ।"

"क्यों?"

"अब देखो न आपकी तबियत भी खराब रहती है। आपका इलाज भी कराना है। फिर देवर जी भी कुछ करते नहीं। घर में भी कुछ है नहीं। कम से कम चूल्हा तो जलता रहेगा।"

"दरोगा अच्छा आदमी नहीं।"

"अरे बिना औरत के मर्जी के तो उसका पति भी उसे न छू सके। फिर दरोगा तो पराया मर्द है। भला उसकी क्या हिम्मत कि वो मेरा आँचल पकड़ सके।"

"कुछ दिन रुको। मैं जल्दी ही ठीक हो जाऊँगा। फिर सब ठीक हो जाएगा। दयाराम को भी कहता हूँ वह भी काम पर आ जाए।"

राजाराम की खांसी फिर उठ आई। खांसते-खांसते थकसा गया और बिस्तर पर लेट गया। दौलतिया भी अपना आँचल ठीक करते हुए उठी और चूल्हे के पास रखे बर्तनों को समेटने लगी।

"खट...खट...खट...।"

सूरज निकलने से पूर्व दरवाज़े की सांकल खट खटाई। दौलतिया झट उठी और दरवाज़ा खोला। सामने दरोगा खड़ा था। दौलतिया को सामने देखकर मुस्कराता हुआ बोला -

"प्रणाम। आज भी राजाराम जी काम पर नहीं आएँगे?"

दौलतिया अपने फटे आँचल को सरपर रखते हुए अपने सीने के उभारों को छुपाने का असफल प्रयास करती हुई बोली।

"दरोगा जी। उनकी तबियत ठीक न है। भला काम पर कैसे जा सके। खाँसी उठे तो बैठते नहीं बनता भला खड़े होकर झाडू चलाना बस की न है।"

"तो तुम्हीं चलो। कब तक घर में रहोगी। कभी तो बाहर निकलना होगा।"

"आप ठीक कह रहे हैं लेकिन मैं चलना तो चाहूं लेकिन...।"

दरोगा गंदा सा इशारा करता हुआ प्रसन्न मुद्रा में बोला -

"अरे तो देर किस बात की है। महादेव की कसम महादेव ने जिस तरह गंगा को सर पर बिठाया है, ठीक मैं उसी तरह सर पर न बिठाया तो दरोगा शिवचरण नाम नहीं।"

"अरे आप ये क्या कह रहे हैं।"

दोनों की बातें अभी खत्म भी न हुई थी कि राजाराम गमछा सर पर बांधते हुए दरवाज़े पर आ गया। राजाराम को देखकर दौलतिया बोली -

"आपकी तबियत ठीक नहीं है। झाडू लगाएँगे, धूल नाक में जाएगी फिर छींक और खाँसी फिर उठ जाएगी।"

"कुछ नहीं होगा। घर बैठ के भी तो मर ही रहे हैं। चलो चलते हैं दरोगा।"

राजाराम दरवाज़े से बाहर निकल गया। दरोगा की गाड़ी पर बैठकर टोला से बाहर जाने लगे। दूर जाती हुई गाड़ी की आवाज़ सुनाई दे रही थी।

सूरज भी आसमान पर लालिमा के साथ अपनी किरणों को बिखेरता हुआ उदय हो रहा था। किवाड़ के खुल जाने से सुबह की ठण्डी हवा घर के भीतर प्रवेश कर गई जिससे दयाराम को सिहरन हुई और वो उठ गया। दयाराम को उठा देख दौलतिया ने चाय का गिलास लाकर दिया। चाय के गिलास को पकड़ते हुए दयाराम ने कहा -

"भईया काम पर गए क्या?"

"हाँ, आज तबियत कुछ ठीक लग रही थी। इसलिए चले गए।"

"ओह।"

प्रसन्न मुद्रा में वह पलंग पर ठीक से बैठ गया और कहा -

"भाभी बैठो न।"

"नहीं देवर जी। काम पड़ा है।"

"अरे चाय तो साथ पी लो। काम तो दिन भर करते ही रहना है।"

देवर का आग्रह टाल न सकी और दयाराम के सामने दौलतिया भी एक गिलास में चाय लेकर बैठ गई।

"भाभी आप नहीं जानती। आप कितनी सुन्दर हैं। सच हमारे भाग्य जाग गए जो आप जैसी भाभी मिली।"

"अरे देवर जी अब इस सुन्दर काया का क्या करूँ?"

"क्यों?"

"तुम न समझोगे।"

"तो समझाओ ना।"

चाय समाप्त कर गिलास को पलंग के नीचे फैंकते हुए दयाराम, भाभी के निकट सरक गया। दौलतिया का हाथ पकड़ते हुए बोला -

"ये क्या भाभी आपके हाथ में एक-एक चूड़ी।"

"काम करते समय टकरा कर टूट जाती है। चूड़ी का क्या है फिर पहन लेंगे।"

दयाराम, दौलतिया की कोमल कलाई को सहलाते हुए बोला -

"भाभी इन हाथों के लिए मैं सुन्दर-सुन्दर चूड़ी लेकर आऊँगाा। आपको पहनाऊँगा।"

दयाराम का इस तरह से हाथों का सहलना दौलतिया को अच्छा न लगा। वो उसकी गन्दी भावना को भाँप चुकी थी। तड़ाक से उसने हाथ को झटक लिया और खड़ी होकर बोली –

"देवर जी। चूड़ी तो इन हाथों में आपके भईया ने पहना दी है। भगवान के लिए ढंग से बात करो। ऐसा न हो कि मुझे आपकी हरकतों के बारे में भईया को बताना पड़े।"

"अरे भाभी आप तो नाराज़ हो गई। हम तो देवर हैं, आपसे मज़ाक करने का तो पद लागे हमारो।"

"माना मजाक का पद है लेकिन मजाक भी मर्यादा में ही अच्छा लगता है।"

"अरे भाभी ये तो समाज ने नियम बनाए हैं कि भाभी देवर से मज़ाक कर सकता है।"

"किस समाज ने ये नियम बनाया है कि देवर भाभी से मज़ाक करे और जीजा साली से। एक समय वो भी था जब देवर ने घर के बाहर लक्ष्मण रेखा खींच दी थी जिससे भाभी की रक्षा बाहर के दुश्मनों से हो सके। यहाँ तो बाहर दरोगा जैसा रावण रोज लक्ष्मण रेखा लांघना चाहता है परन्तु मैं ही हूँ कि उसकी बातों में न आ रही लेकिन हाय री किस्मत यहाँ तो घर के भीतर ही रावण विराजमान है।"

"देखो भाभी अब न तो वो लक्ष्मण है, न तो सीता। आज कलयुग है। मैं तो आपको चूड़ी पहनाऊँगा आज ही। मैं जा रहा हूँ बाजार। मुझे कुछ पैसे दे दो।"

"चूड़ी पहनाने का इतना ही शौक है तो अपने कमाई के पैसे से मुझे चूड़ी पहनाओ। मेरे ही पैसे से मुझे चूड़ी पहनाने का क्या मतलब। मैं स्वयं बाजार जा कर न पहन लूँ।"

"ठीक है मैं आज ही कुछ बन्दोबस्त करता हूँ।"

दयाराम पैर पटकता हुआ घर से बाहर निकल गया। दयाराम के बाहर जाते ही दौलतिया धम्म से पलंग पर बैठ गई और माथे पर हाथ रखते हुए बोली –

“हे महादेव तुमने इतनी सुन्दर देह क्यों दी जिसे पाने के लिए घर के भीतर ही रावण भी भेज दिए। बाहर तो लोग मुझे नोंचने के लिए तैयार बैठे हैं। भगवान मुझे कुरूप बनाते तो तुम्हारा क्या जाता।”

और वो अपने भाग्य को कोसते हुए रोने लगी।

रामजीवन के घर के सामने ऑटो आकर रुका। दो बार पीं...पीं... पीं... की आवाज़ लगा दी। ऑटो की आवाज़ सुनकर गाँव के कुछ बच्चे इकट्‌ठे होकर ऑटो देखने लगे। कुछ नंगे कुछ अधनंगे। रमेश भीतर से अपना सामान लेकर बाहर आता हुआ दिखाई दिया। पीछे-पीछे रामजीवन और सावित्री के साथ-साथ दौलतिया भी बाहर निकली। सामान को ऑटो में रखने के बाद रमेश ने माँ और पिता के साथ-साथ दौलतिया के भी चरण स्पर्श किए। अब तक गाँव में खबर आग की तरह फैल गई थी कि रमेश बाबू शहर जा रहे हैं। इस कारण से गाँव के अधिकांश बड़े, बूढ़े और जवान विदा करने के लिए रामजीवन के घर पर आ गए थे। रमेश ने ग्रामीणजनों को भी हाथ जोड़कर प्रणाम किया और नम आँखों से ऑटो में बैठ गया। ऑटो चालक ने ऑटो चालू किया और अपने चिरपरिचित अंदाज़ में आगे बढ़ता हुआ गाँव के बाहर चला जा रहा था। जब तक ऑटो का स्वर आ रहा था तब तक रामजीवन, सावित्री और दौलतिया जिसने सावित्री को पकड़ रखा था, खड़ी थी। जब आटो गाड़ी का स्वर लगभग बन्द सा हो गया तो दौलतिया बोली -

"ऑटो गाँव से बाहर चला गया। कुछ ही देर में स्टेशन पहुँच जाएगा। रमेश बाबू अब बच्चे नहीं हैं, सावित्री बहन चलो भीतर चलो।"

गाँव वाले भी लगभग जा चुके थे। शेष जो थे वो जाने की पहल कर रहे थे। रामजीवन भी भीतर जाकर तख्त पर उदास मन लिए बैठे थे। आँखें थी कि कब उबल जाए पता नहीं। भीतर सावित्री दौलतिया के गले लग कर फूट-फूटकर रोने लगी। सावित्री को देख दौलतिया भी रोने लगी। दोनों देर तक रोने के बाद दौलतिया नेही सावित्री को ढांढस बंधाया और कहा -

"ये क्या दीदी आपको तो खुश होना चाहिए कि रमेश बाबू अपने पैरों पर खड़े हो गए। बस कुछ दिनों में एक और ऑटो दरवाज़े पर खड़ा होगा, जिसमें आपका और राम भईया का सामान रखा जाएगा। गाँव वाले देखते रह जाएँगे और आप दोनों गाँव से फुर्र हो जाओगे।।

सावित्री, दौलतिया को देखकर हँसने लगी।

"चलो अब मैं चलती हूँ। आज ये भी काम पर गए हैं।"

"क्यों? तबियत खराब थी न।"

"हाँ थी तो लेकिन माने नहीं। घर की स्थिति ठीक न है। काम पर न जाओ तो दरोगा पैसा काट लेता है।"

"रुक मैं अभी आती हूँ।"

सावित्री भीतर कमरे में गई। कुछ देर के बाद बाहर आई, उसके हाथ में कुछ रुपये थे। उसको दौलतिया के हाथ पर रखते हुए बोली -

"ले अभी इतना ही है।"

"अरे न दीदी पैसे नहीं चाहिए।"

"ठीक है। जब हो जाए तो वापस करना। अभी तो अपना काम चला।"

दौलतिया अपने हाथ में पैसों की गरमी को बहुत दिनों के बाद महसूस कर रही थी। आज पैसों की जितनी आवश्यकता दौलतिया को थी उतनी इस दुनिया में किसी को न थी। कहते हैं न कई दिनों की सूखी रोटी भूखे को पापड़ लगती है।

"बैठ चाय बनाती हूँ पीकर जाना।"

सावित्री चूल्हे की ओर जाने लगी। दौलतिया भी सावित्री के द्वारा दिए गए पैसे को अपने आँचल में बांधती हुई उनके पीछे-पीछे चूल्हे की ओर बढ़ रही थी।

रामजीवन तख्त पर बैठे-बैठे तम्बाकू मल रहे थे। मल क्या रहे थे अपनी पीड़ा को दबा रहे थे। अपने मन को बहला रहे थे। बेटे के विदाई का दुःख चेहरे पर था। अत्यधिक बल के साथ अगूँठे से तम्बाकू को रगड़ा जा रहा था। चाय का गिलास हाथ में लेकर दौलतिया तख्त तक आ गई।

"अरे जल्दी पकड़ो गिलास गरम है।"

रामजीवन ने देखा दौलतिया दोनों हाथों में चाय के गरम गिलास पकड़कर आ गई। तम्बाकू को एक तरफ रखते हुए रामजीवन ने चाय का एक गिलास पकड़ लिया और बोले -

"थाली में रखकर ले आती।"

"अरे अब आपके लिए इतना तो कर ही सकती हूँ।"

"चलो भी। देखो तुम्हारे हाथों में लाल निशान उभर आया।"

अब तक सावित्री भी अपने हाथ में चाय का गिलास अपने साड़ी के पल्लू से पकड़ कर लाती हुई दिखी।

"क्या बातें हो रही है। मेरे बारे में ही कर रहे होंगे। क्यों दौलतिया सच बताना।"

"हाँ कर रहे थे गरम है।"

"क्या?"

"चाय।"

"धत तेरा मज़ाक करने का तरीका निराला है।"

"अब दीदी आपका ही एक घर है जहाँ थोड़ा हँस बोल लेती हूँ वर्ना...।"

"क्या हुआ।"

चाय का घूंट पीते हुए दौलतिया बोली -

"क्या बताएँ दीदी दरोगा को मालूम है कि उनकी तबियत ठीक नहीं फिर भी सुबह-सुबह किवाड़ खटखटा देता है।"

"क्यों?"

"मेरी सूरत देखने के लिए। मैं भी सोचती हूँ कि अगर मेरी सूरत दिखाने से मेरा काम बनता है तो क्या करूँ।"

एक ठण्डी आह भरी फिर कहा -

"दूसरा देवर।"

"अब उसको क्या हुआ।"

"उसको अधिकार चाहिए।"

"अधिकार चाहिए, मैं कुछ समझी नहीं।"

"कहता है देवर का अधिकार है भाभी से मजाक करने का। मुझे चूड़ी पहनाना चाहता है।"

"अरे तो इस में इतना बुरा मानने की क्या बात है। देवर है लगा होगा कि भाभी के हाथ खाली है तो कह दिया।"

रामजीवन चाय पी चुके थे। फिर से तम्बाकू रगड़ने लगे थे। उन्होंने अपना विचार रखा था।

"अब आपको नहीं मालूम उसका बस चले तो जबरन गलत काम करे लेकिन मैंने ही ढील न दी अब आप ही बताओ बाहर दरोगा, भीतर देवर। इस देह को पाने के लिए मरे जा रहे हैं। अब मैं क्या करूँ।"

"कठिन परीक्षा है। आज औरत कहीं भी सुरक्षित नहीं।"

"राम बाबू कभी-कभी तो महादेव को कोसती हूँ कि इतनी सुन्दर देह देकर मुझे अभिशापित कर दिया है मैं इस देह को लेकर कहीं जा भी नहीं सकती। गिद्धों की तरह नोंचने के लिए लोग तैयार हैं।"

"राजाराम को बता।"

"अब उनको क्या बताऊँ और क्या कहूँ। वो तो बेचारे वैसे ही अपनी तबियत के मारे परेशान हैं। इस काया से तो मुझे ही निपटना पड़ेगा।"

"हाँ, सच कह रही हो। हम औरतों के पास ही नश्वर शरीर है, जिसे पाने के लिए आदमी न जाने क्या-क्या कुकर्म करने को तैयार हो जाता है।"

सावित्री भी चिन्तित मन से कह रही थी।

"कोई सुखी न है इस दुनिया में, सब किसी न किसी कारण से परेशान हैं।"

अभी ये लोग आपस में बात कर रहे थे कि रामलौट की आवाज़ आई -

"जय हो रामजीवन जी।"

"लो इसी की कमी थी। नासमिटा अब न जाने क्या बकवास करेगा।"

सावित्री ने धीरे से दौलतिया के कान में फुसफुसाई।

"अरे भाई रामलौट जी। थोड़ी देर कर दी नहीं तो रमेश से मिल लेते।"

तख्त पर बैठते हुए रामलौट ने अपनी धोती को समेटा और बोले -

“बड़ा संस्कारवान बेटा है। गाँव के बाहर ऑटो रोककर मेरे पैर छुए फिर आगे गया। बेटा हो तो रमेश के जैसा और आप का बोल रही थी भाभी कि कोई सुखी न इस दुनिया में। अरे ये सब गलत है। अब आप दोनों से ज्यादा कौन सुखी है इस दुनिया में। एक लड़का वो भी होनहार, संस्कारवान किस बात की तकलीफ है। महादेव की छाया है देवपुर के गाँव पर। दूसरे हम सुखी हैं। गाँव का सारा बच्चा हमारा, सारी बच्ची हमारी, सारी औरतें...।

“बस-बस इसके आगे मत बोलना नहीं तो सारी औरतें तुम्हारे घर आकर बैठ गई तो भागने को रास्ता भी नहीं मिलेगा।”

सावित्री ने रामलौट को वहीं रोक दिया। रामलौट भी हा... हा... हा... कर अपनी बात को रोक ली। दौलतिया की ओर देखकर बोले -

“अरे दौलतिया सुना है राजाराम की तबियत ठीक न है।”

दौलतिया, सर पर आँचल ठीक करते हुए मर्यादित होकर बोली -

“हाँ काका, ठीक तो क्या, हाँ बस नरम-गरम चल रही है।”

“ओह।”

“क्या हुआ काका।”

“अरे बार-बार काका न बोला कर।”

“तो क्या बोलं।”

“चुप करो रामलौट भाई। कम से कम बहू-बेटियों का तो लिहाज किया करो।”

दौलतिया शरमा गई उठकर वो भी सावित्री के पास भीतर चली गई।

“हा... हा... हा...।”

दोनों मरद आपस में एक दूसरे को देखकर हँसने लगे।

टोला में शाम को चूल्हे जलने लग गए थे। धुआँ ऊपर तक उठने लगा था। दीया-बत्ती जल चुकी थे। दौलतिया चौखट पर बैठे राजाराम की राह देख रही थी। बीमार आदमी आज काम पर गया था, अभी तक नहीं आने पर मन घबरा रहा था। दयाराम अन्दर से बार-बार आवाज़ दे रहा था।

"कब तक राह देखती रहोगी भाभी। भईया कहीं बैठे पी रहे होंगे। बड़े दिनों के बाद तो घर से बाहर निकले हैं।"

"देवर जी तनिक बाहर जाकर देख तो आओ। कहाँ रुक गए हैं। कम से कम दरोगा से तो पूछ आओ। आखिर अब तक घर क्यों न आए।"

"भाभी, भईया बच्चे न हैं जो घर का रस्ता भूल जाएँ।"

"कभी तो हमारी बात मान लिया करो।"

"हमने कब आपकी न मानी। आप ही हमारी न मानती हैं।"

"अब आपकी क्या न मानी।"

"हमने कहा था कि आपको चूड़ी पहना दें। आपने मना कर दिया।"

"देवरजी आदमी अपनी पत्नी को चूड़ी पहनाता है। मैं तुम्हारी भाभी हूँ, माँ के समान।"

"न माँ का नाम मत लेना। बहुत गलत हो जाएगा।"

"क्यों क्या माँ औरत न है।"

"माँ, माँ है। भाभी, भाभी है। मैं तुम्हें अकेला छोड़कर रात में न जाऊँगा।"

"अरे कभी तो कहा मानो। रात हो रही है। मैं अपने घर में हूँ। बाहर वाला कोई भी भीतर घुस ने की हिम्मत नहीं कर सकता बल्कि भीतर वालों से ही ज्यादा खतरा है।"

भाभी और देवर में बहस चल ही रही थी कि दरोगा की मोटरसायकल के आने की आवाज़ आई। गाड़ी पर राजाराम पीछे बैठा था। गाड़ी घर के सामने आकर रुकी। राजाराम गाड़ी से उतरा और संभल न सका। नशे की हालत में धड़ाम से नीचे गिर पड़ा। दौलतिया ने लपक कर राजाराम

को उठाया और अपने कांधे का सहारा देकर भीतर लेकर आई। पलंग पर लिटाया और बाहर दरोगा के पास गई।

"दरोगा जी। ऐ क्या, इतना पिला दिया कि वो अपने पाँवों पर खड़ा न हो पा रहे हैं।"

"अब मैंने ही मुँह में ठूंस दिया क्या। खुद ही पी गया गट-गट बहुत मना किया कहा "भले आदमी घर में तेरी सुन्दर औरत राह ताकती होगी चल लेकिन न माना।"

"मैं न मानती।"

"अब देख वो तो तेरी कद्र करेना अरेहम तो तेरे कद्रदान हैं। कब से तुझे कह रहे हैं कि चल तुझे काम पर लगा दूँ, पर तू है कि तैयार न हो रही है।"

"काम पर लगाना ही है तो देवर को लगवा दो।"

"तू कह तो। देवर क्या, टोला के ही नहीं, गाँव के भी सारे लड़कों को काम पर रख लूँ।

"दरोगा...।"

तेज़ आवाज़ दरोगा का नाम लेते हुए दयाराम बाहर आ गया।

"अपना काम अपने पास रख दरोगा। भाभी से मुँह सम्भाल कर बात कर।"

"लो देवर को जोश आ गया। अरे इतना ही है तो घर से बाहर निकल, सांड हुआ जा रहा है। भाभी के पल्लू में कब तक छिपा रहेगा।"

"दरोगा जी आप जाओ। जब हमको ज़रूरत होगी तो आपको काम का कह देंगे।"

"राह तकूँगा तुम्हारे हाँ की।"

गाड़ी चालू कर दरोगा, कुटिल हँसी हँसते हुए चला गया। दयाराम नाराज़ होते हुए बोला।

"भाभी, दरोगा के मुँह न लगा करो।"

"भला मैं क्यों उसके मुँह लगूँ, वही बार-बार काम पर चलो कहता रहता है।"

"आप मना तो कर सकती हैं न।"

"देवर जी। आज दरोगा के कारण ही हमारे घर का चूल्हा जल रहा है वर्ना आपको दो वक्त की रोटी न मिलेगी।"

दौलतिया भीतर चली गई। दयाराम अवाक सा खड़ा रहा। पलंग के पास आकर दौलतिया ने राजाराम की चप्पल उतार दी। पलंग पर ठीक से लिटा दिया और पलंग के पास ही बैठ कर रोने लगी।

दयाराम, दौलतिया के पास आकर बोला -

"अब रोने से क्या फायदा।"

"क्या करूँ, मेरी तो किस्मत ही खराब है।"

"अरे अब जिसके लिए रो रही हो, वो तो तुम्हारा रोना भी नहीं देख रहा है। भला ऐसा रोना भी क्या रोना कि जिसके लिए रोए वही न देखे।"

"भगवान के लिए चले जाओ। मैं अपनी किस्मत पर रो रही हूँ। महादेव ने न जाने क्या लिखा है मेरी किस्मत में। पति है कि उसे नशे से फुरसत नहीं। देवर है कि उसे मुझे देखने और मुझे चूड़ी पहनाने से ही फुरसत नहीं मिलती। देवर जी कम से कम मुझ पर रहम करो मुझे अकेला छोड़ दो।"

दयाराम बाहर निकल कर एक तरफ की ओर सरक गया।

"हे भगवान, तू मुझे ये कौन से जन्म की सजा दे रहा है। क्या पिछले जन्म में मुझसे कोई बड़ा गुनाह हुआ है, जो इस जन्म में मैं ये सजा भुगत रही हूँ।"

बहुत देर तक दौलतिया पलंग के पास स्वयं को कोसती रही। रोती रही परन्तु रोने से समस्या का निदान हो सकता है क्या? अगर होता तो सारी दुनिया मिल कर रोती परन्तु ऐसा कुछ नहीं होता। मानव को अपनी सजा उसी तरह भुगतनी पड़ती है जिस तरह महादेव लिख देते हैं।

रोते-रोते दौलतिया थक गई थी। थकी हुई सी उठी और चूल्हे की ओर गई। चूल्हा जलकर बुझ गया था। आग राख में बदल गई थी। भगोने में रखा पानी भाप बनकर उड़ गया था। मन अच्छा न था। हाथ से राख को छूकर देखा आग न थी। पास ही बाल्टी का पानी गिलास में भरकर एक साँस में पी गई। अभी वो कुछ सोचती कि दयाराम आवाज़ देता हुआ भीतर आया-

"भाभी।"

अपने हाथ में दो कटोरा थामे चूल्हे के पास तक आ गया।

"भाभी चलो खाना खा लो।"

"खाना। कहाँ से लाए हो।"

"रामजीवन काका के घर से लाया हूँ।"

"तुमको किसने कहा था कि तुम सावित्री दीदी के घर खाना मांगने जाओ।"

"तो क्या हुआ, तुम भी तो लाती हो।"

"मैं खाना मांग कर नहीं लाती। वो स्वयं खाना बांध देती हैं, तब लाती हूँ। देवर जी ये आपने अच्छा न किया।"

"भूखे रहते तो अच्छा है, हम खाना खा लें। अब आपका भूखा रहना मुझे अच्छा नहीं लगता।"

"एक-दो दिन कोई खाना खिला देगा लेकिन एक-दो दिन के खाने से ज़िन्दगी नहीं कटती देवर जी। खाना तो ज़िन्दगी भर लगेगा। ऐसा प्रबंध करो कि हमें ज़िन्दगी भर दाल रोटी मिलती रहे। बार-बार कह रही हूँ कि अब आप बड़े हो गए हो। समझदार भी हो गए हो। जब तक कुछ काम नहीं मिलता तब तक दरोगा के साथ सफाई के काम पर ही चले जाओ। कम से कम दो लोगों की कमाई आएगी तो कुछ दिन फिर जाएँगे।"

खाने के डब्बों को एक तरफ रखतेहुए बोला -

"ठीक है आप कहती हैं तो जरूर जाऊँगा लेकिन आप खाना तो खा लो।"

"आप खा लो। मेरी भूख जाती रही।"

"आपके लिए तो लेकर आया हूँ और आप है कि मना कर रही हैं।"

"जिद न करो देवर जी मन अच्छा नहीं है। आप खा लो।"

"आप नहीं खाएँगी तो मैं भी नहीं खाऊँगा।"

"ओफ हो आपकी ये जिद कभी-कभी अच्छी नहीं लगती। चलो खोलो।"

दयाराम ने दोनों डब्बों को खोल दिया। एक डब्बे में गोभी की सब्जी और दूसरे डब्बे में रोटी थी। दोनों बैठकर एक साथ खाना खाने लगे।

“हा...हा...हा...।”

रामजीवन के आँगन में बिछी तख्त पर रामलौट और अन्य चार ग्रामीण बैठे हँसी-ठहाका कर रहे थे। खेत खाली हो चुके इसलिए ग्रामीण किसान भी खाली थे। समय व्यतीत करने के लिए रामजीवन के घर का आँगन इसलिए भी उपयुक्त रहता है कि आँगन के एक तरफ दो बड़े-बड़े नीम के पेड़ हैं जिनकी छाया घनी और ठण्डी रहती। दोपहर तक भी बैठे रहे तो धूप का आभास नहीं होता साथ ही सावित्री भाभी से चाय भी समय पर मिल जाती।

“रामलौट भाई एक बार फिर कह दो।”

“अरे अब सब कुछ हम ही कहते रहेंगे। भला तुम जन भी कुछ कहो तो बात आगे बढ़े।”

रामलौट धोती कुर्ता पहने थे। पतली सी मूँछ के नोक को बार-बार अपने दाहिने हाथ से ठीक करते थे जिस कारण से उनके चेहरे का रौब बना रहता।

“अरे अब ज्यादा न मेहराव। तुमको औरत की कमी न खलती है क्या।”

सामने बैठे ग्रामीण ने कहा।

“अब आप को क्या बताएँ। हमको औरत की कमी खलेगी भला। अरे औरतों को हमारी कमी खलती है भाई।”

“हा...हा...हा...।”

एक बार फिर जोर का ठहाका लगा। सावित्री तमतमाती हुई बाहर निकली और बोली -

“तुम लोगों को और कुछ काम है कि नहीं। दिन भर औरतों की बातें करते रहते हो। लाज नहीं आती ऐसी बातें करते हुए। तुम तो काका बाल

बच्चे, वाले हो। तुम भी इनके साथ। इनका क्या है, इनके आगे पीछे कोई नहीं। ये तो बेकार हैं...।"

"लो हम बेकार, क्या भाभी ये क्या कह रही हो। देखो हम चार हैं और दो हमारे आगे और दो हमारे पीछे।"

"यही चारों तुम्हारी अर्थी भी ले जाएँगे रामलौट बाबू ज्यादा चिन्ता न करो।"

"अरे वाह भाभी हमारे मुँह की छीन ली कम से कम हमारा उठावन तो पक्का नहींतो मरने से पहले हम ये सोचके मरते रहते के साला हमें उठाएगा कौन।"

"हा...हा...हा...।"

सावित्री पैर पटकते हुई भीतर जाने लगी।

"भाभी इसी बात पर एक बार चाय और भेज देना।"

रामलौट ने जानबूझकर कहा।"

"सावित्री को नाराज़ कर दिया तुमने।"

"रामजीवन भाई। अगर हम न छेड़ें तो भाभी नाराज़ हो जाएँगी।"

"वो कैसे?"

"अरे समझेगी कि हमारे दिन चले गए।"

"हा...हा...हा...।"

एक बार फिर सब जोर-जोर से हँसने लगे।

"यार तुम्हारी बातों को सुनने का मन करता है, हरामजादे हो लेकिन शरीफ भी लगते हो।"

"रामजीवन भाई। गाँव की औरतों को हम आते हुए दिख जाएँ तो रास्ता बदल कर मेरे सामने से गुजरती हैं।"

"भला वो क्यों?"

"ताकि हम उनको देखकर कुछ कहें।"

"अरे जरा कम छोड़ा करो बल्कि उलटा होता है, इनको सामने से आता देखकर औरतें अपना रास्ता बदल लेती हैं कि मुँहफट है न जाने क्या कह दे।"

"ये तुमको किसने कहा।"

"हमारी औरत ने।"

"अरे तो तुम्हारी औरत को हम काहे छेड़ेंगे।"

"रामलौट भाई मुँह संभाल के बात करो।"

"का मुँह संभालें, अब तुम्हारी औरत को नहीं छेड़ रहे हैं तो तुमको बुरा लग रहा है। दूसरी औरत को छेड़ें तो अच्छा।"

"शांत, शांत, शांत हो जाओ रामलौट।"

"अब तुम ही देखो, लोग तो औरतों को छेड़ने पर नाराज़ होते हैं। ये इस बात पर नाराज़ हो रहे हैं कि इनकी औरत को काहे न छेड़े।"

"ये बात नहीं है।"

"फिर क्या बात है।"

"गाँव की औरतें तुम्हारे मज़ाक के कारण परेशान हैं। राह चलना मुश्किल है।"

"हमने का राह में काँटे बिछाये हैं। हमका उनका रास्ता रोक लेते हैं। हम कोई सोलह साल के लौंडे न हैं जो चलती हुई हर लड़की को देख कर सीटी बजाएँ। औरत का चाल-चलन देखकर ही हम कुछ कहते हैं। गाँव की सारी औरतों से मज़ाक नहीं करते। हम उन्हीं औरतों से मज़ाक करते हैं, जो कुछ न कुछ मुझे ऐसा कहती हैं कि उसका उत्तर देना पड़ता है।"

"जैसे पूरे गाँव में एक तुम ही मर्द हो बाकी काई न है।"

"नहीं पूरे गाँव में रण्डुआ निरवंसिया एक हम ही हैं और कोई नहीं।"

एकबार फिर रामलौट के साथ-साथ वहीं बैठे सारे लोग हँसने लगे। तभी सावित्री थाली में सभीके लिए गिलास में चाय लेकर आती हुई दिखाई दी। पास आकर थाली तख्त पर रखते हुए बोली -

"लो पी लो और अब डेरा खाली करो।"

"अरे भाभी। कहो तो धूनी यहीं जमा लें।"

"आग में पानी डाल देंगे।"

"अरे धुंआ अभी से उठने लगा हमारे कलेजे में"

"धत्।"

और सावित्री आँचल में अपना मुँह छुपाकर भीतर भाग गई। रामजीवन, रामलौट आदि वहाँ उपस्थित सारे ग्रामीणजन चाय का गिलास उठाकर पीने लगे। नीम के पेड़ की धीरे-धीरे बहती बयार, ठण्ड का आनन्द दे रही थी। धूप को ऊपर ही रोक रखा था।

सूरज चढ़ आया था। सावित्री, रामजीवन को गरम-गरम पराठा बनाकर थाली में परस रही थी। रामजीवन "बस...बस...बस...।" कहकर रोक रहे थे।

"बस, बस मत करो। खाने-पीने का ध्यान रखा करो। उम्र है, कुछ हो गया तो परेशानी होगी।"

"अरे तुम नाहक परेशान होती हो। भला शुद्ध वातावरण में किस तरह की परेशानी।"

"वो तो ठीक है लेकिन उसका क्या करें?"

"किसका?"

"निरवंसिया रामलौट का। अभी आ जाएगा तो जाने का नाम नहीं लेगा। पच्चास झूँठ, सच इधर-उधर की बातों में इतना उलझा देगा कि खाने-पीने का समय ही जाता रहेगा।"

रामजीवन अभी कुछ कहता कि बाहर से रामलौट की आवाज आई -

"रामजीवन भाई घर में हो।"

"लो शैतान का नाम लिया, शैतान हाज़िर। देखो जी, भर पेट खाकर ही उठना।"

"अरे हाँ भाई भर पेट ही खाएँगे लेकिन बता तो दूँ कि मैं भीतर हूँ।"

"मैं पेड़ के नीचे बैठा हूँ। पेट भरके खा लेना, नहीं तो भाभी जी बोलेंगी कि मैं खाना भी खाने नहीं देता।"

"लो ये क्या त्रिकालदर्शी है। बाहर से ही देख लिया कि तुम खाना खा रहे हो।"

"देखा नहीं, सूंघा है।"

"सूंघा है मतलब।"

"अरे खाने मेंघी के परांठे दे रही हो। इसकी सुगंध बाहर तक न जाएगी। इसी से पता चल गया होगा कि मैं खाना खा रहा हूँ।"

रामलौट आँगन में घने नीम के पेड़ के नीचे बिछे तख्त पर अपनी धोती संभालते हुए बैठ गया। अब तक एक-दो ग्रामीणजन और आ चुकेथे। रामजीवन भी अपने गमछे से मुँह पोंछते हुए दरवाज़े से बाहर निकले। रामजीवन को निकट आता देख रामलौट बोले -

"पेट तो भर गया न। भाई जब तक पेट भर भोजन और...।"

"बस...बस...आगे कुछ न कहना नहींतो सावित्री पच्चास गाली देगी तुमको।"

"भाई रामजीवन कुछ भी कहो। भाभी की गाली खाने ही आते हैं।"

"वो क्यों।"

"बाकी तो कुछ खिला ही नहीं सकती न।"

"अरे तो वहाँ चले जाओ जहाँ खाने को मिले, काहे चले आते हो यहाँ डेरा जमाने।"

सावित्री चाय से भरे गिलास को थाली में रखकर बाहर आते हुए बोली।

"क्या बातएँ भाभी अब तो आदत हो गई। जब तक आपकी गाली न खाएं खाना ही नहीं पचता।"

"देखना यही हाल रहा तो वो दिन दूर नहीं जब गाँव की बहुएँ डंडा लेकर ढूंढेंगी तुमको।"

चाय का गिलास उठाते हुए बोला -

"अब यह ज़रूरी नहीं कि सारे लोगों के चाय का गिलास इतना गरम हो जितना आपके यहाँ का है।"

"अच्छा हुआ तुम निरवंसिया हो। नहीं तो पता नहीं पतोहू कैसे रहती।"

सावित्री बड़बड़ाते हुए भीतर चली गई। ग्रामीणजनों की संख्या बढ़ती जा रही थी। रामलौट की बातों का आनन्द लेने के लिए भी लोग रामजीवन के आँगन में पेड़ की घनी छाँव में आ जाते थे। गिलास नीचे रखते हुए रामलौट बोले -

"रामजीवन भाई। कल पाण्डेपुर गाँव में पुलिस आई थी।"

"क्यों।"

"पाण्डे का लड़का कल बम्बई से आया था। उसी से मिलने।"

"क्यों कोई गलत काम किया है क्या?"

"अरे नहीं सुना है कोई बाहरी बीमारी फैली है शहर में।"

"हाँ, कल रेडियो में हमने भी सुना है। विदेशी बीमारी है। इलाज-उलाज कुछ नहीं है। शहर बन्द हो गए हैं।" एक ग्रामीण ने कहा।

"पुलिस ने पाण्डेपुर के लड़के को घर में रहने को कहा। घर से बाहर निकलने के लिए मना किया है।"

"रामलौट भाई हमने सुना है। पाण्डे का लड़का बम्बई से पैदल चल कर कई दिनों के बाद गाँव आया है। बड़ी भयंकर बीमारी है, और तो और इस बीमारी में मरना तय है।"

"अच्छा।" रामजीवन ने आश्चर्य व्यक्त किया।

"अरे रामजीवन भाई। तुम अपने लोंडे से तो पूछो। लगाओ मोबाइल पता तो चले क्या सच है।"

"सावित्री जरा मोबाईल लाना।"

रामजीवन ने ऊँची आवाज़ में कहा। फिर रामलौट से कहने लगे -

"सरकार भले ही कहे कि हम बिजली फ्री कर रहे हैं। जब बिजली ही नहीं आती तो फ्री ही हुई न। मोबाइल में सिगनल ही नहीं आता, मोबाइल लगता नहीं। कभी-कभार लग भी जाए तो आधी बात होती है और कट जाती है।"

"लो।"

सावित्री मोबाइल देकर भीतर वापस चली गई। रामजीवन ने रमेश का नम्बर मिलाया। घण्टी बजी उधर से आवाज़ आई -

"प्रणाम पिता जी।"

"बेटा तुम ठीक तो हो न। हमें पता चला है कि कोई विदेशी बीमारी फैली है।"

“हाँ पिता जी कोरोना नाम की बीमारी पूरी दुनिया में फैली है। सरकार घर से बाहर नहीं निकलने दे रही है। आपचिन्ता न करें मैं ठीक हूँ। कम्पनी की ओर से सारा इन्तज़ाम है यहाँ पर बस आप अपना ध्यान रखना। थोड़ी दूरी बना कर रखना ज्यादा बाहर न जाना और हाँ पिता जी। शहर में काम बन्द हो जाने से गाँव के लड़के वापस गाँव में आएँगे। उनसे खास तौर से दूरी बनाकर रहना। यह बीमारी पूरी दुनिया में फैली है। सरकार घर से बाहर नहीं निकलने दे रही है। आप चिन्ता न करें मैं ठीक हूँ। कम्पनी की ओर से सारा इन्तजाम है यहाँ पर बस आप अपना ध्यान रखना। यह बीमारी एक-दूसरे से बहुत जल्दी फैलती है। इसका इलाज नहीं है।”

“इसमें होता क्या है। कैसे पहचानेंगे इस बीमारी को।”

“पिता जी। ये बीमारी दिखाई नहीं देती। बस सर्दी, खांसी, बुखार आता है और दो-चार दिन में आदमी मर जाता है।

“अरे।”

मोबाइल बन्द हो गया।

“लो बेटरी चली गई। लाइट नहीं रहने से मोर्बाल भी चार्ज नहीं हो पाता। रामलौट भाई तुम ठीक कह रहे हो। बड़ी भयंकर बीमारी लगती है।”

“भईया। पाण्डेपुर का लड़का कह रहा था कि घर से बाहर निकले नहीं कि पुलिस ने डंडा भांजा।”

“अच्छा।”

“हाँ, ये ही तो है प्रलय। ये समझो कि दुनिया खत्म। बस जितनी साँस बाकी है उतना ही समझो। कहते हैं कि हवा में धुल गया है। बस साँस ली कि मरना तय है।”

“अरे ऐसा काहे कहते हो। ऐसा होता तो जानवर, पशु-पक्षी अबतक मर जाते। अरे रामलौट भाई डरो मत।” एक ग्रामीण ने कहा।

“तो चलो पाण्डेपुर चलकर उसके लड़के से मिलकर आएँ।”

“नहीं, नहीं, नहीं। जब पुलिस वालों ने उसे अकेले रहने को कहा है तो वहाँ आ बैल मुझे मार करने क्यों जाएँ।” एक ग्रामीणजन ने अपना मत रखा।

"रामलौट भाई। इसके लक्षण क्या होते होंगे। कैसे पता चले कि ये वही बीमारी है। इसका नाम क्या है।"

"कोई कह रहा था कराना नाम है।"

"कराना नहीं कोरोना।"

एक ग्रामीण ने कहा, वह कह रहा था -

"रामजीवन भईया कल हम टी.वी. में देख रहे थे। वो कह रहा था कोरोना से मरने वालों की संख्या बहुत हो रही थी और हाँ जो मर जा रहा था उसकी लाश को कोई छू भी नहीं रहा था। कहीं-कहीं तो गड्ढा खोद कर कई लाशों को एक साथ दबा रहे थे।"

"तो क्या इतनी बुरी बीमारी है।"

"रामजीवन भाई एक बात कहें।"

"हाँ कहो।"

"दौलतिया का आदमी पाण्डेपुर में सफाई का काम करने गया था उसको भी कई दिनों से बुखार नहीं उतर रहा है। साँस लेने में भी तकलीफ है। कहीं विदेशी बीमारी का शिकार तो नहीं हो गया।"

"अरे अब हम कैसे जान सकते हैं।"

"आगाह करना हमारा काम है। महामारी दिखाई नहीं देती तो हमें आपस में एक - दूसरे से एहतियात तो बरतना ही पड़ेगा न।"

"ये क्या अनाप शनाप बक रहे हो।"

सावित्री जो भीतर से इनकी बातें सुन रही थी तमतमाकर बाहर, निकली बोली -

"रामलौट भईया कम से कम कुछ सोच समझ कर बोलो।"

"भाभी, पूरी दुनिया मरने की कगार पर आ गई। जिस बीमारी की दवा न हो और वो रातोदिन फैल रही हो तो मन में भय तो आएगा न। एक आदमी भी गाँव में उस बीमारी से मरा तो समझो महामारी का सिलसिला शुरू।"

"भाभी, रामलौट भैया, सही कह रहे हैं। दौलतिया के आदमी की ड्यूटी सफाई दरोगा ने पाण्डेपुर में ही लगा रखी है, हो सकता है कि उसकी

तबियत जो खराब हुई है उसी गाँव से बीमारी लग गई हो और आज असर दिखा रही हो।"

"भैया अगर उस गाँव से बीमारी फैलती तो औरों को भी लगती न।"

"भाभी क्या पता औरों को भी हो गया हो। इसका पता चल गया, सो सबको मालूम हो गया। जिसका पता न चला तो वह शाह।"

कहते हैं न कि मुँह से निकली वाणी कभी वापस नहीं आती। वह किस रूप में फैले कुछ कह नहीं सकते। कोरोना बीमारी तो बाद में फैली अफवाहों ने कोरोना का स्वरूप इतना भयावह बना दिया कि आदमी, आदमी से भय खाने लगा।

पूरे देवपुर गाँव में यह खबर आग की तरह फैल गई कि राजाराम को कोरोना नामक बीमारी ने जकड़ लिया है। उसकी मौत निश्चित है। ग्रामीणजन ने उस टोला से निकलना बन्द कर दिया था। दौलतिया भी अब किसी के घर नहीं आती-जाती। दयाराम भी भाई की देखभाल जी जान से करने लगा।

सरकारी डॉक्टर उसके गाँवमें आने लगे। पुलिस वालों ने भी आकर उसके घर पर कोविड-19 का पर्चा चिपका दिया। टोला वैसे ही अछूत की बस्ती थी, ऊपर से यह पर्चा। कोरोना ने ऐसा पैर पसारा कि सब कुछ बन्द हो गया। देश के प्रधानमंत्री ने देश में लॉकडाउन लगा दिया। रेल के पहिए थम गए। बस साँसें चल रही थी। साँसें उखड़ रही थी। आँखें पथरा रही थी। आँखें नम हो रही थी। मौत का ताण्डव कब, कहाँ, कैसे हो जाए कोई कुछ नहीं कह सकता। मरने वालो में स्वास्थ्यकर्मी अधिक थे।

राजाराम की सेहत पूरे गाँव में चर्चा का विषय बनी थी। जब कभी भी झूठ को अधिक से अधिक तरीकों से प्रचारित किया जाए तो सच बन जाता है। देवपुर गाँव के लोगों को यह यकीन हो गया कि उसे कोरोना है। इसलिए उसके घर के सामने पुलिस घूमती रहती है। किसी को उनके घर में आने-जाने की अनुमति नहीं। सरकार की ओर से राशन भी दौलतिया को दिया गया। डॉक्टर भी अब राजाराम को हाथ लगाने से बचने लगे। हाल देखकर दवाई देने लगे।

महादेव मंदिर के पट भी बन्द हो गए। देवाश्रम में पण्डित भगवान देव अपने शिष्यों के साथ पूजा-अर्चना अपने तरीके से कर लेते थे।

"राजाराम मर गया।" रामजीवन ने कहा।

"क्या बकते हो।" सावित्री ने झल्लाते हुए कहा।

"हाँ अभी-अभी खबर आई है। कोई उसको उठा नहीं रहा है।"

"अरे ये तो गलत बात है। चलो हम चलते हैं। मानवता अभी इतनी नहीं मरी है। मौत को जब आना है तो महादेव भी न रोक पाएँगे।"

घर को उसी हालत में छोड़कर किवाड़ बन्द कर रामजीवन और सावित्री दौड़ते-भागते टोला की ओर चले जा रहे थे।

टोला के भीतर मातम छाया था। दौलतिया दहाड़ मार-मारकर रो रही थी। दयाराम भाई के शव के पास बैठा चुपचाप रो रहा था। पास ही सफाई दरोगा भी खड़ा था। बाकी शव को लोग दूर से खड़े-खड़े देख रहे थे।

दौलतिया ने सावित्री को आते देखा तो दहाड़ मारकर रोने लगी। सावित्री ने दौलतिया को अपने गले से लगा लिया। दौलतिया रोते-रोते चीख रही थी -

"हाय मैं तो लुट गई। भगवान ने मेरे साथ अन्याय किया। अनाथ हो गई। कुछ नहीं बचा...।"

इतना दर्दनाक, करूण रुदन कि कानों के सहारे हृदय को भीतर तक छेदने की ताकत रखता है।

"न, दौलतिया। हिम्मत न हार देख हम सब हैं। भगवान की यही मर्जी। भगवान की मर्जी के आगे भला किसी का जोर चला है क्या?"

इसी तरह की ढांढस बंधाती रही। तभी दरोगा ने रामजीवन से कहा -

"शव को ज्यादा देर रखना ठीक नहीं। कहते हैं, यह बीमारी तेज़ी से उड़कर फैलती है।" कल तक राजाराम, राजाराम जी थे। लोग उसको उसके नाम से सम्मान जनक रूप से पुकारते थे। आज मृत्यु के उपरान्त ही वही राजाराम का नाम शव में बदल गया। नाम छूट गया। लोग कहने लगे "शव उठाओ...।"

"ठीक है चलो कांधा देते हैं।"

"टोला का कोई भी व्यक्ति करीब नहीं आ रहा है।"

"अरे तो हम लोग तो हैं न।"

"हम तीन लोग ही हैं। चौथा भी तो कोई हो। कम से कम चार कांधे तो हों।"

उनकी बातों को दौलतिया ने सुन लिया था। खड़ी होकर बोली -

"चौथा कांधा मेरा होगा। चलो दरोगा जी उठाओ।"

आग की मटकी लिए दौलतिया ने अर्थी के आगे कांधा दिया। दयाराम, रामजीवन और दरोगा ने भी कांधा लगाकर टोला से शवयात्रा श्मशान घाट की ओर ले जा रहे थे। साथ ही "राम नाम सत्य है" का स्वर भी धीरे-धीरे टोला से बाहर होता जा रहा था।

सावित्री अपनी नम आँखों से राजाराम को विदाई दे रही थी। सोच रही थी। "कितनी बदनसीब है दौलतिया, जिसे पति के कांधे पर जाना चाहिए वह पति को अपने कांधे पर ले जा रही है।

यह काल दुनिया के लिए काला दिवस के रूप में जाना जाएगा। इस महामारी ने अपने-पराये का फर्क दिखा दिया। सावित्री रोते-रोते देवपुर की ओर बढ़ने लगी और सोच रही थी -

"श्मशान में हर गरीब और अमीर आदमी का बिस्तर एक है।"

कोविड-19, कोरोना महामारी ने देश की गति को विराम दे दिया था। जो जहाँ, जिस स्थिति में रहा, बना रहा, आवागमन के सारे साधन शान्त हो गए। देश की शांति में देश के प्रधानमंत्री ने थाली, लोटा, घण्टी, शंख पूरे देश के नागरिकों से एक दिन, एक समय में बजवाकर हिन्दुत्व की लहर जगवा दी जिसका प्रतिफल पुराने टी.वी. धारावाहिक में रामायण, महाभारत को प्रत्येक चैनल से दिखाकर 'राम' नाम की लहर की ज्योति जगा दी। कठिन समय में मानव ईश्वर का ही स्मरण करता है। जब मानव घरो में क़ैद हो गया, ईश्वर मंदिरों में तब टी.वी. के माध्यम से ईश्वर प्रत्येक घरों में दर्शन दे रहे थे।

लॉकडाउन ने बहुत कुछ बिगाड़ दिया। बहुत कुछ सिखा दिया। इस बन्द से राजनैतिक पार्टी को अपार सफलता मिली। राम नाम की लहर के कारण पार्टी और प्रत्येक नागरिक के जबान पर प्रधानमंत्री मोदी का नाम आने लगा था। लोग कहने लगे थे, "मोदी है तो मुमकिन है।"

समय कभी नहीं रुकता। सब कुछ रुक गया था। समय सारी घटनाओं का गवाह बनता, आगे बढ़ता चला जा रहा था। धीरे-धीरे मानव इस विदेशी बीमारी के साथ जीना सीख गया था। जिस तरह अन्य लाइलाज बीमारी के साथ मानव को जीना पड़ता है ठीक उसी तरह अब इस बीमारी के साथ भी मानव ने जीना सीख लिया था। देश-विदेश मिलकर कोरोना वायरस से लड़ने के लिए वैक्सीन का निर्माण करने में लग गये थे।

शहर धीरे-धीरे अपनी गति पकड़ रहा था। गाँवों में असर कम था। गाँवों में अफवाहों के नाते दिलों में दरार आ गई थी। अफवाहों को भी इतनी प्रामाणिकता के साथ कहा जाने लगा था कि बस सत्य मानने के अतिरिक्त अन्य कोई चारा नहीं रहता।

"खट...खट...खट...।"

प्रातः दरोगा ने दौलतिया के घर के किवाड़ की सांकल बजाई।

"खड़ाक" के साथ किवाड़ खुला, सफेद रंग की लट्ठे की साड़ी पहने, नज़रें नीचे झुकाए दौलतिया ने उदास मन से कहा -

"आती हूँ।"

भीतर से लम्बे बाँस में बंधी सींक की झाड़ू को हाथ में लिए, अपना आँचल ठीक करते हुए अभी अपने पाँव चौखट से बाहर निकालने वाली थी कि पलट कर भीतर देखा। देवर अभी भी शांत पलंग पर सो रहा था। बाहर आकर किवाड़ को बन्द कर दिया और दरोगा की गाड़ी पर बैठकर टोला से बाहर जाने लगी।

"दौलतिया तू ये लट्ठा न पहना कर।"

"दरोगा बाबू अब तो आपके मन की हो गई न।"

"अरे ऐसा काहे कहती है। भला हमने कौन सा जोर जबरदस्ती किया। तेरी स्थिति को समझे और तुझे सफाई के लिए लगा लिया। भला हमारा इसमें क्या मन।"

"दरोगा बाबू हम औरतों को मर्दों की नज़र पढ़ने का हुनर भगवान ने अलग से दिया है, महादेव की कसम गिरगिट सा रंग बदलते देखा है तुमको।"

दरोगा शांत हो गया। गाड़ी महादेव मंदिर की ओर बढ़े चले जा रही थी। दौलतिया को महादेव मंदिर और देवाश्रम की सफाई का जिम्मा सौंपा गया था।

"तू तो ताना मारे है। राजाराम अच्छा आदमी था। दयाराम आलसी है। निकम्मा है।"

"जाने दो दरोगा बाबू। बच्चा है। बड़ा होगा तो खुद ही समझ जाएगा।"

"अरे नहीं, सांड हुआ जाता है। झाड़ू पकड़ने में शरम आती है। कलेक्टर बनेंगे।"

महादेव मंदिर का प्रांगण आ गया था। दरोगा दौलतिया को उतार कर बोला –

"जाना नहीं, लेने के लिए आऊँगा।"

दौलतिया बिना कुछ उत्तर दिए मंदिर के भीतर प्रवेश कर गई। सबसे पहले महादेव को हाथ जोड़कर प्रणाम किया फिर झाड़ू उठाकर सफाई चालू की।

महादेव मंदिर के प्रांगण और देवाश्रम की आँगन की सफाई दौलतिया प्रातः आकर करती है। सूरज के निकलते-निकलते दौलतिया मन लगाकर सफाई का काम पूरा कर लेती।

आज भी सफाई कार्य पूर्ण कर मंदिर के एक ओर बने चबूतरे पर बैठकर आराम करने लगी।झाड़ू को पास ही चबूतरे के पास टिकाकर रख दिया। कहते हैं कि झाड़ू को लिटाकर नहीं रखना चाहिए। अपने लट्ठे की साड़ी के आँचल से माथे पर उभरे पसीने को पोंछते हुए जाली को देखा, जहाँ उसने राजाराम के जल्द स्वस्थ होने के लिए मन्नत मांगी थी और धागा बांधा था। राजाराम तो स्वर्ग सिधार गये परन्तु मन्नत का धागा आज भी बंधा था। दौलतिया उठी और जाली की ओर बढ़ने लगी। जाली के निकट पहुँचकर उसने उस धागे की गांठ खोल दी जिसे उसने बांधा था। 'टन' से मंदिर के घण्टे के बजने की आवाज़ सुनाई दी मानो गांठ के खुलते ही किसी बंधन से कोई मुक्त हुआ सा लगा। मंदिर के द्वार पर दरोगा के मोटरगाड़ी की आवाज़ सुनाई दी। दौलतिया ने तुरन्त चबूतरे के पास रखी झाड़ू को उठाया और तीव्रता से द्वार के बाहर खड़े दरोगा की गाड़ी पर आकर बिना कुछ कहे बैठ गई। दरोगा ने गाड़ी टोला की ओर बढ़ा दी।

"दौलतिया।" दरोगा ने कहा।

"हूँ।"

"तुम ये लट्ठे की साड़ी न पहनो।"

"क्यों?"

"इसमें अच्छी नहीं लगती।"

"दरोगा बाबू जब किस्मत ही अच्छी नहीं तो कपड़ा इन्सान की किस्मत कैसे अच्छी कर सकता है।"

"अरे तुम नहीं जानती। तुम बहुत अच्छी हो।"

"दरोगा जी ऐसा सोचना भी मेरे लिए पाप है।"

"अरे एक बार मेरी बात मान लो। मैं तुमको रेशमी साड़ी लाकर देता हूँ।"

"तन ढकने के लिए जितना कपड़ा चाहिए, उतना कपड़ा हमारे पास है।"

"तुम समझने की कोशिश करो। अभी पूरा जीवन तुम्हारे सामने है।"

"जीवन में उमंग हो तो जीवन जीने का आनन्द है। हम तो इसी जीवन में, इसी ज़िन्दगी से खुश हैं।"

अबतक गाड़ी को टोला के भीतर दौलतिया के घर के सामने लाकर रोका। दयाराम आँगन में एक तरफ लोटा में पानी लिए दाँतों को साफ कर रहा था। दरोगा को देखकर दयाराम अपने स्थान पर खड़ा हो गया। मानो मन ही मन दरोगा को कोस रहा हो। दयाराम को देखकर दरोगा ने कहा -

"दयाराम उठ गए।"

दयाराम कुछ कहता कि दरोगा ने अपनी गाड़ी वापस टोला से बाहर जाने के लिए मोड़ लिया। दौलतिया झाड़ू को एक ओर रखने के बाद भीतर चली गई। दयाराम फिर से दाँत साफ कर कुल्ला करने लगा। थोड़ी देर के बाद दौलतिया अपने कपड़े और बाल्टी लिए हैण्डपम्प की ओर नहाने के लिए जा रही थी। दयाराम मुँह धोकर गमछे से मुँह पोछ रहा था।

सूरज धीरे-धीरे तेज़ होता जा रहा था। जिसकी गरमी से पशु-पक्षी छाँव ढूँढकर आराम की जुगत कर रहे थे। दयाराम खाना खाने के लिए बैठ गया। थाली में रोटी रखते हुए दौलतिया ने पूछा -

"और दूँ।"

"न, बस।"

"आजकल कम खाने लगे हो। कोई परेशानी है क्या?"

"भाभी एक बात कहना चाहता हूँ।"

"हाँ तो बोलो न।"

"तुमको कोई कुछ कहे मुझे अच्छा नहीं लगता।"

"अरे का बात हो गई। जरा साफ-साफ कहो न।"

"लोग तुम्हारे और दरोगा के बारे में अच्छा नहीं बोलते।"

"कहने दो। हम किसी का मुँह नहीं रोक सकते।"

"तुम हमारी बात क्यों नहीं मान लेती।"

"कौन सी बात।"

"देखो, अब तो भईया भी नहीं रहे। हम तो कब से कह रहे हैं कि हम आपको चूड़ी पहना देते हैं। हमसे विवाह कर लो।"

रोटी बेलते-बेलते हाथ बेलन पर रुक गए।

"देवर जी। मैं तुम्हारे मन की जानती हूँ। मैं तुमसे विवाह कर लूँ तो लोग कहना बन्द कर देंगे? नहीं। तुम्हारे सामने जब दरोगा मुझे अपनी गाड़ी पर झाड़ू लगवाने के लिए ले जाएगा न, तब लोग और कहेंगे कि दयाराम देख तेरे सामने तेरी बीबी को दरोगा ले जा रहा है। तब कैसे सहोगे।"

"मैं सब ठीक कर दूँगा।"

"क्या ठीक कर दोगे। आलस तो कूट-कूटकर भरा है। देवर जी अपने होश को संभालो। मैं तुम्हारे लिए, अपने से अच्छी देवरानी लाऊँगी। बस मेरे ऊपर से अपना मन हटा लो।"

"आखिर क्या कमी है मुझ में। तुमको विधवा के रूप में देखना मुझे अच्छा नहीं लगता।"

"देवर जी मैं विधवा हूँ तो विधवा ही दिखूँगी न। अब सुहागन तो हो नहीं सकती।"

"क्यों नहीं हो सकती। मैं चूड़ी पहना देता हूँ। तुम्हारी मांग भर देता हूँ। तुमको फिर से सुहागन बना देतां हूँ।"

"तुम अपनी ज़िद छोड़ क्यों नहीं देते। ज़िद हमेशा नुकसान देती है।"

"नहीं आज तुमको मेरी बातों का साफ-साफ उत्तर देना होगा।"

"देवर जी तुमको मालूम है कि लक्ष्मण ने रेखा क्यों खींची थी क्योंकि घर के बाहर राक्षस रहते हैं। लेकिन मुझे तो लगता है कि यहाँ घर के भीतर ही राक्षस है। देवर जी मैं कहती हूँ फालतू की बातों में ध्यान न दो। तुम

भी शांति से रहो और मुझे भी रहने दो। अपने दिमाग में अजूल-फजूल की बातों को लाना बन्द कर दो। रोटी और दूँ।"

"नहीं पेट भर गया।"

दयाराम नाराज़ होकर थाली से उठ गया। लोटा लेकर किवाड़ से बाहर निकलकर हाथ धोने जाने लगा। दौलतिया, दयाराम को बाहर जाता देख रही थी। तवे पर रोटी जलकर पापड़ हो गई। मानो दौलतिया का हृदय इसी रोटी की तरह गर्म तवे पर सुलग रहा हो। दौलतिया मन ही मन सोच रही थी कि "देवर को कैसे समझाऊँ कि अपनी सोच बदल ले?"

दोपहर चढ़ आई थी। दौलतिया अपनी साड़ी ठीक करके, झाड़ू लिए घर से बाहर आकर खड़ी होकर, उस ओर ताक रही थी जिस ओर से दरोगा शिवचरण अपनी मोटरसायकल से आता है।

महादेव मंदिर के देवाश्रम में आज महाराज पण्डित भगवान देव का प्रवचन था। प्रांगण में शामियाना लग गया होगा। उसकी सफाई के लिए दरोगा ने कहा था। देरी हो रही थी। दौलतिया का मन विचलित हो रहा था। देर से जाने पर काम भी देर से पूरा होगा। तभी दरोगा की गाड़ी भढ़-भढ़ करती आती हुई दिखाई दी। दरोगा साफ-सुथरे वस्त्र धारण किए हुए था। वस्त्र स्वच्छ हो तो मानव मन भी प्रसन्न रहता है। कहते हैं, वस्त्र और आभूषण, व्यक्ति के व्यक्तित्व को निख़ार देते हैं।

"बड़ी देर कर दी।"

गाड़ी पर बैठते हुए दौलतिया ने कहा। झाड़ू के बाँस को ठीक से सीधा किया जिस कारण से गाड़ी चलाने में कठिनाई न हो।

"बस कपड़ों पर इस्तरी कर रहा था। सोचा जब चल ही रहे हैं तो महाराज के वचनों को भी सुन लेंगे। काहे बहुत देर तो न भई।"

"सफाई समय से न हुई तो लोग क्या कहेंगे। महाराज को अच्छा न लगेगा।"

"अब तुम को कैसे समझाएं महाराज क्या...?"

"क्या?"

"बड़ी लम्बी कहानी है फिर कभी बताऊँगा।"

"क्यों कोई खोट है क्या महाराज जी में, वो तो बाल ब्रह्मचारी है। ज़मीन पर टाट बिछाकर सोते हैं, स्त्री छाया से भी दूर रहते हैं, भला ऐसे नियमित संयमित व्यक्ति में क्या खोट हो सकता है।"

"मैंने कब कहा कि महाराज में खोट है।"

"तुमने तो कहा तुम क्या जानो महाराज को।"

"अरे नाराज़ मत हो। महाराज के बारे में तुम पूरा नहीं जानती। उनके चमत्कारों के बारे में, उनके ज्ञान के बारे में।"

"न अब हमको बहकाओ मत। हम पढ़े-लिखे नहीं तो क्या इसका मतलब हम निरे गंवार हैं क्या?"

दौलतिया और दरोगा की नोंकझोंक में मंदिर कब आ गया पता ही न चला। गाड़ी के रुकते ही दौलतिया तुरन्त नीचे उतर कर उस ओर जाने लगी देवाश्रम में जिस ओर शामियाना लगा था। महाराज के लिए सामने बड़ा सा तख्तों का चबूतरा बना दिया था। नीचे दरी, बिछात, बिछाई गई थी, जिन पर धूल-पत्ती आदि जमा थे, जिन्हें दौलतिया अपनी झाड़ू से साफ करने लगी।

दरोगा गाड़ी खड़ी करके शामियाना के भीतर देवाश्रम के सेवादारों सेबात कर रहा था। एक सेवादार ने कहा -

"दरोगा जी ऐसी सफाई करवाना कि शामियाना पर कचरा न रहे।"

"अरे महाराज आप भी न। भला भगवान का घर न साफ करेंगे, तो किसका घर साफ करेंगे।"

"देख लेना भक्तों के नंगे पाँवों में कंकर, पत्थर, काँटे आदि न चुभे। बड़ी आस्था के साथ भक्त आते हैं।"

"आप निश्चिन्त रहें महाराज हमारी सबसे कर्मनिष्ठ सफाई कर्मी आपके यहाँ सफाई का काम कर रही है। एक बार काम पूरा होने तो दो।"

"ठीक है। हम चलते हैं। फूलमाला की तैयारी करनी है।"

"प्रणाम।"

दरोगा ने प्रणाम किया। सेवादार लोग एक तरफ चले गए। दरोगा शामियाने के भीतर निरीक्षण करने लगा। आवश्यकता होने पर स्वयं कचरा बीन-बीन कर एक तरफ फेंक देता। दौलतिया का हाथ भी तेज़ चल रहा था। झाड़ू के चलते उड़ते धूल के कण दौलतिया के चेहरे पर आए पसीने की बूंदों पर चिपक रहे थे। ऐसा लग रहा था कि दौलतिया ने धूल का लेप अपने चेहरे पर लगा लिया।

दौलतिया अपना काम पूरा करती कि दरोगा उसके निकट आकर धूल से लिपे चेहरे को देख रहा था। दौलतिया दरोगा को अपनी ओर देखते हुए बोली -

"दरोगा जी तुमको मुझे निहारने के अलावा और कोई काम है कि नहीं? जब देखो, जहाँ देखो मुझे देखते रहते हो।"

दरोगा ने कुछ न कहा। उसने अनसुना कर दिया।

"अरे मैं तुमसे कह रही हूँ।"

दौलतिया ने चीख कर कहा। मानो नींद से जगा हो दरोगा। अभी कुछ कहता कि दरोगा जोर जोर से हँसने लगा। उसकी हँसी देखकर दौलतिया को गुस्सा आ रहा था।

"क्या बेमतलब के दाँत निपोर रहे हो। आखिर बात क्या है।"

"तुमने अपना चेहरा देखा।"

"अब क्या तुमको मैं यहाँ सजती हुई दिख रही हूँ कि अपने चेहरे का निख़ार आईने में देखूँ।"

"अरे धूल की लेप चढ़ गई है चेहरे पर। चल गाड़ी के शीशे में दिखाता हूँ।"

दौलतिया ने फौरन दो-चार झाड़ू के बड़े-बड़े हाथ चलाए और काम खत्म करके मोटरसायकल के पास आकर देखा। चेहरे पर धूल की परत, आँखें और दाँत सफेद दिख रहे थे। एक बार तो दौलतिया का भी जी खोलकर हँसने का मन हुआ लेकिन आसपास मानवों को खड़े देखकर मुस्करा दी। अपनी साड़ी के पल्लू से मुँह पर जमी धूल को साफ किया और बोली -

"दरोगा जी घर छोड़ दो। आज मैं भी महाराज के प्रवचनों को सुनना चाहती हूँ।"

दरोगा ने गाड़ी चालू की। दौलतिया और दरोगा दोनों टोला की ओर जाने लगे। दरोगा ने कहा -

"क्या बात है मैं देख रहा था कि तुम शीशे में अपना मुँह देखने के बाद हँसते-हँसते रुक गई।"

"अच्छा। मेरे समझ में ये बात नहीं आती कि तुम मुझे ही देखते रहते हो क्या? मैं क्या कर रही हूँ, क्या नहीं कर रही, हँस रही, रो रही सब कुछ।"

“नहीं बस नज़र पड़ गई थी। तब देखा तुम हँसते-हँसते रुक गई।”

“दरोगा बाबू समाज ने हम विधवाओं से हँसने की आज़ादी छीन ली है। हमें अपना मन मारकर रहना होता है।”

“ऐसी बात काहे कहती हो।”

“जो मुझे लगता है, वही कह रही हूँ।”

टब तक गाड़ी घर आ गई थी। दौलतिया उतर कर भीतर चली गई और दरोगा ने अपनी गाड़ी टोला से बाहर जाने वाले रास्ते की ओर मोड़ लिया।

शाम को डूबते सूरज की रोशनी महादेव मंदिर की चोटी पर लगे पीतल के कलश की नोक पर चमक रही थी। महादेव मंदिर के द्वार पर दरोगा की गाड़ी आकर रुकी। दौलतिया उतर कर भीतर जाने लगी। दौलतिया तैयार होकर लट्ठे की साड़ी पहनकर शाम को होने वाले महाराज के प्रवचन को सुनने के लिए आई थी। गाँव, टोला के ग्रामीणजन भी आ रहे थे। भीड़ धीरे-धीरे देवाश्रम के उस स्थान की ओर बढ़ रही थी जिस स्थान पर पण्डित भगवान देव प्रवचन देने वाले थे।

दौलतिया अपने चौड़े कंधे, तन्दरूस्त भुजाएँ, लट्ठे की साड़ी उसके उभरे उरोजों को छुपाने में असफल हो रहे थे। लम्बे बाल, देह इतनी तुली कि एक इंच न कम, न छटांक ज्यादा। आखिर मर्यादा भी कोई चीज है। स्त्री को मर्यादित रहना ही चाहिए। दौलतिया भीतर प्रवेश कर रही थी परन्तु पीठ पर लम्बे केश उसके कमर तक किसी नागिन की तरह लहरा रहे थे। अनायास ही दौलतिया का कसा बदन, लोगों को अपनी ओर आकर्षित कर रहा था। दौलतिया अपने देह के आकर्षण को छुपा पाने में असफल महसूस कर ही थी। बस सर झुकाए भीतर चली जा रही थी।

पण्डित भगवान देव हस्तरेखा के भी ज्ञाता थे। उनकी भविष्यवाणी सच ही होती है। ऐसा पूरे क्षेत्र का जन समुदाय कहता है। कक्ष में बैठे एक-एक व्यक्ति को भीतर बुलाकर उनके हाथ की रेखाएँ देखकर उनका भविष्य बता रहेथे। प्रवचन के प्रारंभ होने में समय था। पण्डित भगवान देव बाल ब्रह्मचारी थे। स्त्री की छाया भी स्वयं पर पड़ने नहीं देना चाहते। परन्तु स्त्रियों का विश्वास इतना कि लपककर महाराज के पाँव पकड़ कर छू लेती।

दौलतिया भी एक कोने में शांति से बैठ गई। सेवादार एक-एक को भीतर कक्षमें भेज रहेथे। दौलतिया के आगे बैठे व्यक्तियों का नम्बर आने से वे लोग उठकर चले गए। अब केवल दौलतिया ही बैठी थी। सेवादार निकट आकर बोला।

“चलो आपका नम्बर आ गया है।”

दौलतिया इसके लिए तैयार न थी। मन मार के उठी और सरझुकाकर पण्डित भगवान देव के समक्ष कक्ष में उपस्थित हो गई। महाराज सामने गद्दी पर बैठे थे। दो मसनददाएं-बाएं लगे थे। लाल रंग की धोती को पूरे शरीर पर लपेट रखा था। माथे पर भभूत का तिलक चमक रहा था। आँखों में अजीब सा खिंचाव था अनायास ही मानव महाराज की ओर खिंचा चला जाता। दौलतिया ने सर पर आँचल लिए हाथ जोड़कर प्रणाम किया और सामने बैठ गई। महाराज ने एक लम्बी साँस ली और कहा –

"कहो।"

"अब क्या कहें महाराज। हमारा तो सब कुछ खत्म हो गया है।"

"ऐसा नहीं कहते। जहाँ रास्ता खत्म होता है, वहीं से नया रास्ता निकलता है।"

"महाराज हम अकेले। अब क्या रास्ता निकालेंगे।"

"तो आई क्यों हो।"

"हम कहाँ आए। आपके ही सेवादारों ने कहा आपका नम्बर आ गया है और हमें भीतर धकेल दिया। आज मन अच्छा न था, आपके वचनों को सुनने आए थे।"

"ठीक है अब आ ही गई हो तो लाओ तुम्हारे हस्तरेखा से तुम्हारा भाग्य देख लें।"

दौलतिया ने अपना हाथ साड़ी में पोंछकर आगे फैला दिया। पण्डित भगवान देव महाराज ने अपनी पैनी दृष्टि उसके हथेली पर उभरी लकीरों में धंसा दी। महाराज कुछ उलझन में दिखाई देने लगे। ऐसा प्रतीत हो रहा था कि वो कुछ निर्णय नहीं कर पा रहे हैं। अन्त में अधीर होकर बोले।

"क्या बात है महाराज आप कुछ परेशान दिख रहे हैं।"

महाराज बार-बार दौलतिया की हथेली की रेखाओं को देख रहे थे।

"मैं परेशान हो रहा हूँ कि तुम्हारी हस्त रेखाएँ कुछ और कह रही हैं और तुम, कुछ और दिख रही हो।"

दौलतिया शांत स्वर से बोली –

"महाराज जिसका भाग्य खराब हो तो उसके भाग्य की रेखा खराब ही बोलेगी।"

"नहीं तुम्हारे भाग्य की रेखा तो कुछ और कह रही है।"

"ऐसा क्या कह रही है जिसे हम नहीं जानते।"

"तुम्हारा भाग्य उदय है।"

"भाग्य उदय है। भला वो कैसे। सुबह होने से पहले झाड़ू हमारे हाथ में होती है। सड़क, गली, मोहल्ला साफ करते-करते हाथों में छाले आ गए। रेखाओं के ऊपर की चमड़ी निकल जाती है महाराज आपको हमारा उदय भाग्य कहाँ से दिखाई दे गया।"

"दौलतिया तुम भले ही आज मेरी बात का विश्वास न करो, लेकिन तुम्हारी हस्तरेखा बताती है कि तुम वैभवशाली जीवन व्यतीत करोगी। तुम्हारे हाथ में सुखमय जीवन का योग है।"

दौलतिया ने अपनी हथेली को सिकोड़ लिया, कहा -

"महाराज। मज़ाक आपको शोभा नहीं देती।"

"शांत। तुम हमारी विद्या को मज़ाक कह रही हो। हम तुम्हारी हस्तरेखा देखकर कह रहे हैं कि तुम्हारा कल अच्छा है। सूरज की पहली किरण के साथ एक न एक दिन वो दिन आएगा। मेरी बात याद रखना।"

"क्षमा महाराज। हम अनपढ़, गंवार, सफाई का काम करने वाले के क्या दिन बदलेंगे। आप कह रहे हैं तो आपका आशीर्वाद मान कर ग्रहण कर लेती हूँ। ईश्वर करें कि आप जो कहरहे हैं वह सच हो। अच्छा महाराज प्रणाम।"

दौलतिया उठी और महाराज के सामने सर झुकाकर प्रणाम कर कक्ष से बाहर चली गई। कक्ष के बाहर एक तरफ हैण्डपम्प लगा था। दौलतिया ने हैण्डपम्प के पास जाकर पानी निकाला और अपना मुँह धोने लगी। दरोगा ने दौलतिया को हैण्डपम्प पर मुँह धोते देखा तो लपककर गया और हैण्डपम्प चलाने लगा। मुँह पोंछते हुए एक तरफ चलने लगी। देवाश्रम में उस स्थान की ओर बढ़ने लगी जिस तरफ आज महाराज अपना प्रवचन देने वाले थे।

"क्या हुआ। महाराज ने क्या कहा।"

दरोगा ने पूछा। दौलतिया चलते-चलते एक पेड़ के नीचे बने चबूतरे तक आ चुकी थी। बैठते हुए बोली -

"महाराज का क्या है। वो सभी से अच्छा ही बोलते हैं।"

अब तक दरोगा भी चबूतरे पर दौलतिया के निकट बैठ गया था।

"तो क्या हुआ। ये तो अच्छा ही है कि महाराज अच्छा बोलते हैं।"

"अरे नहीं दरोगा जी। महाराज जी कहते हैं कि हमारा भाग्य उदय होने वाला है। हमारे दिन फिरने वाले हैं। नीच कुल की औरत ऊपर से विधवा, अनपढ़, गंवार मैं कैसे मान लूँ कि मेरा भाग्य बदलने वाला है। एक बेकार देवर है जो हमेशा मौके की तलाश में रहता है। दूसरे तुम...।"

"अब मैंने क्या कर दिया।"

"बिना कुछ किए ही मैं बदनाम हो रही हूँ। लोग कहने लगे हैं कि दरोगा ने दौलतिया को रख लिया है। अब उनको कौन समझाए कि मेरा तुम्हारे साथ आना-जाना मेरी मजबूरी है। कोई भी औरत दूसरे मर्द के साथ या तो अपनी मर्जी से जाती है या फिर मजबूरी से। मर्जी और मजबूरी दोनों के लक्षण एक से होते हैं, जिन्हें समझने के लिए अनुभव की आवश्यकता होती है। अनाड़ी को मजबूरी, मर्जी की तरह दिखने लगती है।"

"अरे वाह तुम तो प्रवचन देने लगी। अब महाराज कह रहे हैं तो हो सकता है कि वास्तव में कुछ देख लिया हो।"

"दरोगा जी। जिसका समय सफाई करने और घर के कामों में समाप्त हो जाए तो भला ये कैसे संभव है।"

"देखो मेरी तो कुछ समझ में नहीं आ रहा है चलो महाराज के प्रवचन सुनते हैं। प्रांगण में महाराज आने वाले हैं।"

दोनों उठे और उस ओरजाने लगे जहाँ प्रवचन के लिए शामियाना के भीतर महाराज की गद्दी लगी थी। अब तक ग्रामीणजनों की संख्या बढ़ चुकी थी।

पण्डित भगवान देव महाराज गद्दी पर बैठ चुके थे। सामने बैठे भारी मात्रा में भक्त जय जयकारे लगाने लगे। महाराज ने भी बम भोले का स्तुतिगान प्रारंभ किया। वादकों ने वाद्यय यंत्र बजाने प्रारंभ किए। संगीतमय प्रस्तुति के कारण जनता झूमने लगी। यह इसलिए किया जाता है कि इस सभागार में उपस्थित जन-मानस अपने तनावों से कुछ देर के लिए मुक्त होकर उस रस से जुड़े जो यहाँ इस समय बहने वाला है। जैसे कि रास्ते के किनारे बड़े से पेड़ की छाँव देखकर राहगीर स्वतः ही आराम करने के लिए कुछ देर के लिए बैठ जाता है। पेड़ कभी नहीं कहता कि मेरी छाँव में आकर बैठ के आराम कर ले। ठीक उसी तरह यहाँ इस भक्ति सागर के रस में कुछ पल के लिए मानव स्वयं रसमय होने के लिए आता है। संगीत मानव की मनःस्थिति को बदलने की पूरी ताकत रखता है।

आरती समापन के पश्चात महाराज ने कहा -

"बोल बांके बिहारीलाल की जय।"

"बोल भोले शंकर बाबा महादेव की जय।"

महाराज भक्तों से जयकारे लगवाते रहे। भक्त भी अब तक भक्ति रस में डूब चुके थे। दरोगा के साथ दौलतिया भी एक कोने में बैठे अपने हाथों को उठा कर बड़ी तल्लीनता से जयकारे लगा रही थी। दीन-दुनिया से बेखबर बिना किसी परेशानी के उसे देखकर ऐसा लग रहा था मानो तनिक भी परेशानी जीवन में नहीं है। दरोगा बार-बार उसके चेहरे को निहारे जा रहा था। दौलतिया अपनी आँखों को बन्द किए मन में ईश्वर का स्मरण कर महाराज के स्वर से स्वर मिलाने का प्रयास कर रही थी।

पण्डित भगवान देव महाराज कहते हैं -

"ईश्वर ने विश्व की रचना करते हुए प्राणी को दो योनियों को विभक्त किया है। "स्त्री और पुरुष" समस्त प्रजाति के प्राणियों में यह लिंग भेद देखने को मिलता है। स्त्री-पुरुष एक-दूसरे के पूरक हैं, एक-दूसरे से आकर्षित हैं।

हमें ईश्वर, माता, पिता दोनों में दिखाई देगा। जिस तरह ईश्वर कभी किसी को नहीं त्यागता, चाहे उससे कितनी बड़ी से बड़ी गलती भी क्यों न हो जाए, उसी तरह जो आपकी शरण में है, जो आपको चाहता है, उसकी गलतियों पर विचार करो कि आखिर उसने ये गलती क्यों की, फिर आपको उसको सचका पता चलेगा तब आप उसका आदर-निरादर कर सकेंगे।

ईश्वर ने हमें यह शरीर रूपी चोला दिया है जिसे हम प्रतिदिन संवारते रहते हैं। बदन और नसीब संवारने से हमारा कल्याण नहीं होने वाला। हमारे विकारों को, हमारे अन्दर व्याप्त बुराइयों को निकालने से ही हमारे भीतर अच्छाई प्रवेश कर पाएगी। हमारे शरीर के हृदय में स्थान उतना ही है जितना ईश्वर ने सब के लिए बना कर भेजा है। मान लो आपके घर में फ्रिज है। उस फ्रिज में चाहे आप माँस मदिरा रख लो, या जल-फूलघी, रख लो। इसी तरह हम, हमारे भीतर किन चीजों को रखना चाहते हैं। यह हमारे विवेक पर निर्भर करता है। प्रश्न यह है कि हमें यह बताएगा कौन कि हमें किस तरह की चीजों का संयोजन करना चाहिए।

हमारे गाँव में बड़े-बड़े नीम के पेड़, आम के पेड़ लगे हैं। जानवर धूप से बचने के लिए उन पेड़ों की छाँव में जाकर बैठ जाते हैं और आराम से अपने आहार का पाचन करते हैं। पेड़ कहता है कि मेरी छाँव में आकर बैठ जाओ, नहीं, बल्कि उन पशुओं को यह मालूम है कि हम उस पेड़ की छाँव में जाएंगे तो हमको आराम ही मिलेगा। भक्तों मेरे कहने का आशय यह है कि हम उनकी संगत करें जिनकी शरण में जाने से हमारा कल्याण हो, हमें उनसे कुछ सीखने को मिले, न ही अच्छाई की जगह बुराई हमारे भीतर घर कर ले।

देह नश्वर है। देह का मोह छोड़ दो। ईश्वर सर्वशक्तिमान है। ईश्वर की लौ से अपनी लौ लगाओ। देह का आकर्षण क्षण मात्र है। एक ज्वार उठता है और शांत हो जाता है। सब समाप्त हो जाता है। देह के भीतर व्याप्त आत्मा के निकलते ही परिवार जन इस मृत देह को पंच तत्वों में तुरन्त विलीन कर देते हैं,जो देह रात दिन अच्छी लगती थी। निहारता रहता था। बड़ा घमण्ड था, वह पलभर में राख बन जाती है। देह का आकर्षण मानव को आगे बढ़ने से रोकता है। देह नश्वर है। देह नश्वर है। देह का मोह छोड़...।”

महाराज का प्रवचन चल रहा था। दौलतिया की आँखें नम हो गई। अचानक उठकर बाहर की ओर आने लगी। पीछे से दरोगा भी उठकर दौलतिया के पीछे-पीछे आने लगा।

मंदिर के बाहर आकर दरोगा की गाड़ी के पास आकर रोने लगी। दरोगा ने निकट आकर पूछा।

"क्या हुआ। उठ क्यों आई।"

"पता नहीं मन अच्छा न लग रहा था। मुझे घर छोड़ दो।"

बिना कुछ कहे दरोगा ने गाड़ी चालू की, दौलतिया उसकी गाड़ी पर बैठ गई। गाड़ी धीरे-धीरे टोला की ओर बढ़ती जा रही थी। आसमान पर तारे चमकने लगे थे। झींगुरों, कीट, पतंगों की आवाज़ भी आने लगी थी। रात बढ़ती जा रही थी।

"तुमने बताया नहीं आखिर अचानक उठकर क्यों आ गई।"

"अब का बताएं हमें तो ऐसा लग रहा था कि सच में देह नश्वर है।"

"कैसे?"

"अब तुम्हें क्या समझाएं कैसे। जिनकी काया उसी को समझ में आती है कि काया की आग कैसी होती है।"

बड़ा दर्द था दौलतिया की बातों में। दरोगा शायद गाड़ी की आवाज़ में ठीक से सुन न पाया और एक निश्चित गति से गाड़ी चलाते हुए दौलतिया के घर पर आकर रोक दीया। दयाराम आँगन में बिछी खटिया पें बैठा था। लालटेन की मद्धम रोशनी जल रही थी। शायद लाइट अभी तक गाँव में नहीं आई थी।

"कैसे हो दयाराम।"

दरोगा ने कहा। दयाराम ने कोई उत्तर न दिया। दरोगा गाड़ी घुमाकर वापस जाने लगा। दौलतिया एक क्षण रुकी बोली -

"लाइट न आई।"

और भीतर चली गई। भीतर से दूसरा लालटेन निकाली उसे जला कर भीतर चली गई। दयाराम पीछे-पीछे भीतर घुस आया। दौलतिया ने पूछा -

"का बात है, कुछ चाहिए।"

"भाभी तुम दरोगा के साथ न आया-जाया करो।"

"देवर जी हमने कितनी बार कहा। अपने मन के गंदे विचारों को निकाल दो। कहीं ऐसा न हो कि तुम किसी परेशानी में आ जाओ। देखो मुझे खाना बनाने दो तुम भी भूखे हो हम भी भूखे हैं। खाना खा लें तो बात कर लेंगे।"

"तुम्हारा तो न मालूम लेकिन हम तो सच में भूखे हैं।"

"अरे कैसे न मालूम हम महाराज के वचनों को सुनने गए थे। वहाँ खाना खाने नहीं गए थे।"

"ये किसने देखा कि तुम कहाँ गई थी, हम घर में थे, हमें क्या मालूम।"

"देवर जी फालतू की बातें करना बन्द करो, तुम कुछ ज्यादा ही गलत बात कर रहे हो। दरोगा के साथ आना-जाना करने की हमारी मजबूरी है। भले दरोगा की नीयत ठीक नहीं लेकिन बिना मेरी मर्जी के उसकी हिम्मत भी नहीं कि वो हमें छू भी सके। वैसे देवर जी नीयत तो तुम्हारी भी हमें ठीक नहीं लगती। दरोगा और तमुमें कुछ ज्यादा अन्तर नहीं है। मुझे तो बाहर भी ख़तरा है और भीतर भी। अब तुम ही बताओ मैं अपनी रक्षा कैसे करूँ।"

दयाराम शांत हो गया। कोई उत्तर नहीं था।

"इसीलिए कहती हूँ देवर जी। इस नश्वर देहके लिए इतना चिन्तित न हो। महाराज यही कह रहे थे। देह का आकर्षण मानव के मन बुद्धि में विकार को जन्म देता है। जाओ बाहर बैठो मैं खाना बना देती हूँ। खाली पेट भजन नहीं होते।"

दयाराम के समझ में बात आई कि नहीं यह तो मालूम नहीं परन्तु कमरे से बाहर निकलकर चला गया। दौलतिया उसके तेज़ क़दमों को बाहर जाते हुए देख रही थी।

रात गहरा गई थी। गाँव, टोला, मोहल्ला सब शांत झींगुरों के स्वर गूंज रहे थे। सन्नाटे को चीरती हुई हवाएँ भी सांय-सांय कर चल रही थी।

दौलतिया को आभास हुआ कि उसके खाट के पास कोई है। अपने मुँह पर से चद्दर हटा कर देखा। अंधेरे में एक साया उसके पास खड़ा दिखा। हड़बड़ा कर उठ बैठी। पूछा -

"कौन है।"

"हम हैं, भाभी।"

"अरे देवर जी। आप इतनी रात में, क्या हुआ तबियत तो ठीक है न।"

दौलतिया ने उठकर पास जल रहे लालटेन के रोशनी की लौ को तेज़ कर दिया। जिस कारण से वहाँ उजाला हो गया। दयाराम के चेहरे पर पसीना आ गया था। साँसें भी ऊपर-नीचे हो रही थी। नथुने भी फूल रहे थे। तमतमाया हुआ खड़ा था। दौलतिया लालटेन को उसके मुँह के सामने लगाते हुए बोली -

"क्या बात है कुछ चाहिए क्या? कोई परेशानी हो तो बताओ।"

दौलतिया की साड़ी उसके सर पर से हट कर कांधे पर आ गई थी। उसके उरोजों के उभार अनायास ही प्रदर्शित हो रहे थे। लालटेन की रोशनी उसके चेहरे पर और अधिक आकर्षण पैदा कर रही थी। दयाराम शांत था।

"देवर जी कुछ कहेंगे कि आधी रात को ऐसे ही भूत की तरह खड़े रहोगे।"

दयाराम ने दौलतिया के हाथ से लालटेन ले लिया और एक तरफ रखते हुए बोला -

"अब और सह नहीं सकते।"

"क्या सह नहीं सकते कुछ साफ-साफ कहो।"

"हम तुमको चूड़ी पहनाना चाह रहे हैं, तुम न पहन रही, वो दरोगा के साथ तुम्हारा घूमना अच्छा नहीं लगता। लोग हँसते हैं।"

"ओह तो ये बात है।"

दौलतिया अपने साड़ी के पल्लू से दयाराम के माथे का पसीना पौछते हुए बोली।

"अरे देवर जी। जरा पलंग पर बैठो। हम आपको समझाते हैं बात क्या है।"

दौलतिया ने दयाराम को इस तरह समझाया जैसे रूठे बालकों को माँ समझा देती है। दयाराम खटिया पर बैठ गया।

"हाँ बोलो।"

"अब कहाँ तुम, बांके जवान और कहाँ दरोगा अधबूढ़ा, वो तो अवसर का लाभ ले रही हूँ, कहते हैं न वक्त पर गधे को भी बाप बनाना पड़ता है। बस इतना समझ लो कि अपने घर में चूल्हा जले इसलिए हम उसके साथ आते-जाते हैं।"

"वो तो ठीक है लेकिन भाभी हमसे शादी कर लो। हमें यह अच्छा नहीं लगता कि कोई तुम्हें कुछ कहे।"

"तुमसे शादी करने के बाद कोई कुछ न कहेगा?'

"हाँ।"

"ये बात तुमको किसने कही।"

"रामलौट काका ने।"

"वो निरवंसिया, वो तो है बदमाश, बूढ़ा हो गया है लेकिन औरत बाजी करने से बाज नहीं आ रहा।"

"नहीं वो सही कहते हैं।"

"क्या कहते हैं।"

"यही कि औरत को काबू में रखना चाहिए नहीं तो बदनामी हो सकती है।"

"अच्छा। इसका उपाय भी बताया होगा।"

"हाँ बोले रात में चूड़ी पहना दे बस एक बार चूड़ी डाल दी तो औरत पर तुम्हारा कब्जा।"

"हम कोई खेत खलिहान हैं कि एक बार जोतने के लिए हल चला तो वो ज़मीन हमारी। देवर जी लोगों की छोड़ो तुम शरीर से तो बड़े हो गए लेकिन मंद बुद्धि तुम अभी रहे बालक के बालक। कई औरतें ऐसी हैं कि मर्दों की चूड़ी पहन ली और उनकी चूड़ी सहित भाग गई पराए मर्द के साथ। चूड़ी पहनने से औरत बस में नहीं आती। औरत को बस में करना हो तो उसका मान करो, सम्मान करो, उसकी अहमियत बताओ। अपने जीवन मेंउसकी ज़रूरत है; यह तो दिखाओ। औरत पालना हाथी पालने के बराबर है। ये दोनों कब जंज़ीर तोड़कर चली जाए महावत कुछ नहीं कर सकता।"

"हमें न बहलाओ। हम चूड़ी लेकर आए हैं। आज हम चूड़ी पहनाकर ही रहेंगे।"

"देखो देवर जी चूड़ी पहनाने से कुछ नहीं होता। इसके साथ-साथ बहुत कुछ रस्में, रिवाज निभाना पड़ेगा।"

"मैं कुछ नहीं जानता। तुमको मेरी चूड़ी पहननी पड़ेगी।"

दौलतिया ने देखा कि उसके हाथ में लाल-लाल चूड़ियों का गुच्छा थमा था। दयाराम की ज़िद थी कि आज वो चूड़ी पहनाएगा। रात का तीसरा पहर चल रहा था। हवाएँ भी ठण्डी हो गई थी। दौलतिया ने कुछ विचार किया फिर बोली -

"अच्छा चलो। हम आपकी बात मान लें तो क्या करोगे।"

दयाराम प्रसन्न होकर दौलतिया का हाथ पकड़कर बोला -

"ये चूड़ी हम अपने हाथों से तुमको पहनाएँगे बस। फिर कल सबके सामने मंदिर में चलकर शादी कर लेंगे।"

दौलतिया ने कोई उत्तर नहीं दिया। आज उसे ऐसा लग रहा था कि रामराज के युग में लक्ष्मण ने रेखा इसलिए खींची थी कि बाहर खड़े राक्षस घर के भीतर न प्रवेश कर सके क्योंकि माता सीता घर में अकेली है। आज के लक्ष्मण रेखा इसलिए खींच रहे है कि घर के भीतर के राक्षस से बचकर स्त्री बाहर न चली जाए। दौलतिया को सोच में डूबे देख दयाराम ने कहा -

"क्या सोच रही हो भाभी। इस घर में हम तुम अलग-अलग रहते हैं। आज के बाद हम एक हो जाएँगे। सब कुछ अच्छा हो जाएगा।"

"तुम ठीक कहते हो देवर जी। मुझे अकेले नहीं रहना चाहिए।"

"लाओ चूड़ी हाथ में डाल दो।"

दौलतिया समझ चुकी थी कि अभी विरोध करना उचित नहीं। मन के विकार हैं दो मिनट में उतर जाएँगे। दौलतिया ने अपना दायाँ हाथ आगे बढ़ा दिया। दयाराम ने चूड़ी निकाली और पहनाने लगा। दौलतिया के माथे पर पसीना उभर आया था। दोनों हाथों की पूरी कलाई चूड़ियों से भर दी और दोनों हाथों को अपने सामने उठाकर बोला।

"भाभी देखा। आपके हाथ कितने अच्छे लग रहे हैं। बस ये साड़ी भी उतार दो।"

"क्यों?"

"मेरा मतलब ये साड़ी भी उतार कर दूसरी पहन लो तो और अच्छी लगोगी।"

"अच्छी साड़ी तो तब पहनूगी जब मैं सुहागन हो जाऊँ। चूड़ी पहनना अलग बात है, सुहागन होना अलग। बिना शादी के तुम मेरे सुहाग नहीं बन सकते।"

"ठीक है, कल शादी के बाद, मैं तुमको दुल्हन बनाऊँगा। तुमको अच्छी-अच्छी साड़ी लाकर दूँगा।"

"ठीक है। अब जाओ और निश्चिंत होकर सो जाओ। कल तुमको शादी की भी तो तैयारी करनी है।"

दयाराम मान गया। खुशी-खुशी भीतर से बाहर आ गया। अपनी खटिया पर लेट गया। दौलतिया ने लालटेन उठाया। कुछ पल लालटेन की रोशनी में अपनी चूड़ियों को ताकती रही। अचानक किवाड़ बन्द किया और फटाफट सारी चूड़ियाँ उतारकर एक तरफ रख दी। लालटेन की रोशनी बुझा दी और भयभीत अवस्था में डरी, सहमी खटिया पर घुटने को मोड़कर छाती सेलगाकर चद्दर ओढ़कर लेट गई। मन ही मन भगवान को याद कर रही थी। जिस तरह शेर के मुँह से कोई जानवर अपनी जान बचाकर भाग निकलता है। उसके बाद उसकी साँसें तीव्रता से चलने लगती हैं, ठीक उसी तरह दौलतिया

की स्थिति थी। कुछ भी अनहोनी हो सकती थी, जिसकी कल्पना मात्र से दौलतिया सिहर उठी थी। दयाराम के कमरे से बाहर निकलने के बाद ही साँस में साँस आई। दौलतिया के आँखों से नींद कोसों दूर थी। चद्दर के भीतर से वो किवाड़ को ही ताक रही थी। कहीं ऐसा तो नहीं फिर से देवर जी आ जाए और कहने लगे चूड़ी तो पहना दी अब चल... न बाबा।"

"हे भगवान तुमने आज की रात इतनी लम्बी क्यों कर दी। जो काटे न कट रही।"

दौलतिया बन्द किवाड़ को देख रही थी और मन ही मन महादेव का स्मरण कर रही थी।

देवपुर गाँव के रामजीवन के घर के आँगन में नीम के पेड़ के नीचे फालतू समय में महत्वपूर्ण विषयों पर चर्चा के लिए रामलौट के साथ ग्रामीणजन वैसे ही बैठके हँसी मज़ाक कर रहे थे, जैसे रोज करते थे। दोपहर हो चली थी। खेत के सारे काम सुबह-सुबह ग्रामीण किसान करके आते हैं। जानवरों को चारा, पानी देने के बाद दोपहर की बैठक नीम का पेड़ ही है।

"हा... हा... हा...।"

कुछ लोग इतनी तीव्र हँसी हँसते हैं कि जैसे रावण, सीता को हरने के बाद रामलीला में हँसता है। सावित्री भीतर ही भीतर इन ग्रामीण बूढ़े, आवारा मर्दों से ऊब चुकी थी। विवशता इतनी कि रोज-रोज किसके घर में जाए। अब तो सावित्री को भीइन आवारों की बातें सुनने की आदत सी हो गई थी। जबतक रामलौट, सावित्री को छेड़ नहीं लेता और उसके छेड़ने पर दो-चार गाली नहीं खा लेता तब तक दोनों की ही आत्मा को संतुष्टि नहीं मिलती।

"अरे भाभी क्या हुआ चूल्हा बुझ गया क्या?"

रामलौट घर की ओर मुख करके जोर-जोर चीख रहा था। रामजीवन उसके बगल में बैठे थे। रामलौट ने कहा -

"क्या रामजीवन भाई चूल्हे में आग लगी है कि नहीं।"

"रामलौट तुम अभी पच्चास गाली खाओगे।"

"अरे भईया अब जो मिलेगा वही खाएँगे न।"

"हा... हा... हा...।"

सारे लोग हँसने लगे। सावित्री अपने माथे पर आँचल रखते हुए बाहर निकली। पास आकर बोली -

"काहे गला फाड़ फाड़ के चिल्ला रहे हो। चूल्हा जल गया या बुझ गया। इतना ही है तो चलो तुम ही जला दो।"

"अरे भाभी चूल्हा हमारा नहीं है। नहीं तो इस काम में हम कभी पीछे न रहते।"

"गाँव के लड़के तो शहर चले गए कमाने। यहाँ बूढ़ों को छोड़ दिया आवारागर्दी करने के लिए। बहू-बेटियों को छेड़ने के लिए। अरे, जरा अपने उम्र का तो लिहाज करो। लोग क्या कहेंगे।"

"अरे भाभी जी। उम्र का क्या है। जैसे-जैसे उम्र बढ़ती है, तजुर्बा जवान होता है। भला नज़ाकत के नख़रे कैसे झेलने हैं, बड़ा अनुभव हो जाता है।"

"हाँ जैसे रोज तुम औरतों के नख़रे उठा रहे हो।"

"अरे इतने दिनों से तुम्हारे नख़रे तो झेल ही रहे हैं भाभी, कसम से और किसी के नख़रे क्या झेलें।"

"धत्।"

सवित्री ने शरमाते हुए अपने दाँतों से साड़ी के आँचल का कोना दबा लिया और तीव्रता से भीतर की ओर भागी। रामलौट ने आवाज़ दी -

"भाभी गला सूख गया है। पानी तो भिजवा ही देना।"

पास ही बैठे रामजीवन से रामलौट बोले -

"रामजीवन भाई। आप बहुत किस्मत वाले हो जो आपको सावित्री जैसी भाभी, पत्नी के रूप में मिली।"

"ये तो भगवान की मर्जी है लेकिन हमारी भी हालत तुम्हारे ही जैसी है रामलौट भाई। बल्कि मैं कहूँगा कि मेरी ही नहीं इस गाँव में उस घर की ऐसी ही हालत है, जिस घर में लड़का है। अब तुमको संतान नहीं है। हमको संतान है लेकिन कमाने बाहर चलागया तो हमारा होकर भी हमारा नहीं है। ऊपर सेअपनी जवान बीबी को बूढ़े कांधों के भरोसे छोड़ गया। जवान लड़कियाँ हिरणी के तरह उछलकूद करती रहती है पूरे गाँव में और तुम्हारे जैसे हरामी बूढ़ेगलत नज़र डालते हैं।"

"देखो रामजीवन जी आप हम पर इल्ज़ाम मत लगाओ बल्कि हमारे कारण दूसरे गाँव के आदमी अपने गाँव के भीतर नहीं घुस पाते। हमको बाल-बच्चे नहींतो क्या हमारे गाँव की इज्ज़त हमारी इज्ज़त।"

"वाह क्या बात कहे हो रामलौट भाई इसीलिए तो तुम्हारी गाँव में इज़्ज़त है।" एक ग्रामीण ने कहा।

"हाँ तो हमें दिखाई दे रहा है इनकी कितनी इज़्ज़त है।"

"तो क्या हुआ। दो का ही तो नाम होता है, एक अच्छे का और एक बहुत अच्छे का।"

"रामलौट भाई मुहावरा तो ठीक से कहो।" दूसरे ने चुटकी ली। रामलौट अपने चेहरे पर मुस्कान बिखेरे, छाती चौड़ी किए महिलाओं के समर्थन में स्वयं का बखान करता चला जा रहा था जैसा कि वो करते है। मानव की आदत कभी नहीं बदलती।

"और बताओ बेटे के लिए कोई दुल्हन देखे कि नहीं कब तक कुंवारा रहेगा। शहर की हवा लग गई तो बदल न पाओगे।"

रामजीवन का चेहरा उतर गया। मायूस होकर बोले -

"अब क्या बताएँ, आजकल के लड़कों की तो बात ही निराली है। कहता है कुछ कर लूँ, अपने पैरों पर खड़ा हो जाऊँ तो आगे बात करता हूँ। मेरे समझ में यह बात नहीं आती कि नौकरी चाकरी है। बाकी गाँव में अपना घर द्वार है, खेती बारी है, अब और क्या करने की चाहत है। भगवान का दिया तो सब कुछ है हमारे पास।"

"अरे तो इतना उदास काहे हो रहे हो। लड़का जवान है कुछ कह रहा है तो सोचकर ही कह रहा होगा। उसकी भी कुछ योजना होगी।"

"रामलौट जी। आपको कोई संतान नहीं है, इसलिए संतान का बिछोह आप नहीं जानते।"

"दर्द का एहसास है हमको लेकिन दर्द लेकर जीने से कोई फायदा हो तो बताओ। हम जितने यहाँ बैठे है। सब दर्द तुम्हारा बाँट लेते हैं।"

"ये तो रामलौट भाई ठीक कह रहे हो।"

"रामजीवन जी अपना मन छोटा न करो, रमेश बाबू जल्द ही आपको कुछ अच्छी ख़बर बताएँगे। देखना हमारा मन कहता है।"

"हम दोनों भी यही सोचकर मन को बहलाते हैं कि वो दिन जल्द ही आएगा।"

"अरे भाई कहाँ की बात लेकर बैठ गए। सुना है कल दूसरे टोला में कोई नौटंकी होने वाली है।"

रामलौट ने कहा। सारे लोग कुछ पल के लिए शांत हो गए। एक ग्रामीण ने आगे आकर कहा -

"नौटंकी कौन से ज़माने की बात कर रहे हो रामलौट भाई। अब तो पर्दे पर सिनेमा दिखाई जा रही है। नौटंकी मण्डली तो कब की ख़त्म हो गई है।"

"गाँव में जब बिजली आएगी तब तो सिनेमा चलेगा। अंधेरे में लालटेन या गैस बत्ती के सामने तो नौटंकी ही होगी।"

सारे ग्रामीण अपनी-अपनी बातों को अपने-अपने तरीके से कह रहे थे। कुछ की बातों में अनुभव झलकता, कुछ की बातों में बचकाना, मज़ाकिया। यह एक दिनचर्या है। देवपुर गाँव के लोगों का समय काटने का तरीका। इसी बहाने आपस में मिलना होता है। स्थान रामजीवन के घर के आँगन में लगे नीम का पेड़। जो इनके साथ-साथ ही वो भी बूढ़ा होता जा रहा था।

दयाराम की जब आँख खुली तोदोपहर हो चुकी थी। दौलतिया अभी तक सफाई काम से वापस नहीं आई थी। रात में चूड़ी पहनाते समय शादी के लिए भाभी को राजी कर लिया था। इतना तो याद था। बड़ा सुकून मिला था। दौलतिया को चूड़ी पहनाकर इसीलिए निश्चिन्त होकर दोपहर तक सोता रहा।

दयाराम उठा और दौलतिया के पलंग के पास गया। देखा पलंग पर उसके द्वारा रात में पहनाई चूड़ी रखी थी। उन चूड़ियों को उठाकर एकत्रित कर पलंग के एक तरफ रखते हुए सोच रहा था -

"भाभी ने चूड़ी क्यों उतार दी। हो सकता है कि झाड़ू लगाते समय चूड़ी बजती हो। लोगों को काम के समय चूड़ी चूड़ा पहनना पसंद नहीं।"

दयाराम कमरे से बाहर आकर हैण्डपम्प पर मुँह-हाथ धोने चला गया। दोपहर शाम में ढलने लगी। दौलतिया अभी तक न लौटी। दयाराम चिन्तित हुआ। वह कपड़े पहनकर दौलतिया को ढूंढने महादेव मंदिर की ओर चल पड़ा।

महादेव मंदिर के देवाश्रम के भीतर पण्डित भगवान देव के सामने दौलतिया बैठी हाथ जोड़कर कह रही थी -

"महाराज। मैं झाड़ू पोंछा करती रहूँगी। आपके जूठन खाकर पड़ी रहूँगी लेकिन उस घर में न जाऊँगी। घर के भीतर देवर नहीं रावण है। आज रात तो मैंने अपने को बचा लिया लेकिन आज न बचा पाऊँगी। आज तो वह विवाह करके ही मानेगा।"

"हाँ महाराज। मैं तो कहता हूँ कि देवाश्रम में और देवियों की तरह यह भी पड़ी रहेगी। आपके आश्रम में देख-रेख करती रहेगी।"

पास खड़े सफाई दरोगा ने दौलतिया की सिफारिश की।बाल ब्रह्मचारी पण्डित भगवान देव महाराज ने उनकी बातों को सुना, कुछ देर शांत रहने के बाद बोले -

"आत्मरक्षा ज़रूरी है, वर्ना जीवन पशु, जीवन की तरह हो जाता है। जो बलशाली है उसी का राज है। मानव को संस्कारी, संयमित रहना चाहिए। ठीक है। आज से आश्रम में ही रहना। यहाँ के सभी सेवादारों का नाम, पुरुष है तो देव, स्त्री है तो देवी रखा जाता है। इस देवाश्राम में न कोई छोटा, न कोई बड़ा। सब बराबर हैं। सब एक साथ वही भोजन करते हैं जो बनता है।"

पास ही खड़ी एक सेवादारनी देवी को देखकर महाराज ने कहा -

"देवी।"

"जी महाराज।"

"इन्हें ले जाओं ओर इनको आश्रम के वस्त्र धारण कराओ। यहाँ के नियम विधान से परिचय कराओ। अपने साथ कुटिया में रखो। जाओ देवी आज से तुम इस देवाश्रम की सेवादारनी देवियों में से एक हो। यहाँ तुमको बाहर के किसी रावण से भयभीत होने की आवश्यकता नहीं है।"

दौलतिया ने धरती पर अपना माथा रख दिया और धरती को अपने आंसुओं से धो दिया। कुटिया से बाहर निकलते समय दरोगा ने कहा -

"दौलतिया।"

"हूँ।"

"आज से तुम्हारा नया जीवन शुरू हो रहा है। अब हम तो कभी न मिल पाएँगे।"

"दरोगा बाबू मिलने का क्या है। जब मन करे आ जाना मैं तो यहीं हूँ।"

"न ये पवित्र स्थान है। मेरे मन में पाप है। मन में पाप लेकर मैं यहाँ न आ पाऊँगा। हाँ, जब मेरा मन साफ हो जाएगा तब मैं इस देवी से मिलने आऊँगा जो दौलतिया से देवी बन गई है।"

"धत्। तुम अपनी आदत से कभी न बदलोगे।"

"अच्छा अब मैं चलता हूँ।"

दौलतिया ने अपने दोनों हाथों को जोड़ लिया। दरोगा देवाश्रम से बाहर निकलने के लिए मुख्य द्वार तक आया ही था कि सामने से दयाराम आता हुआ दिखाई दिया। दरोगा को देखकर चीखा -

“ऐ दरोगा रुक।”

दरोगा द्वार पर ही रुक गया।

“भाभी कहाँ है।”

“आश्रम में।”

“आश्रम में क्यों?”

“महादेव की शरण में आकर देवाश्रम की देवी बन गई है।”

“जरूर तुमने बहकाया है। मैं आज विवाह करने जा रहा हूँ। घर संसार बसाने जा रहा हूँ तुम हो के उसको संन्यासी बना रहे हो।”

“दयाराम तुम उसके साथ क्या कर रहे हो, यह वो महाराज को बता चुकी है। महाराज ने ही दया खाकर उसे अपने आश्रम में रहने की अनुमति दी है। अरे पगले जरा सोच अपना घर छोड़ के कोई औरत संन्यासी जीवन बिताने के लिए आश्रम में क्यों आएगी। जरूर वो उस जगह से परेशान है, जहाँ वह रह रही है।”

“मैं कुछ नहीं जानता मैं अभी उसे लेकर जाऊँगा।”

दयाराम गुस्से से तमतमाया आश्रम के भीतर घुस गया। दरोगा भी उसके पीछे-पीछे वापस आश्रम के भीतर आ गया।

दयाराम और दरोगा की जोर-जोर की बातों को सुनकर आश्रम के दो-तीन सेवादार देवगण आ गए। उन्होंने दयाराम को भीतर जाने से रोक दिया। एक ने पूछा -

“क्या काम है।”

“मुझे मेरी भाभी से मिलना है।”

“यहाँ किसी की भाभी नहीं रहती। सब देवियाँ रहती हैं। किस देवी से मिलना है।”

दयाराम इस नए नाम से परिचित न था। उसके समझ में कुछ न आया और तेज़ स्वर से बोला -

“ये दरोगा, जिस औरत को लेकर आया है उसका नाम दौलतिया है, वो मेरी भाभी है उससे मिलना है। उसको बुलाओ।”

"इतना उत्तेजित न हो हम सभी देवियों को बुला देते हैं। तुम उनमें से पहचान लो और बात कर लो। लेकिन ध्यान रहे ये आश्रम शांति प्रिय आश्रम है। यहाँ ज्यादा शोर-गुल करने की आवश्यकता नहीं है। जो भी बात करनी है शांति से बात करें।"

एक सेवादार भीतर गया। वहाँ से सारी सेवादारनियों को बुला केले आया। दस-पन्द्रह महिलाएँ सफेद रंग की एक तरह की साड़ी पहनी हुई थी। यह इस आश्रम की पोशाक थी। एक सी पोशाक में सारी देवियाँ एक ही तरह की दिखाई दे रही थी। सारी देवियाँ सामने आ कर खड़ी हो गई। सेवादार ने कहा -

"बताओ, किस देवी से मिलना है।"

दयाराम ने ध्यान से सारी देवियों को देखा और फिर कहा -

"इसमें भाभी नहीं है।"

"हमारे आश्रम की सारी देवियाँ यहीं आ गई हैं। अब कोई शेष नहीं है।"

"नहीं मेरी भाभी इनमें नहीं है। उनको बुलाओ।" तभी दौलतिया अपने वस्त्रों को ठीक करते हुए आती दिखाई दी। दौलतिया को आता देख दयाराम प्रसन्नता से बोला -

"वो देखा वो, वो है मेरी भाभी जो आ रही है।"

सभी ने उस ओर देखा जहाँ से दौलतिया आ रही थी। दौलतिया अब देवाश्रम की देवी बन गई थी। यहाँ के वस्त्रों में दौलतिया वास्तव में किसी देवी सी दिखाई दे रही थी। आज उसका चेहरा देवी की तरह ही चमक रहा था। उसके शरीर से तेज़ फूट रहा था। अनायास ही मानव आकर्षित हो जाए इस तरह का आकर्षण प्रकाशमय हो रहा था पास आकर देवी बोली -

"अरे देवर जी आप।"

"भाभी ये आप क्या कर रही हैं। अपना घर होने के बाद आप संन्यासन की तरह जीवन बिताने इस आश्रम में आ गई।"

"घर, कैसा घर। जहाँ आत्मा सुरक्षित नहीं वह घर-घर नहीं है। इस नश्वर शरीर के पाने के पीछे तुम मेरी आत्मा तक को छलनी किए दे रहे थे। मैंने तुमको कई बार समझाया कि शांति से मुझे पड़े रहने दो घर के

एक कोने में। तुम तो रात में ही जाग गए चूड़ी पहनाने के लिए। देवर जी औरत एक के नाम पर ही जीती और मर जाती है। कुछ औरतें होगीं जो अपने रास्ते सेभटक जाती हैं। कुछ औरतें हैं, जो अपनी सीमा को लांघने से आज भी डरती हैं।"

"लेकिन मैं अकेले रहूँ कैसे।"

"इस धरती पर सभी अकेले आए हैं। यह तो आपको पहले ही सोचना था। मान लो मैं मर जाती तो भी तुम अकेले रह जाते। तब कैसे जीते। जीना सीख लो। दौलतिया दरोगा की ओर देखकर बोली "दरोगा जी।"

दूर खड़ा दरोगा आगे आकर खड़ा हो गया।

"दरोगा जी। दयाराम अभी-भी बच्चा है। मेरे स्थान पर सफाई काम के लिए इसको रख लेना नहींतो दो वक्त की रोटी भी नसीब न होगी। देवर जी कहा-सुना माफ करना।"

दोनों हाथों को जोड़कर दौलतिया बोली -

"प्रणाम।"

सारे लोग भीतर जाने लगे। दरोगा और दयाराम उन लोगों को भीतर जाते देख रहे थे। दरोगा ने धीरे से कहा -

"चलो दयाराम जी। अब आप भी अपने नए जीवन में प्रवेश कर लो।"

उदास मन लेकर दयाराम आश्रम के मुख्य द्वार से बाहर निकल रहा था। पीछे-पीछे दरोगा चल रहा था। गेट के पास खड़ी, अपनी गाड़ी के पास आकर दरोगा बोला -

"दयाराम, आओ मेरे साथ चलो।"

दयाराम, दरोगा की गाड़ी पर बैठ गया। दोनों टोला की ओर जा रहे थे। दयाराम बार-बार पलटकर देवाश्रम की ओर देख रहा था।

रामजीवन के घर के नीम के पेड़के नीचे रामलौट के साथ-साथ ग्रामीणजन एकत्रित हो गए थे। मानो चौपाल जम गई। इनके मध्य मुख्य चर्चा का विषय था कि "दौलतिया" टोला छोड़कर देवाश्रम में देवी हो गई। एक ग्रामीण ने कहा -

"क्यों न हो। औरत का मान-सम्मान भी कोई चीज है।"

"सच कह रहे हो भाई। राजाराम के मरने के बाद से ही दयाराम, दौलतिया पर भारी पड़ने लगा था, काम का न काज का, पड़ा रहता था साँड की तरह।"

वहाँ जितने लोग खड़े थे उतनी बातें हो रही थी। कोई कुछ कहता, कोई कुछ। रामलौट बड़े ध्यान से सबकी बातों को सुन रहा था। कुछ सोचते हुए रामलौट ने कहा -

"देखो भईया मुझे तो उस अभागिनी पर बड़ी दया आ रही है। देवाश्रम में सेवादारनी बनने से तो अच्छा था कि वो अपना जीवन किसी से विवाह करके काटती।"

"कौन करता।" एक ग्रामीण ने कहा।

"उनके समाज का ही पुरूष करता।"

"आप भी रामलौट भाई। एक बार जो छूट जाए तो समझो वो सबकी हो जाती है। गले में घण्टी कोई भी बांधना नहीं चाहता।"

"सही कह रहे हो, दौलतिया न चाहती होगी कि इस समस्या से बाहर निकले लेकिन दयाराम की परेशानियों के कारण उसकी चेतना की सारी कोमलता कुम्हला गई। क्या पुरुष हो जाने से ही सभी बातें क्षम्य और स्त्री हो जाने से सभी बातें अक्षम्य हो जाती है। नहीं, सही बात ये है कि दौलतिया की आत्मा ने स्वीकार न किया होगा और वो विद्रोह कर बैठी। वो पुरुष के पैरों की जूतियाँ बनकर रहने में अपना सौभाग्य नहीं समझी। क्या इसमें इतना साहस भी नहीं कि किसी वक्त यदि कोई दुष्ट उसके कमरे में घुस आए और

उसके सतीत्व का हरण करना चाहे, तो क्या वह स्वयं का बचाव न करेगी। आखिर आत्म रक्षा के लिए ही उनको आना था। सब त्याग कर देवाश्रम में चली गई महादेव की शरण में। महादेव के महाराज पण्डित भगवान देव बाल ब्रह्मचारी हैं। स्त्री की परछाई से भी कोसों दूर रहते हैं। दौलतिया का यह निर्णय मेरे हिसाब से तो सही था बल्कि दयाराम का समाजिक रूप से हुक्का-पानी बन्द कर देना चाहिए।"

रामलौट ने अपने ज्ञान का पिटारा खोल दिया था। मानो यही जज थे कि दयाराम दोषी और उसको एकांत की सजा बिलकुल सही है।

"क्यों हुक्का-पानी बन्द कर दोगे। पुरुष को अपनी इच्छा रखने का अधिकार नहीं। सच तो कहा दयाराम ने। भाई मर गया, भाभी जवान है, इस तरह जीवन नहीं कटता, दयाराम भी अकेला है, अगर उससे विवाह कर के पारिवारिक जीवन बिताती तो उसका क्या जाता। अब देवाश्रम में जीवन भर संन्यासी बनी रह जाएगी।"

एक ग्रामीण ने बीच में आकर रामलौट की बात को काटते हुए कहा। रामलौट बोले -

"ईश्वर की शरण में तो बड़े-बड़े चोर-डाकू भी जाकर सुधर गए भईया, फिर यह तो औरत है। औरत तो वैसे ही ममता की मूरत होती है।"

"दौलतिया को पारिवारिक जीवन का आनन्द मिल चुका है। शरीर की आवश्यकता को कैसे भुला पाएगी। एक बार पेट की भूख को तो पानी पीकर भी मिटाया जा सकता है लेकिन...।"

"सब कहने की बात है। मानव अपने मन पर काबू कर ले तो समझो कामेन्द्रियों पर विजय पा सकता है। देह की प्यास पर मन का विजय होना आवश्यक है। अगर मन पर देह की प्यास चढ़ी होती है तो जीवन नरकमय हो जाता है।"

इस चौपाल में दौलतिया किसी द्रोपदी सी दिखाई दे रही थी जो अपने-अपने तरीके से उसके वस्त्रों का हरण कर रहे थे। दौलतिया न थी लेकिन उसके द्वारा उठाए गए कदम सही थे या गलत इस बात को लेकर गर्मजोशी के साथ बहस चल रही थी। मानो चुनाव जीतने के बाद मंत्री कौन बनेगा, कौन नहीं। सदन में जिस तरह की बहस होती है आज उसी तरह की बहस यहाँ भी दिखाई दे रही थी।

"अरे भाई दौलतिया पहली महिला नहीं है कि जिसने सेवादारनी के रूप में संन्यासनी का चोला पहना है। देवाश्रम में तो कई औरतें हैं जो देवी बनी हैं।"

"ठीक है। वो औरतें बाहर की हैं। हमारे देवपुर गाँव और टोला से तो पहली औरत है जो अपना घर छोड़कर देवी बनी है।"

"अब मन बदलने में कितना समय लगता है। कब कौन के मन में किस चीज का बीज पड़ जाए कैसे कह सकते हैं। कहते हैं न ये मन के हारे हार, मन के जीते जीत, न कोहू से दुश्मनी, न कोहू से मीत।"

रामजीवन एक तरफ बैठे शांति से सभी की बातों को सुन रहे थे। सोच रहे थे कि "मानव अपने इच्छित कार्य को भी स्वतंत्र रूप से नहीं कर सकता।" कुछ सोचते हुए बोले –

"रामलौट भाई। बन्द करो दौलतिया की बातें। उसको जो अच्छा लगा उसने किया। फिर क्या गलत किया। भगवान की शरण में गई है किसी आदमी के साथ तो न भागी। टोला, कुल की नाक तो न कटवाई। उसके मन में वैराग्य आ गया तो चली गई अब आप लोग कौन होते हैं उसके काम को अच्छा या बुरा कहने वाले।"

"आप तो नाराज़ होने लगे। रामजीवन भाई हम तो सिर्फ इतना ही कहना चाह रहे थे कि अभी उसकी यह उम्र न थी देवाश्रम में जाने की।"

"ठीक है। मन के आगे उम्र का कोई महत्व नहीं। कई बूढ़े उस उम्र में जवान औरत की कामना करते हैं जब कि वो मरने वाले हैं। इसलिए कब किसके मन में क्या भाव आ जाए हम कुछ नहीं कह सकते।"

"हाँ, ठीक कह रहे हैं रामजीवन भईया, हम तो पहले ही रंडुआ थे। एक उम्मीद थी सो वो भी जाती रही।"

"हा...हा...हा...।"

वहाँ खड़े, बैठे सारे लोग इस बात पर हँसने लगे। एक लड़के ने कहा –

"हाँ सच कहा चाचा। देवपुर में एक ही रंडुआ निरवंसिया है, जिसके कारण समाज अभी-भी बचा है।"

"बेटा कहो तो हम तुम्हारे घर चल चलें घर वालों से पूछ लो चाचा को ले आएँ।"

एक बार फिर गाँव वाले हँसने लगे। लड़का मज़ाक तो कर गया। लेकिन शायद मज़ाक सह न सका। सिर झुकाए वहाँ से वो एक तरफ चला गया। रामजीवन ने कहा -

"रामलौट भाई कम से कम लौंडो को तो छोड़ दिया करो।"

"अरे साले को देखो। हमसे मुँह लड़ाने लगा। शहर से लौटा है। बड़े-छोटे का कुछ लिहाज ही नहीं। अब आपका लड़का भी तो शहर में है, आते ही पैर छूता है कि नहीं, संस्कार नाम की चीज भी कुछ है। अरे रामजीवन बाबू, रमेश की कोई खबर आई कि नहीं या कि वह शहर का ही वासी हो गया।"

रामजीवन इस बार शांत थे। उनके पास कोई उत्तर न था। रामलौट ने मानों उनके मन की बात को पढ़ लिया।

"अरे कोई बात नहीं। हमसब तो हैं। काम के नाते समय नहीं मिलता होगा एक दो दिन में आप ही बात कर लेना।"

"हाँ भैया बात करते रहना चाहिए। पता नहीं शहर में लड़के क्या गुल खिला रहे हैं।"

"अरे तुम लोग फालतू की बात न करो। भला रमेश संस्कारी लड़का है। वो कोई ऐसी-वैसी बात न करेगा समझे।"

रामलौट ने उसे डांटा जो कह रहा था। रामलौट अनुभवी व्यक्ति था लेकिन अपना अनुभव हर जगह दिखाने से नुकसान ही होता है। उचित समय पर उचित बात कहने से उचित सम्मान मिलता है इस बात को रामलौट अच्छी तरह से जानता था।

"आप लोग रुको मैं चाय के लिए सावित्री को अन्दर जाकर बोलता हूँ।"

रामजीवन उठे और धीरे-धीरे भीतर कमरे की ओर बढ़ने लगे।

महादेव मंदिर के पट बन्द हो गए थे। शाम रात में बदल गई थी। झींगुरों के स्वर सुनाई देने लगे थे। देवाश्रम में भोजन परोसा जाने लगा था। सारे सेवादार देव और देवी सामूहिक रूप से नीचे बैठकर पत्तल पर सादा भोजन ग्रहण करने लगे थे। उन्हीं के साथ महाराज पण्डित भगवान देव भी एक तरफ बैठ कर वही भोजन कर रहे थे।

महाराज की एकान्त पूजा के लिए एक पृथक से कुटिया है जिसे कुछ सेवादारों के द्वारा सजाया गया था। आज टोला के एक परिवार की एकांत पूजा की जाना थी। दौलतिया देवी को सेवादारनी के रूप में आज रात्रि की जिम्मेदारी सौंपी गई थी।

देवी ने भोजन कर लिया था। वह भी श्वेत वस्त्र धारण करके एकान्त पूजा वाली कुटी के द्वार के सामने आकर खड़ी हो गई थी। कुटिया के सामने वह परिवार महाराज की प्रतीक्षा कर रहा था जिसे ये पूजा करानी थी। यह पूजा संतान प्राप्ति के लिए की जाती है। एकान्त पूजा महाराज के द्वारा की जाने वाली महत्वपूर्ण पूजा है। इस पूजन के बाद भक्त को लाभ ही हुआ है।

परिवार की उस बहू को नहला धुलाकर दुल्हन सा तैयार कर पूजन के लिए कुटिया के भीतर देवी लेकर जा रही थी। परिवार के लोग कुटिया के बाहर बैठे प्रतीक्षा कर रहे थे। एकान्त पूजा में वही महिला शामिल होगी जिसको संतान होना है। देवी दुल्हन बनी उस महिला को भीतर ले जा रही थी। उसने धीरे से देवी से कहा -

"मन घबरा रहा है।"

"शांत रहिए। भगवान पर भरोसा रखें, महाराज सिद्ध पुरुष हैं।"

"एकान्त पूजा में क्या करना होता है।"

"मुझे नहीं मालूम। पहली बार ही मैं ये पूजा देखूँगी।"

"क्यों आप लोग तो रोज ही किसी न किसी की पूजा कराते ही होंगे।"

“मैं नई-नई देवी बनी हूँ। मेरे समय में आप पहली हैं।”

अब तक कुटिया के भीतर आ चुकी थी। कुटिया को अत्यधिक सुन्दर तरीके से सजाया, संवारा गया था। पास ही हवन कुण्ड था। सामने आसन था जिस पर महाराज को विराजना था। देवी ने उस पर बिछी चद्दर की सिलवटों को ठीक किया। रात्रि गहराती जा रही थी। इस कुटिया में चारों ओर दीपक जल रहे थे। पूजा अर्चना करने वाला माहौल तैयार था। देवी ने एक सुगन्धित अगरबत्ती जला दी थी। दीपक की मध्यम रोशनी में उस दुल्हन का चेहरा चमक रहा था। मानो वह सज-धज कर अपने पति से प्रथम मिलन की रात में आई हो। देवी को जो कुछ बताया गया था वो सब कुछ तैयार कर दिया था। महाराज के आने का समय हो गया था। देवी कुटिया से बाहर निकलने लगी। उसने कहा -

“अच्छा मैं बाहर जा रही हूँ। महाराज के भीतर आने का समय हो रहा है।”

“थोड़ा और रुकती।”

“नहीं रुक सकती।”

“क्यों?”

“क्योंकि भीतर रुकने की अनुमति नहीं।”

देवी द्वारपाल की तरह बाहर खड़ी हो गई। द्वार को बन्द कर दिया गया। कुछ देर केबाद महाराज कुटिया की ओर आते हुए दिखाई दिए। द्वार के निकट जैसे ही आए देवी ने सर झुकाकर हाथ जोड़ लिए। कुछ क्षण के लिए महाराज रुके, कहा -

“सारी तैयारी हो गई।”

“जी महाराज।”

“ध्यान रहे पूजन में बाधा न आए।”

“जी महाराज।”

महाराज ने द्वार खोला और भीतर चले गए। द्वार अन्दर से बन्द कर दिया गया। भीतर महाराज के मंत्रों के उच्चारण के स्वर, द्वार के बाहर आ रहे थे। पूजन प्रारंभ हो गई थी। बीच-बीच में महाराज के द्वारा शंखनाद के स्वर भी सुनाई आ रहे थे।

दौलतिया द्वार के बाहर बने चबूतरे पर पहरेदार की भाँति बैठी थी। रह-रहकर उसकी नज़र कुटिया के बन्द द्वार पर जाकर टिक जाती। मनही मन सोचती कि आखिर इस एकान्त पूजन में होता क्या है? सावित्री की बातें याद आ रही थी। वह कहती थी -

"महाराज बाल ब्रह्मचारी है जिस महिला के लिए एकान्त पूजन किया तो मान लो कि उसे संतान सुख की प्राप्ति निश्चय ही होगी।"

सावित्री का कहना था, रमेश इसी एकान्त पूजा का प्रतिफल है। दौलतिया ने फिर बन्द किवाड़ की ओर देखा भीतर की रोशनी किवाड़ की दरार से बाहर आ रहीथी। बाहर अंधेरा था। अंधेरा कितना ही घना क्यों न हो, उजाले की एक किरण अंधेरे को चीर देती है। दौलतिया के मन में एकान्त पूजा को देखने की लालसा जागी। फिर मन भयभीत हो गया। सोचने लगी ऐसा न हो कि मेरे ताक झाँक करने से महाराज की पूजा में बाधा आ जाए। लेकिन किवाड़ के दरार से शांत, चुपचाप तो देख ही सकते हैं।

दौलतिया ने अपने आसपास नज़र दौड़ाई। देवाश्रम शांत था, सन्नाटा था। वह अकेली इस कुटिया के द्वार पर पहरा दे रही थी। उसके भीतर अतंरद्वन्द्व चल रहा था। वह पल-पल यही सोच रही थी कि एक बार तो देखें एकान्त पूजन को। पता नहीं फिर कभी अवसर मिले न मिले वह अपने स्थान से उठी, कुछ आगे बढ़ी, फिर वह वापस आकर बैठ गई। किवाड़ की दरार से रोशनी उसी तरह आ रही थी जिस तरह पहले आ रही थी। अचानक दौलतिया तीव्रगति से किवाड़ की ओर बढ़ी और उसने किवाड़ की उस दरार में आँखें लगा दी जहाँ से रोशनी आ रही थी। अन्दर का दृश्य देखकर दौलतिया दो क़दम पीछे हट गई। उसकी साँसें तेज़-तेज़ धड़कने लगी। मानो कोई अनहोनी देख ली हो। लम्बी-लम्बी साँसें लेने के बाद एक बार फिर उसने दरार में आँखें लगा दी। उसने देखा महाराज और वो दुल्हन बनी महिला निःवस्त्र सहवास में लीन थे। महाराज किसी जानवर की भाँति औरत को अपनी वासना का शिकार बना रहा था। दौलतिया ने मन ही मन में ठान लिया था कि पूजा देखकर रहेगी। दोनों की देह वासना शांत होने के बाद महाराज ने अपने वस्त्र पहने और उस महिला ने पुनः अपने वस्त्रों को पहना। महाराज ने उसको शृंगार करने के लिए क्रीम, पाउडर भी उपलब्ध कराए। उसने बालों को फिर से संवारा। फिर से वो दुल्हन सा बनकर तैयार

वैसे ही बैठी जैसे कि दौलतिया ने बिठाया था। भीतर की गरमी शांत हो चुकी थी। महाराज ने आवाज़ दी -

"देवी।"

दौलतिया द्वार से दो क़दम पीछे हट गयी। महाराज ने फिर से आवाज़ दी -

"देवी।"

"जी महाराज।"

"भीतर आ जाओ।" महाराज ने अन्दर से किवाड़ की चटकनी खोल दी।

दौलतिया ने किवाड़ को धक्का दिया, द्वार खुल गया। दौलतिया ने देखा दुल्हन मुस्कुरा रही थी मानो उसे इस कृत्य पर कोई पछतावा नहीं। महाराज ने देवी को देखा तो पूछा -

"क्या बात है देवी तुम्हारे माथे पर ये पसीना।"

दौलतिया ने तुरन्त अपने आँचल से पसीना पोंछा।

"देवी, आप इन्हें बाहर ले जाओ। इनके परिजन के पास छोड़कर आ जाओ।"

वह महिला उठी और महाराज के चरण स्पर्श किए। कक्ष से बाहर निकल गई। देवी उसके पीछे-पीछे जाने लगी। महिला को उसके परिजनों के पास छोड़कर वापस वो कुटिया में आ गई। महाराज देवी को इस तरह सामने खड़ा देख अचम्भित हो गए। बोले -

"क्या बात है देवी। कुछ परेशान दिखाई दे रही हो।"

"महाराज ये अच्छा नहीं किया आपने।"

"हमने क्या किया है।"

"आपने एकान्त पूजन के नाम पर जो गन्दा काम किया है मैंने दरवाज़े की दरार से सब कुछ देख लिया है।"

"ओह तो ये बात है।"

"मैं सबको बता दूँगी कि तुम महाराज के नाम पर ढोंग करते हो, कोई सिद्धि-विद्धि नहीं है तुम्हारे पास।"

"शांत देवी, शांत। तनिक ये विचार करो आखिर तुम्हारी बातों पर विश्वास कौन करेगा। लोग भगवान की तरह पूजते हैं मुझे।"

"इसी बात का तो तुम गलत फायदा उठा रहे हो। संतान प्राप्ति के लिए मन्नत के धागे बंधवाते हो बाहर और भीतर नाता जोड़ते हो।"

"देवी देह का लोभ हमें नहीं है। लेकिन इस नश्वर देह से स्नेह करने वाले कोक्या कह सकते हैं। जरा ध्यान से सोचो, क्या धागा बांधने से संतान उत्पन्न हो सकती है। अगर धागा बांधने से संतान पैदा होने लगे तो विवाह ही न करें। औरत आदमी आपस में मिले ही नहीं। बिना कर्म के फल नहीं मिलता मानव इतनी सी बात समझ नहीं पा रहा है। विश्वास करके बैठ जाता है शांति से हाथ पर हाथ धरें।"

"ये बात तो तुम उस औरत को भी बता सकते थे।"

"मेरे बताने की आवश्यकता क्या, क्या वह अपने आदमी के साथ सोती न होगी। इसका मतलब है कि औरत या आदमी दोनों में से किसी न किसी में संतान पैदा करने की ताकत कमजोर है। होता ये है कि पुरुष उत्तेजना में आकर शीघ्र ही पतन हो जाता है। जिस कारण से उसका बीज भीतर नहीं जा पाता जिससे कि संतान उत्पन्न हो। मैं तो सिर्फ बीज को प्रवेश कराता हूँ। वैसे ही बिना बीज के कोई भी पौधा अंकुरित नहीं हो सकता।"

"पूजन की आड़ लेना गलत है। लोगों के विश्वास के साथ खेलना गलत है।"

"क्या गलत,क्या सही। इसकी चिन्ता तुम मत करो ये सोचो कि उसकी सूनी गोद हरी-भरी हो जाएगी। पूरा परिवार प्रसन्न हो जाएगा। साथ ही उसका विश्वास मेरे प्रति और बढ़ जाएगा। वैसे ही विश्वास वालों के साथ ही विश्वासघात किया जाता है। देवी यहाँ हर किसी को दरारों से झाँकने की आदत है। अब ये द्वार तुम्हारे लिए खुला है। तुम्हें प्रतिदिन इस कक्ष में आना है।"

"क्या?"

"हाँ! ये हमारा आदेश है। देवाश्रम में रहना है तो तुम्हें वही करना होगा जो मैं कहूँगा।"

"हे भगवान। इससे अच्छा होता कि मैं देवर के साथ विवाह कर लेती।"

"सच कहा तुमने। देवी तुमको अपने देवर के साथ विवाह कर लेना था। अब तो बिन विवाह के वही काम यहाँ करना पड़ेगा जो विवाह के बाद सम्मानजनक रूप से करती। समाज में बने रिवाज भले ही पुराने हो गए हों लेकिन निरर्थक नहीं है। किसी न किसी कारण से ही रीति रिवाज बनाए जाते हैं।"

महाराज, दौलतिया के निकट आ गए थे, उसके चेहरे को प्यार से छूकर बोले -

"देह नश्वर है। एक न एक दिन नष्ट हो जाएगी। इतनी अच्छी देह ईश्वर ने दी है। इसे ईश्वर का प्रसाद समझो, हम ईश्वर के भक्त हैं। इस प्रसाद पर हमारा सम्पूर्ण अधिकार है। वो भले दुल्हन की तरह तैयार होकर मेरे सामने आई थी लेकिन उसके देह का आकर्षण तुम्हारे देह के आगे फीका है।"

महाराज बार-बार दौलतिया की देह को छू रहे थे। दौलतिया बचने की असफल कोशिश कर रही थी।

"महाराज मुझे क्षमा करो। कल मैं अपने घर वापस चली जाऊँगी।"

"किस घर जाओगी। देवपुर के गाँव और सारे टोला में यह ख़बर आग की तरह फैल गई कि दौलतिया ने संन्यास ले लिया और देवाश्रम में देवी बन गई। समाज में तुम्हारा स्थान ऊँचा उठ गया है। वो सारे लोग अब तुमको संन्यासनी की तरह मानने लगे हैं। देवाश्रम ही तुम्हारा घर है। हम तुम्हारे घर वाले हैं।"

"महाराज यह गलत है।"

"देवी अब हमारी प्यास और बढ़ती जा रही है। मैं बार-बार कह रहा हूँ एक न एक दिन यह देह नष्ट हो जाएगी। ईश्वर ने देह जिसके लिए बनाई है, उसका उपयोग करों। नश्वर देह से स्नेह ठीक नहीं।"

महाराज ने किवाड़ फिर से बन्द कर दिया। अब महाराज दौलतिया देवी को एकान्त पूजा के गुण सिखा रहे थे। दौलतिया विवश होकर उन गुणों को ग्रहण कर रही थी।

"अरे रामजीवन भाई घर में हो।"

रामलौट ने घर के बाहर आवाज़ दी। रामजीवन अपना कुर्ता ठीक करते हुए बाहर निकले। बोले -

"क्या बात है। आज न राम, राम न कुछ।"

"बात ही कुछ ऐसी है। शहर से दो-तीन गाड़ी आई है। देवाश्रम की ओर गई है। हमें तो कुछ गड़बड़ लग रही है।"

"अरे, क्या गड़बड़ होगी। महाराज का नाम दूर-दूर तक है। शहर का कोई भक्त आया होगा पूजन कराने के लिए।"

"रामजीवन भाई हमें देवाश्रम चलकर देखना चाहिए।"

"चलो।"

दोनों तीव्रगति देवाश्रम की ओर आगे बढ़ रहे थे। इतनी तीव्रता से जाता देख गाँव के और लोग भी इनके साथ जुड़ गए। धीरे-धीरे गाँव के ढेर सारे लोग एकत्रित हो गए। महादेव मंदिर के देवाश्रम में भीड़ एकत्रित हो गई। रामजीवन ने भीतर जाकर देखा तो कुछ लोग सेवादारों से बातें कर रहे थे। हाथों में बड़ा-बड़ा कागज लिए खड़े थे। एक आदमी कह रहा था -

"सर ये देखिए। इसमें यहाँ ज़मीन सरकारी है। ये पूरा देवाश्रम सरकारी ज़मीन पर बना है।"

"नो...नो...नो...। अब यह ईश्वर की पूजा अर्चना होती है। वैसे भी हमारा संविधान धर्म निरपेक्ष है। हम किसी धर्म के बारे में अच्छा या बुरा कुछ भी नहीं बोल सकते।"

"लेकिन सर। हम अपनी रिपोर्ट में क्या लिखेंगे।"

वे दोनों एकमत नहीं हो पा रहे थे। तभी एक सेवादार ने पास आकर कहा -

"आप लोगों को महाराज ने भीतर बुलाया है।"

आए हुए सारे लोग कक्ष में भीतर चले गए। बाहर भीड़ लगी थी। रामलौट ने एक सेवादार को पास बुलाकर पूछा -

"ऐ भईया ऐ, तनिक इधर आओ।"

वो इनके पास आकर खड़ा हो गया। बोला -

"क्या बात है।"

"सब ठीक है न।"

"हाँ, सब ठीक है।"

"ये कौन लोग हैं जो बाहर से आए हैं।"

"हमको नहीं मालूम ये कौन हैं। बस इतना जानते हैं कि ये सरकारी आदमी हैं। कुछ काम से महाराज से मिलने आए हैं।"

"अच्छा सरकारी मामला है। चलो रामजीवन भाई वापस चलते हैं।"

देवपुर गाँव से आए सारे ग्रामीण वापस जाने लगे। इधर कक्ष के भीतर सरकारी आदमी कह रहा था -

"महाराज आपका ये आश्रम अवैध है। इसको खाली करना पड़ेगा।"

"खाली करना पड़ेगा। हमारे देव और देवियाँ कहा जाएंगी। हमारा आश्रम, आश्रम नहीं ईश्वर की आराधना का साधन है।"

अभी ये लोग आपस में बात करते कि दौलतिया इन सबके लिए चाय लेकर आई। आकर्षित करते हुए उसके भरे बदन को सरकारी आदमी ने देखा और मुस्कराकर चाय का प्याला उठा लिया। दौलतिया तुरन्त कक्ष से बाहर निकल गई। उस सरकारी आदमी ने कहा -

"महाराज ये कौन है, कहाँ से आई है।"

"ये इसी टोला की है। परेशान थी। इसको भी देवी बनाकर देवाश्रम में ले लिया है। बिचारी विधवा है।"

"महाराज एक रास्ता है।"

"क्या?"

"शहर में ईमानदार सेवादारों की बड़ी कमी है। अगर आप अपनी इस देवी को हमारे बंगले में काम करने के लिए भेज दें तो बड़ी कृपा होगी। हम पगार भी देंगे।"

"समझ गया। आप निश्चिन्त होकर जाईए। हमें भी निश्चिन्त कर दीजिए।"

"जब तक मैं हूँ। आप निश्चिन्त रहें। अब कोई भी आपके देवाश्रम की ओर आँख उठाकर भी न देखेगा।"

"परन्तु सर...।"

पास बैठे व्यक्ति ने आपत्ति की। उसने इशारे से उसे शांत कर दिया। उठकर खड़े हो गए, बोले -

"चलो।"

"सर।"

"बाकी गाड़ी में, मैं तुमको समझा दूँगा।"

दोनों सरकारी आदमी तीव्रता से गाड़ी में बैठ गए। गाड़ी देवाश्रम से वापस जा रही थी।

देवाश्रम में उठा तूफान कुछ पल में शांत हो गया परन्तु जिन शर्तों पर शांत हुआ वह दौलतिया को नहीं पता था। महाराज अपने कक्ष की ओर बढ़ने लगे। देवाश्रम में एक तरफ दौलतिया खामोश बैठी थी। महाराज ने एक नज़र भरकर दौलतिया को खड़े होकर देखा। दौलतिया डर के मारे उठकर खड़ी हो गई। वह अपने दोनों हाथों को आपस में रगड़ने लगी। जिस तरह से बच्चे मास्टर के सामने आकर घबराने लगते हैं। महाराज बिना कुछ कहे भीतर चले गए। दौलतिया धम्म से फिर बैठ गई। 'टन' महादेव मंदिर की घण्टी बजी। शाम हो चली थी। सूरज अभी नहीं डूबा था। ग्रामीण महिलाएँ उजाले में ही महादेव के दर्शन के लिए आया करती हैं। दौलतिया का मन किसी काम में नहीं लग रहा था। रह-रहकर उसे अपने कृत्य पर गुस्सा आ रहा था।

"कैसी हो देवी।"

सामने खड़ी सावित्री को देखकर दौलतिया दौड़कर सावित्री के गले लगकर फूट-फूटकर रोने लगी। सावित्री ने उसकी पीठ पर स्नेह से हाथ फेरा और कहा -

"न, शांत हो जा। ऐसे नहीं रोते।"

कुछ देर रो लेने से मन हल्का हो गया और फिर उसी एकांत में बने चबूतरे पर अब दोनों बैठ गई।

"मैं बहुत देर से तुमको ढूँढ रही थी। पूरे आश्रम में खोजा तब एक देव ने कहा तुम इधर बैठी हो। क्या बात है। तबियत तो ठीक है न।"

"दीदी। मैं यहाँ से निकलना चाहती हूँ।"

"निकलना चाहती हूँ लेकिन क्यों, लोग तो यहाँ आने के लिए मन्नतें करते हैं।"

"नहीं दीदी। आपको नहीं मालूम यहाँ सब कुछ बेकार है।"

"बेकार है। खाना अच्छा नहीं मिलता क्या?"

"अरे खाने की बात नहीं है। मैं अपने घर वापस आना चाहती हूँ।"

"कौन सा घर। वो घर जिसे तुम छोड़कर आई हो। दौलतिया, तुम अब दौलतिया नहीं हो। तुम अब देवाश्रम की देवी हो, संन्यासन हो। देवाश्रम से जैसे ही तुम बाहर निकलोगी लोग तुमको पूजने लगेंगे। तुम्हारा स्थान और लोगों से ऊँचा हो गया है। तुम नहीं जानती कि देवाश्रम में आकर तुमने अपना स्थान ऊँचा कर लिया है।"

"भाड़ में जाए ऊँचा स्थान। दीदी तुमको नहीं मालूम मैं जिस कीचड़ के छींटे से बचने के लिए यहाँ आई थी। पता चला कि उसी कीचड़ के दल-दल में धंस गई हूँ।"

दौलतिया के इस तरह बात करने से सावित्री कुछ पल के लिए शांति से रहने के बाद बोली -

"आखिर बात क्या है।"

"दीदी। महाराज अच्छा आदमी नहीं है।"

"क्यों?"

"एकान्त पूजा के नाम पर महिलाओं के साथ गलत काम करता है। मैंने उसके इस काम को देख लिया। अब रोज ही वह मेरे साथ पूजा करता है। कहता है इस देवाश्रम से बाहर निकलना मुश्किल है। हम देवी नहीं, हम बेजान गुलाम हैं। महाराज का जब मन हो जिस देवी पर हो उसे वह रात में अपने कमरे में बुला लेता है। सारी औरतें मजबूर हैं। बाहर उनका कोई सहारा न है, इसलिए वो यहाँ पड़ी चुपचाप सब कुछ सह रही हैं। मैं तो यहीं की हूँ। मेरा घर है। देवर है। मैं वापस तो जा सकती हूँ।"

"कौन सा घर, कैसा देवर, देवी वो घर जिसे तुम छोड़कर आई हो वो देवर जिसे रात में शादी के सपने दिखाकर सोता छोड़कर आई हो। तुमको बाहर की दुनिया की खबर है। दरोगा ने एक सफाई कामगार की लड़की से दयाराम का विवाह करा दिया है। वह अपने जीवन में खुश है। अब आग लगाने के लिए उस घर में न जा और सुन तू दुनिया की नज़र में देवी है। अब तुझे कोई अपनाएगा नहीं, हाँ तेरी पूजा जरूर होगी।"

"हे भगवान। मैंने ये क्या किया। दीदी तुमने भी तो एकांत पूजा करवाई थी। उसके बाद रमेश बाबू हुए थे। तो क्या रमेश बाबू तुम्हारे पति के...।"

"चुप।"

सवित्री ने दौलतिया के मुँह पर हाथ रख दिया।

"भगवान के लिए अपने जबान पर ये बात फिर कभी मत लाना।"

"इसका मतलब आप जानती थी कि एकान्त पूजा के नाम पर महाराज औरतों के साथ गलत काम करता है। उसके बाद भी तुम मुझे ये पूजा कराने के लिए कह रही थी।"

"देख देवी। उस समय तेरा पति जीवित था। औरत ही मर्द की मर्दानगी को अच्छी तरह समझ सकती है। मैंने सोचा जीवन भर बांझ कहलाने से अच्छा है कि गोद हरी हो जाए। आज तूने अगर मेरी बात मानी होती तो तेरी गोद में भी औलाद होती। उस समय एक बार ही पूजा करानी होती। आज तो रोज तेरी पूजा हो रही है। अब तू ही बतामैं गलत हूँ या तू ज्यादा गलत है। हमने तो कुछ पाने के लिए ये गलती की। तू तो सब कुछ छोड़कर इस दल-दल में आ गिरी। एकान्त पूजा से हम भी अंजान थे, देवाश्रम के भीतर की गतिविधियों से तू भी अंजान थी। अंजाने में ही सही गलती तो गलती है।"

"दीदी मुझे बाहर निकालो ना। मैं आपके पैर पड़ती हूँ।"

"देखो देवी।"

"मुझे देवी मत कहो। दौलतिया ही ठीक है।"

"अच्छा बाबा। दौलतिया। बस। देखो दौलतिया। महादेव मंदिर और देवाश्रम का नाम दूर-दूर तक फैला है। इसके बारे में हमने कुछ कहा तो ये मान लो कि पूरे गाँव के लोग एक तरफ हो जाएँगे और हमें लेने के देने

पड़ जाएँगें। गाँव, टोला की न जाने कितनी ऐसी औरतें है जिन्होंने एकान्त पूजा के नाम पर अपने देह की बलि चढ़ा दी। लेकिन आज तक किसी भी महिला की हिम्मत न हुई कि महाराज के खिलाफ कुछ बोल दें। महाराज दिन में औरत की परछाई से भी दूर भागता है और रात में परछाई की तरह चिपक जाता है।"

"तो क्या मैं इसी तरह चुपचाप सब कुछ सहती रहूँ।"

"समय आने दे। पाप का घड़ा भरता है। बस तू ये समझ कि हमसे कोई न कोई गुनाह हुआ है, जिसकी सजा अब मिल रही है। देवाश्रम से बाहर निकलना कठिन है लेकिन मैं कुछ सोचती हूँ। अच्छा चलती हूँ।"

"दीदी देवर जी से कहना मुझसे मिलने आए। मैं भी तो अपनी देवरानी को एक बार देख लूँ।"

"कह तो दूँगी लेकिन दयाराम तुझसे बड़ा नाराज है। ठीक है। मैं चलती हूँ। तुम शांत रहना, कुछ ऐसा-वैसा मत करना जिससे बाहर निकलने का रास्ता बन्द हो जाए।"

"दीदी ये देह ही नश्वर नहीं है बल्कि ये जीवन ही नश्वर है। अब मुझे समझ में आ गया कि मुझे क्या करना चाहिए।"

सावित्री उठी और देवाश्रम से बाहर निकलने के लिए मुख्य द्वार की ओर जाने लगी। दौलतिया देवी ने आत्मविश्वास से भरा एक गहरा लम्बा श्वांस खींचा और अपने सर के आँचल को उतारकर कमर पर लपेट लिया। मानों किसी युद्ध के शंखनाद का आह्वान हो चुका है। तभी महादेव मंदिर के भीतर से घण्टे की आवाज़ आई 'टन'। देर तक घण्टे का स्वर गूँजा और शांत हो गया।

"अब और सह नहीं सकती। दीदी मुझे इस आश्रम से बाहर निकालो। मैं अपने घर वापस जाना चाहती हूँ। सुबह झाड़ू लगाना ज्यादा अच्छा है। यहाँ तो मुँह धोने से मतलब है पानी हो या गंगा जल।"

सावित्री प्रति सोमवार को महादेव मंदिर आती है। इसी बहाने आश्रम में दौलतिया से भी मिलने आ जाती है। आज भी वह मंदिर में पूजन करने के उपरान्त देवाश्रम के दौलतिया के पास मिलने गई थी। सावित्री को देखते ही दौलतिया गले लग कर रोई और बार-बार आश्रम से बाहर निकलने की विनति कर रही थी। एक चबूतरे पर दोनों बैठे थे। सावित्री ने कहा -

"देखो दौलतिया अब तुम आश्रम की देवी बन गई हो। स्त्रियों में तुम्हारा मान ऊँचा उठ गया है। आश्रम के बाहर तुम्हारा मान है, सम्मान है। अब तुम सफाई वाली दौलतिया नहीं हो। देवी हो देवी। आश्रम की देवी होना किस्मत की बात है।"

"नहीं दीदी आपको कुछ नहीं मालूम। इस आश्रम की चारदीवारी के भीतर वो सब होता है जो बाहर पशुओं के साथ भी नहीं होता है। यह आश्रम नहीं क़ैदखाना है। जहाँ बिना किसी गलती के सजा भुगतनी पड़ती है। ये जीवन, जीवन नहीं है नरक है नरक।"

तभी एक देव पास आकर बोला -

"पंडित जी बुला रहे हैं। आप जाइए माता जी। देवी भीतर जाएगी।"

सावित्री पूजन की थाली उठाकर आश्रम से बाहर निकल गई। दौलतिया को लगभग खींचते हुए देव पं. भगवान देव के विश्राम कक्ष में ले आया, जहाँ पं. भगवान देव सुसज्जित बिस्तर पर विराजमान थे।

"आओ देवी सुना है आपको ये आश्रम कुछ अच्छा न लग रहा है।"

"महाराज मैं आपके पाँव पड़ती हूँ। मुझे वापस अपने घर जाने दो। मैं यहाँ नहीं रहना चाहती।"

"कहाँ जाओगी। उस समाज में जहाँ स्त्री को तुच्छ समझा जाता है। लोगों की गंदगी साफ करने जाओगी। यहाँ तुमको देवी का दर्जा मिला है। समाज के वही लोग तुम्हारे चरणों को छूकर स्वयं को धन्य मानते हैं। एक मान-सम्मान का जीवन है। तुम इस नश्वर काया को बचाने के लिये इतने सम्मान और मान को ठुकरा रही हो।"

"महाराज मुझे मेरी इज्जत प्यारी है। इस तरह के मान-सम्मान को पाने के लिये जो कीमत आप चाह रहे हैं। वह चुकाना मेरे बस की बात नहीं है।"

"देवी ईश्वर ने आपको स्त्री के रूप में धरती पर क्यों भेजा हैं। कुछ जानती है। आपको स्त्रीत्व का दायित्व पूर्ण करने के लिये। अब अपने नारी होने का फर्ज अदा करें। कुछ नया करने को नहीं कह रहा हूँ।"

"महाराज पता नहीं क्यों मुझे यहाँ अच्छा नहीं लग रहा है। दम घुट रहा है। जरा सोचो महाराज आपको यहाँ के लोग भगवान का दर्जा देते हैं। आप ये कुकर्म क्यों कर रहे है।"

"कुकर्म गलत शब्दों का उच्चारण कर रही हो देवी। मैं अपना कर्म कर रहा हूँ। लोग जिस उद्द्देश्य के लिये आते हैं मैं उनकी पूर्ति करता हूँ। भला मैं कौन सा कुकर्म कर रहा हूँ। मैं किसी को बुलाने नहीं जाता। किसी के साथ जबरदस्ती नहीं करता लोग विश्वास करते हैं उनके विश्वास पर मुझे सफल होना है। वैसे भी देवी वाराणसी में गंगा बहती है। वहाँ के लोग गंगा का पानी नहीं पीते वो भी बिस्लरी या घरों में आने वाले शुद्ध जल का ही उपयोग करते हैं। ठीक उसी तरह मैं भी वही करता हूँ जिसके लिए लोग मुझे मानते हैं। एक उम्र के बाद ये फल मैं भी न दे पाऊँगा। इसके लिये चाहे कोई कितने ही मन्नत के धागे बांधे।"

दौलतिया कक्ष से बाहर निकलने का भरसक प्रयास कर रही थी लेकिन कक्ष के द्वार पर देवगण किसी जागरूक पहरेदार की भाँति खड़े थे। दौलतिया यह जानती थी कि यहाँ भगवान देव की बात न मानने का मतलब था कि देवगण के हवाले होना और अपनी खाल खिंचवाना। देवगण भी उस स्त्री के साथ वही सब करते हैं जिसे करने के लिये भगवान देव कह रहे थे। दौलतिया ने स्वयं को समर्पित कर दिया। महाराज के चरणों में बैठ गई और हाथ जोड़कर बोली -

"महाराज ईश्वर से डरो। ईश्वर के पास दुआ और बद्‌दुआ का हिसाब बराबर रहता है। कहीं ऐसा न हो कि दुआएँ खत्म हो जाए और बददुआएँ प्रारम्भ हो जाए। एक बार बद्‌दुआ ने असर किया तो यह मान लो कि विनाश होने से तुम्हें कोई न बचा पाएगा। मजबूरी में देह का समर्पण किसी शव से कम नहीं।"

"आओ बैठो।"

महाराज ने दौलतिया का हाथ पकड़ कर बड़े ही स्नेहपूर्वक अपने सामने बैठने का इशारा किया। दौलतिया किसी आज्ञाकारी स्त्री की भाँति बैठ गई। भगवान देव ने कहा -

"दूसरों को दोष देना अच्छा नहीं। स्वयं का मूल्यांकन मायने रखता है। ईश्वर ने हमें इस धरती पर क्यों भेजा है। क्या धरती पर आने का उद्‌देश्य हम पूरा कर रहे हैं। मानव अपनी समस्याओं को बड़ा मानता है। शायद तुमको मालूम नहीं एक पुरूष का धर्माभिमानी रवैया उसकी असुरक्षा को छिपाने का रक्षातंत्र है। इसी तरह महिलाएँ जब असुरक्षित होती हैं तो दूसरों को दोष देने बैठ जाती हैं।"

"महाराज ये मोटी-मोटी बातें हमारी समझ में नहीं आ रही हैं। हम बस इतना जानते है कि इस शरीर पर हमारे पति का अधिकार था। अब आपने अपने मन की कर ली। मेरी आत्मा को तार-तार कर दिया अब मैं स्वयं से नज़र मिला पाने की ताकत नहीं रखती। कभी-कभी स्वयं को खत्म करने का मन करता है।"

"न! कभी भी बिना मौत के मत मरना वर्ना अभी तो कम यातना सह रही हो मरने के बाद भूतों का समाज तुमको आसानी से स्वीकार नहीं करेगा वो भी परेशान करेगा। मेरे जैसे। तुम मरने के बाद भी शांति न पा सकोगी। कारण कि कलयुग में मानव को धरती पर ही अपने जीवन का सुख और दुःख भोगना है। अच्छा बताओ आश्रम से बाहर तुम कहाँ जाना चाहती हो।"

एक प्रश्न किया था भगवान देव ने। दौलतिया को इस प्रश्न का उत्तर ढूंढने में कठिनाई महसूस कर रही थी। उसके चेहरे पर गुस्से के भाव उभर रहे थे।

"क्रोध मत करो देवी। क्रोध में कोई भी बात सीधे समझ में नहीं आती। मैं चाहता हूँ तुम अभी जाओ और कल सोचकर बताना कि इस आश्रम से

निकल कर तुम कहाँ जाओगी और हाँ एक बात और अगर तुमको जब कोई रास्ता न समझ में आए तो मुझे बताना कल शहर से अमर साहब आ रहे हैं। आश्रम की जाँच करने। उनको अपने घर के काम के लिये देवी चाहिये अगर तुम चाहो तो मैं उनसे बात कर सकता हूँ। वैसे भी यहाँ आश्रम के बाहर तुम एक देवी के रूप में जानी जाती हो। अमर साहब के साथ नई जगह, नए लोगों के बीच जाओगी तो देवी का चोला उतर जाएगा और वहाँ फिर से दौलतिया बन सकती हो। अब मर्जी तुम्हारी है। जाओ कल तक बताना नहीं तो मैं किसी और देवी को भेज दूँगा।"

दौलतिया ने महाराज के चरण छूने चाहे परन्तु महाराज ने उसे अपनी ओर खींच कर अपने गले लगा लिया। दौलतिया भी बिना किसी प्रतिशोध के समर्पित हो गई किसी दासी की तरह।

देवाश्रम के मुख्य द्वार पर सुबह-सुबह एक गाड़ी आकर रुकी। गाड़ी का चालक उतरा और भीतर चला गया। प्रातः पूजन के लिए ग्रामीणजन महादेव मंदिर में उसी तरह आ रहे थे जिस तरह पूजा के लिए आते हैं। मंदिर के घण्टे बज रहे थे। दूर तक शंखों के स्वर सुनाई दे रहे थे। अगरबत्ती, धूपबत्ती की सुगन्ध वातावरण में फैली हुई थी। महादेव की कृपा इन सभी श्रद्धालुओं को फलित हो रही थी। ईश्वर एक है। उसकी शक्ति को चुनौती नहीं दी जा सकती। ईश्वर के आगे माथा झुकाने से आत्मा की शुद्धि और मन की शांति प्राप्त होती है। सच्चे मन से ईश्वर के सामने अपनी मन्नत रखी जाए और विश्वास किया जाए तो कर्म के अनुसार फल अवश्य मिलता है।

गाड़ी का चालक थोड़ी देर के बाद देवाश्रम से बाहर निकला। साथ में देवाश्रम की देवी दौलतिया थी। उसके सामान की एक पोटली, एक दूसरी देवी ला रही थी। गाड़ी के पीछे का दरवाज़ा चालक ने खोला। देवी दौलतिया बिना समय गँवाए गाड़ी के भीतर बैठ गई। चालक ने पोटली को दौलतिया को थमाते हुए दरवाज़ा बन्द कर दिया। चालक ने गाड़ी चालू की और जिस ओर से आया था उसी ओर गाड़ी चालू करके जा रहा था।

देवाश्रम के भीतर स्थिति सामान्य थी। देवी दौलतिया के जाने से किसी को कोई फर्क नहीं पड़ा था। बल्कि एक स्वर जो विद्रोह के रूप में उठ रहा था शांत हो गया। महाराज पण्डित भगवान देव को ख़तरा टलता हुआ नज़र आया।

दोपहर के समय देवपुर के नीम के पेड़ के नीचे रामलौट और अन्य ग्रामीण उसी तरह चौपाल लगाए थे जिस तरह लगाते थे। वही हँसी मज़ाक का सिलसिला चालू था। रामलौट कह रहे थे –

“सच कहा भैया आपने। कल तक सफाई करने वाली दौलतिया देवाश्रम में जाकर देवी हो गई। अब वह शहर गई है। अपने संन्यासनी जीवन का सही मायने में प्रयोग वहीं करेगी।”

"सुना है। शहर में देवदूतों की बड़ी आवभगत है।"

"हाँ! शहर के लोगों के सामने ईश्वर के कथावाचकों को बड़े ही सम्मान से देखा जाता है। देवी को निश्चय ही कोई बड़ा आश्रम मिल गया होगा, जिसके संचालन के लिए देवी दौलतिया का जाना आवश्यक होगा।"

"रामलौट भाई। ईश्वरीय ज्ञान कभी भी, किसी को भी, कहीं भी मिल सकता है। इसमें ऊँच कुल या नीच कुल मायने नहीं रखता। ईश्वर भाव के भूखे हैं। उनको आपसे कुछ नहीं चाहिए बल्कि उनसे मानव ही चाहता है।"

"अरे चुप रहो भाई। बड़े-बड़े बखान बन्द करो। प्रसन्नता इस बात की है कि हमारे टोला की महिला ईश्वर के सतमार्ग पर चलने के लिए अकेले आगे निकल पड़ी है। यही हमारे लिए गर्व की बात है।"

सावित्री ने किवाड़ के आड़ में अपने आँचल को अपने मुँह में इसलिए ठूँस लिया था कि उसके रोने की आवाज़ बाहर बैठे गाँव के मर्दों के कानों तक न जाए। सावित्री, देवी दौलतिया की विवशता पर आँसू बहा रही थी जबकि यह लोग उसे देवदूत का दर्ज़ा दे रहे थे।

गाँव में सूचनाएँ मौखिक होती हैं। एक ने कही दूसरे ने बखाना, सही गलत के प्रमाणों की आवश्यकता किए बगैर। देवपुर के लोगों ने यह मान लिया कि देवी दौलतिया संन्यासन को ईश्वर के बताए सतमार्ग पर समाज को दिशा देने के लिए शहर के बड़े जजमान ने आमंत्रित किया है। उसके जाने से टोला के साथ-साथ देवपुर का नाम भी रोशन होगा।

इसी तरह की अटकलें, फालतू की बातें दोपहर तक चलती रही। रामलौट, जिस के पास समय अधिक है काम नहीं, समय काटने के लिए कामवालों को भी अपने साथ बिठा लेता है जिस कारण कामवाले बेकाम के हो जाते हैं।

दोपहर हो चुकी थी। सारे ग्रामीण अपने-अपने घर जाने लगे थे। रामलौट भी उठा और रामजीवन से बोला -

"अच्छा भईया। हम भी चलते हैं। दोपहर की एक नींद मार लें। हो सकता है सपनों में कोई आ जाए।"

"तुम अपनी हरकतों से बाज नहीं आओगे।"

रामलौट मुस्कराते हुए एक तरफ चले गए। रामजीवन भी कमरे में घुसने लगे थे कि किवाड़ के पीछे बैठी सावित्री के उदास चेहरे को देखकर अचम्भित हुए, बोले -

"क्या बात है। इस तरह यहाँ क्यों बैठी हो।"

"दौलतिया के बारे में सोच रही थी। बिना बताए पता नहीं कहाँ चली गई।"

"अरे महाराज ने उसे वहीं भेजा होगा जहाँ उसके लिए सब अच्छा हो।"

रामजीवन का विश्वास तोड़ने की हिम्मत सावित्री जुटा न पाई थी और उठकर भीतर चली गई, बोली -

"हाथ मुँह धौ लो। खाना लगाती हूँ।"

रामजीवन हैण्डपम्प पर हाथ-मुँह धोने के लिए चले गए।

प्रातः सूरज की पहली किरण के साथ महादेव मंदिर की पूजा-अर्चना प्रारंभ हो गई। पण्डित भगवान देव के साथ-साथ मंदिर में खड़े अन्य भक्तगणों के द्वारा आरती-वंदन सम्पन्न हुआ। मंदिर के देवगण प्रसाद वितरण का कार्य बड़ी लगन सेकरने लगे। उपस्थित भक्त, दर्शनार्थी भी प्रसाद का सेवन बड़े ही मनोभाव से कर रहे थे। पण्डित भगवान देव देवाश्रम की ओर प्रस्थान कर चुके थे।

सावित्री नियमित प्रातः महादेव के दर्शन के लिए आती है। देवपुर गाँव और पास के टोला, मोहल्ला की महिलाएँ और पुरुष अपनी-अपनी सुविधा के अनुसार पूजा-पाठ के लिए आते ही रहते हैं। महादेव मंदिर प्रातः ग्रामीणजनों से भरा रहता है। पंक्तिबद्ध तरीके से लोग प्रसाद पा रहे थे तभी दो-तीन गाड़ियाँ तीव्र गति से धूल उड़ाती मंदिर की ओर चली आ रही थी।

तीव्र गति से गाड़ियों के चलने के कारण, आसमान की ओर धूल का बवन्डर उठने लगा जिसे देखकर ग्रामीणजन आश्चर्यचकित हो रहे थे। सुबह-सुबह इतनी तीव्रता से गाड़ी आती देखने केलिए ग्रामीण भी अपना काम-धाम छोड़कर मंदिर की ओर भागने लगे। आपस में चर्चा करते कि "ये गाड़ियाँ क्यों आ रही हैं।" किसी को कुछ पता नहीं चल पा रहा था।

गाड़ियाँ पुलिस की थीं जो अपने चिर-परिचत सायरन को बजाते हुए मंदिर के द्वार पर जा पहुँची। ग्रामीणों ने अटकलें लगानी शुरू कर दी कि हो सकता है कि "पुलिस का बड़ा अफसर है जो महादेव के दर्शन के लिए आया हो।" गाड़ी के रुकते ही पुलिस की एक टुकड़ी बाहर निकली और तीव्रता से देवाश्रम के चारों ओर जाने लगी मानो देवाश्रम का घेराव किया जा रहा है। आगे की जीप से एक पुलिस का अफसर निकला। अपनी टोपी ठीक की, कमर पर लटकी पिस्तौल की दिशा को अपने हाथ से ठीक कर देवाश्रम के भीतर प्रवेश किया। उस पुलिस अफसर के साथ भीतर चार-पाँच पुलिस वाले भी घुस चुके थे। सामने देव पुरुष खड़े थे।

"महाराज जी कहाँ है।"

"अपने कक्ष में विश्राम कर रहे हैं।"

"उनका कमरा कौन सा है।"

"वो सामने वाला, लेकिन...।"

"लेकिन क्या?"

"महाराज अभी विश्राम कर रहे हैं। अभी वो किसी से नहीं मिलते।"

"वो नहीं मिलते लेकिन हम तो मिलते हैं। चलो।"

पुलिस वालों के साथ वो देव पुरुष महाराज की कुटिया की ओर बढ़ने लगा। देव पुरुष ने दरवाज़ा खटखटाया, कुछ देर के बाद महाराज ने दरवाज़ा खोला। सामने पुलिस देखकर महाराज का चेहरा पीला पड़ गया। आदमी, आदमी से भय नहीं खाता। आदमी उसके शरीर पर खाकी वस्त्र से भय खाता है। खाकी वर्दीधारियों को सामने देखकर अनायास ही पसीना आ जाता है।

"कहिए।" महाराज रूखे गले से बोले -

"महाराज आपके नाम का गिरफ्तारी वारंट है हमारे पास। आपको हम गिरफ्तार करने आए हं। आपको हमारे साथ थाने चलना होगा।"

इतना कहना था कि आश्रम के देव पुरुष और देवियाँ, पुलिस और महाराज के बीच दीवार बनकर खड़े हो गए।

"हमारे महाराज को हाथ भी लगाया तो बहुत बुरा होगा।"

सेवादार जोर-जोर से पुलिस का विरोध करने लगे।

"शांत, शांत। शांत हो जाओ। अगर आप लोगों ने पुलिस के काम में बाधा डाली तो आप सबको भी हम थाने ले जाएँगे।"

"महाराज ने क्या किया हैजो आप पकड़ने आ गए।"

पुलिस वाले ने पीछे खड़े पुलिस वाले से कहा -

"उसे बुलाओ।"

वह दौड़कर बाहर निकल गया। इधर सेवादारों के द्वारा महाराज को घेर लिया गया था। पुलिस दो क़दम पीछे हट गई थी। कुछ देर में बाहर गए पुलिस वाले के साथ एक युवती अपनी साड़ी संभालते हुए आ रही थी। भीड़ उस युवती को देख रही थी। युवती पास आकर बोली -

"हाँ यही है पाखण्डी। इसी ने एकांत पूजा के नाम पर मेरी देह का शोषण किया। कहता है देह नश्वर है इसको सहेजकर रखना पाप है। ईश्वर ने इसे भोग विलास के लिए बनाया है। साहब इसने मुझे कहीं का ना छोड़ा। मेरी आत्मा को तार-तार कर दिया।"

युवती ने पास जाकर एक जोरदार थप्पड़ महाराज के गाल पर जड़ दिया। पुलिस वालों ने उस युवती को पकड़कर पीछे किया। वहाँ खड़े सेवादार ने कहा -

"यह लड़की गलत बोल रही है। महाराज औरत की परछाई से भी दूर रहते हैं। यह आरोप गलत है।"

"गलत-सही का फैसला कानून करेगा। अभी तो महाराज को हमारे साथ चलना होगा।"

सेवादारों ने शोर मचाना प्रारंभ कर दिया। महाराज के जय जयकार के नारे लगने लगे। देवाश्रम के बाहर भीड़ एकत्रित हो गई थी।

"शांत।" महाराज ने अपने हाथ उठाकर सेवादारों को रोकने का प्रयास किया।

"आप लोग शांत हो जाएँ। ईश्वर पर विश्वास रखें। यह आरोप निराधार है। मैं शीघ्र ही आ जाऊँगा।"

"नहीं महाराज यह आपका अपमान है। हम यह होने नहीं देंगे।"

देव पुरुष महाराज के पक्ष में खड़े दिखाई दे रहे थे। देवियाँ सब दूर खड़ी थीं। देवियों में से कोई भी देवी महाराज के पक्ष में न थी। पुलिस अफसर ने इस बात को भाँप लिया था। उसने कहा -

"आप देवियों को कुछ नहीं कहना।"

सारी देवियों ने अपना सर नीचे झुका लिया। महाराज ने घूरकर देखा था। पुलिस अफसर ने कड़क स्वर से कहा -

"ले चलो महाराज को। बाकी बातें थाने में करेंगे।"

महाराज बिना किसी प्रतिरोध के पुलिस वालों के साथ देवाश्रम से बाहर निकलने लगे। देव पुरुष ने विरोध जताया। पुलिस ने हल्का बल प्रयोग किया तो सारे लोग पीछे हट गए। महाराज को लेकर पुलिस वाहन के पास आ

गई। वह युवती पीछे-पीछे पुलिस से घिरी बीचों बीच चल रही थी। पुलिस वाले उस युवती की सुरक्षा कड़ाई से कर रहे थे।

देवाश्रम के बाहर खड़े ग्रामीणजनों में सावित्री भी एक तरफ खड़ी देख रही थी। ग्रामीणजनों ने भी महाराज की गिरफ्तारी का विरोध जताया लेकिन पुलिस के आगे किसी की न चली। महाराज को गाड़ी में ठूंसकर बिठा दिया। वह युवती भी पीछे की गाड़ी में बैठ गई। गाड़ियाँ उसी तीव्रता से वापस धूल उड़ाती जाने लगीं जिस तरह से आई थीं।

कुछ ही देर में उड़ते धूल के बवन्डर शांत हो गए और सारा वातावरण शांत हो गया। तभी किसी ने महादेव मंदिर के घण्टे को बजाया।

"टन।"

सारे वातावरण में घण्टे का स्वर गूँजता रहा। जितने मुँह, उतनी बातें ग्रामीणजनों में आपस में खुसुर-फुसुर चालू हो गयी। पुरुष कह रहे थे -

"महाराज पर लगाया गया आरोप गलत है। वह युवती क्यों ऐसा कर रही है।" एक ने कहा।

"अपनी इज्जत को दाँव पर लगाकर कोई गलत आरोप नहीं लगाएगा। उसे भी अपनी मान मर्यादा का ध्यान नहीं क्या?" दूसरे ने कहा।

"बिना आग के धुआँ नहीं उठता। कुछ तो ऐसा हुआ है जो हम लोगों को नहीं मालूम।" पहले ने उत्तर दिया।

"कुछ भी हो। बाल ब्रह्मचारी पर दैहिक शोषण का आरोप। बात कुछ समझ में नहीं आ रही।" दूसरे ने अपनी शंका व्यक्त की।

ठीक इसके विपरीत महिलाएँ आपस में चर्चाकर रही थीं -

"अच्छा हुआ। दुष्ट को पुलिस पकड़कर ले गई। सावित्री बहन। आशीर्वाद देने के बहाने मेरी छाती टटोलता था।"

"चुप अपनी आवाज़ धीरे कर भीड़ में कोई सुन लेगा तो अभी तमाशा मच जाएगा।"

"मच जाने दो। सुन्दर औरत तो उसकी कमजोरी थी। हम यहाँ भगवान शंकर के दर्शन करने आते हैं। ये पापी महादेव की आड़ में स्वयं भगवान बन गया। हम औरतों से पुलिस वाले ने पूछा ही नहीं। नहींतो बताते कि कितना दुष्ट है महाराज। काहे का बाल ब्रह्मचारी। ऐसे ही लोगों के कारण

दूसरे बाल ब्रह्मचारी जो सही हैं वो भी बदनाम होजाते हैं। विश्वास उठ जाता है ऐसे बाबाओं से।"

"किसी के माथे पर नहीं लिखा होता कि ये सही है या गलत। उसके आचरण से ही गलत सहीकापता लगता है। सारी औरतें उसकीगलत हरकतों को सहती रहीं इसलिए उसकी हिम्मत बढ़ती रही। आज उस बिटिया ने हिम्मत दिखाई तो और बिटिया, औरतें उसके जाल में फँसने से बच तो गई। देर से ही सही। कहते हैं न कि पाप का घड़ा भरता ज़रूर है। चलो घर चले।"

सावित्री ने कहा और घर की ओर चलने लगी। महिलाओं के चेहरे पर नाराज़गी न थी। पुरुष अभी भी खड़े-खड़े नाराज़गी जता रहे थे। कुछ लोग घर की ओर जा रहे थे। कुछ लोग जाने का मन बना रहे थे। देवाश्रम के देव पुरुष आपस में महाराज की रिहाई के लिए मंत्रणा कर रहे थे।

वो रास्ता जिस रास्ते से पुलिस गाड़ी आई और चलीगई अब सूनी हो गई थी। उस रास्ते पर गाय-भैंसें चारे के लिए निकल पड़ी थीं। गाय के बछड़े के गले में बंधी घण्टी के टन-टन-टन के स्वर गूँज रहे थे।

देवपुर गाँव के साथ-साथ आसपास के टोला, मोहल्ला में महाराज की गिरफ्तारी की चर्चा आग की तरह फैल गई। सुमदाय दो भागों में बँट गया था। आधे समर्थन में, आधे नहीं। पुलिस अपना कार्य कर रही थी। महिलाएँ लोक लाज के डर से अपने ऊपर हुए अत्याचारों को सह लेती हैं लेकिन जैसे ही उनको सहयोग मिलता है वो अपना प्रतिशोध लेने के लिए आगे आ ही जाती हैं।

अब तक कई महिलाओं ने भी यौन शोषण की शिकायत पुलिस से की थी। महाराज पर आरोप पर आरोप लगते जा रहे थे।

रामजीवन के घर के बाहर नीम के पेड़ के नीचे वैसे ही ग्रामीणजन, रामलौट के साथ बैठे थे, जैसे कि हमेशा एकत्रित होते थे। रामलौट उसी तरह बीच में बैठे अपनी तलवार कट मूँछों को रौब से ऐंठते हुए किसी मुखिया की तरह कह रहे थे -

“देखा। मैं कहता था कि इस आश्रम में भीतर ज़रूर कुछ ऐसा है जो अच्छा नहीं है। कारण कि आश्रम के भीतर किसी को जाने की अनुमति नहीं थी और न भीतर के किसी देव और देवी को बाहर आने की। अब तो महाराज का सारा पाखंड निकल गया। गाँव की भोली भाली महिलाओं से अपने मतलब के लिए मन्नत के धागे बंधवा लेता था। भोली भाली महिलाएँ आ जातीं उसकी बातों में। आज भी हमारा समाज ईश्वर के भय से डरता है। कारण ये नहीं कि ईश्वर नाराज़ हो जाएँगे तो हमको सजा देंगे बल्कि कारण ये है कि हमारे भीतर भय व्याप्त है। हमसब कल्पना लोक में जीते हैं। जो होना नहीं है उसकी कल्पना पहले ही कर लेते हैं। अगर हमने ठीक से पूजा-अर्चना नहीं की तो भगवान हमें नरक में भेज देगा। मैं कहता हूँ भले आदमी कल्पना लोक से बाहर आओ। सच्चाई को जानो।”

“रामलौट भाई आप सच कह रहे हैं लेकिन अब क्या होगा। महाराज के कारण हमारे देवपुर गाँव का नाम तो खराब हो गया। अख़बारों में फोटो छप गई, रेडियो, टीवी पर भी सब कुछ बताया, दिखाया जा रहा है। हमारे

सामने हमारे गाँव की बहन, बेटियों के साथ दुष्कर्म करता रहा और हमें पता भी न चला।"

रामजीवन ने अपना मत रखा। सारे ग्रामीण शांत खड़े थे। एक ग्रामीण बोला -

"रामजीवन भाई क्यों न हम आश्रम के देव और देवियों को मार कर भगा दें। अगर वो रह गए तो फिर से यही धन्धा चला लेंगे।"

"किसको भगाओगे। महाराज के साथ-साथ उनके खास-खास देवों और देवियों को तो पुलिस ले गई। मजबूर देव और देवियाँ बची हैं।"

"अच्छा।"

"पुलिस ले गई सबको। आधा देवाश्रम खाली है। सुना है कि आश्रम सरकारी ज़मीन पर गलत तरीके से बना है इसलिए सरकार उसे जल्द ही तोड़ने वाली है।"

"क्या कह रहे हो। लाखों का नुकसान हो जाएगा।"

"उसका क्या नुकसान होगा। नुकासान तो हम सबका हुआ। उस आश्रम में तो सारे गाँव वालों का श्रम और पैसा लगा था।"

आपस में चर्चा चल रही थी। सारे ग्रामीण इस बात पर चिन्तन कर रहे थे कि महाराज अपनी काली करतूत करता रहा और गाँव के किसी भी व्यक्ति को कुछ मालूम नहीं। स्वयं पर अफसोस जाहिर कर रहे थे। कुछ लोग पुलिस की कार्रवाई को सही ठहरा रहे थे।

भारतीय समाज यह समझ नहीं पाता कि मानव कभी भी भगवान नहीं बन सकता, भगवान के दूत बन जाए तो भी जीवन सफल हो जाए।

"अब क्या किया जाए रामजीवन भाई।"

रामलौट ने रामजीवन की ओर देखकर कहा। सारे ग्रामीणजन शांत हो गए थे।

"देखो भईया गाँव की इज्जत बचानी है तो महाराज के विरोध में खड़े हो जाओ और देवाश्रम को हम सब मिलकर तोड़ देते हैं। इससे यह खबर फैल जाएगी कि महाराज का विरोध देवपुर गाँव के लोगों ने किया। महादेव मंदिर की चाभी अपने हाथ में लेते हैं। गाँव के पण्डित को पुजारी बनाकर पूजा-अर्चना के लिए कह देते हैं।"

"किसी का घर तोड़ने का अधिकार हमको नहीं है। ऐसा न हो कि हमसब पर उल्टा केस हो जाए।"

"तो क्या करें।"

"मेरी मानो तो हम सब पुलिस थाने का घेराव करते हैं। कहते हैं कि महाराज को सख़्त से सख़्त सजा दी जाए।"

रामलौट की इस बात का समर्थन गाँव के सारे लोगों ने किया। सहमति के बाद सारे लोग धीरे-धीरे अपने घर जाने लगे। अब रामलौट और रामजीवन शेष रह गए थे। रामलौट ने कहा -

"क्या बात है रामजीवन भाई। आप कुछ परेशान दिखाई दे रहे हो।"

"क्या बताएँ भाई। लड़के की कोई खबर नहीं आ रही है। सावित्री भी परेशान हो रही है। फोन लगाओ तो उठाता नहीं, पलट कर फोन भी नहीं करता।"

सावित्री थाली मेंचाय का गिलास लेकर आ रही थी। सावित्री भी एक तरफ बैठ गई। चाय का घूंट पीते हुए रामलौट बोले -

"आप ही शहर चले जाओ।"

"कहाँ चला जाऊँ पता भी तो नहीं भेजा है।"

"अच्छा। टोला का एक लड़का भी उसी शहर में है। कल मैं उससे पता पूछता हूँ। फिर कुछ रास्ता निकालते हैं।"

"फोन पर बात कर ले तो कम से कम उसकी आवाज़ तो सुन सकूँ।" सावित्री ने अपनी पीड़ा व्यक्त की।

"शहर में अकेला पड़ा है। कहते थे कि विवाह कर ले फिर जा। कम से कम सुबह शाम गरम-गरम रोटी तो मिल जाएगी।"

"अरे भाभी। ये आज के लड़के हैं, इन्हें घर का खाना अच्छा न लागे। बाहर मुँह मारने की आदत हो जाती है। देखो रामजीवन भाई। एक बार लड़का घर सेबाहर निकला तो समझो कि वो पराया हो गया। भला उसकी भी तो अपनी ज़िन्दगी है। हमारे जैसे थोड़ी है कि खाओ पीओ और नीम के पेड़ के नीचे आकर बैठ जाओ। शहर है। बड़े-बड़े काम होते हैं। आदमी के पास समय नहीं रहता। फिर लड़का होनहार हैं, ज़रूर कुछ न

कुछ सोच रहा होगा। आप चिन्ता न करो। सब अच्छा होगा। बस समय की प्रतीक्षा करो।"

"अब इसके आगे और क्या कर सकते हैं। भईया जरा पता तो करो उस लड़के से कि हमारा बेटा कैसा है। उसके घर का पता निकाल लाओ तो चलें देखकर बेटे का चेहरा देखकर आ जाएँ।"

"आप चिन्ता न करें बस शाम तक या कल तक मैं रमेश का पता निकाल कर लाता हूँ। अच्छा चलता हूँ।" रामलौट उठा और एकतरफ चले गये। सावित्री की आँखें गीली हो गई थी जिसे वो अपने आँचल से पोंछ रही थी।

देवाश्रम की ओर पुलिस वाहन के साथ-साथ नगर पंचायत के सक्षम अधिकारी ज़े.सी.बी. मशीन के साथ धूल उड़ाते चले आ रहे थे। धूल के बवन्डर को देखकर देवपुर गाँव के साथ-साथ टोला, मोहल्ला के ग्रामीणजन भी चारों ओर से दौड़ते हुए देवाश्रम की ओर भागे चले आ रहे थे। गाँव, देहात में आज भी यही प्रचलन है कि तमाशा देखने वालों की भीड़ अधिक है। कोई कुछ समझ नहीं पा रहा था। सारे लोग अपनी-अपनी अटकलें लगा रहे थे।

वाहन और मशीनें देवाश्रम के सामने आकर रुकी। नगर पंचायत का अधिकारी उतरा, उसने भीतर प्रवेश किया। पुलिस ने ग्रामीणों को देवाश्रम के पास जाने से रोक दिया। भीड़ धीरे-धीरे बढ़ती जा रही थी। नगर पंचायत का अधिकारी बाहर आकर हाथ में माइक लेकर बोला -

"देवपुर के लोगों। यह देवाश्रम सरकारी ज़मीन पर बना है। इसका केस अदालत में चल रहा था। पण्डित भगवान देव केस हार गए हैं। सरकार केस जीत गई है, जिसमें यह देवाश्रम का निर्माण अवैध घोषित किया गया। इसको आज तोड़ा जा रहा है और ज़मीन वापस सरकार अपने कब्जे में ले रही है। आप सभी से अनुरोध है कि हमारे काम में बाधा न पैदा करना अन्यथा पुलिस द्वारा कानूनी कार्रवाई की जाएगी। देवाश्रम में जो भी लोग हैं, वे अपना कीमती सामान और भी जो सामान है, वह बाहर निकाल लें अन्यथा उसके नुकसान की जवाबदारी आपकी स्वयं की होगी।"

नगर पंचायत अधिकारी ने माइक वापस जीप में रख दिया। गाँव वालों में हलचल हुई। कुछ ग्रामीण पुरुष उत्तेजित हुए। उन्होंने देवाश्रम को पूजा घर की उपमा दी। इसके तोड़े जाने का विरोध किया लेकिन पुलिस बल के आगे वे सब खामोश रहे। देर तक देवाश्रम के भीतर से कुछ लोग सामान निकाल कर खुले मैदान में रख रहे थे।

अब तक रामजीवन, सावित्री और रामलौट भी पहुँच चुके थे। भीड़ में खड़े होकर वो भी यह तमाशा देख रहे थे। रामलौट बोला -

"कल तक जिस स्थान को पवित्र मानकर यही नगर पंचायत अधिकारी माथा टेकता था आज वो अपने जूतों से रौंद रहा है।"

"समय-समय की बात है भईया। भावनाओं से खिलवाड़ तो महाराज ने किया। हमें क्या पता कि धर्म की आड़ में पाप हो रहा है। पण्डित ही तो था। भगवान के नाम पर सतमार्ग पर चलने का उपदेश देता था। विश्वास भी कोई चीज है। सारे भोले भाले गाँव वालों को अपने विश्वास में लेकर इतना बड़ा काम किया जिसके बारे में कुछ नहीं सोच सकते।"

"अंधविश्वास की चादर ओढ़ के ईश्वर प्राप्ति के मार्ग पर चल दिया। महिलाओं की भावनाओं से खेला। महिलाएँ ईश्वर पर विश्वास करती हैं। महाराज ने स्वयं को बाल ब्रह्मचारी बताकर इतना घिनौना काम किया। इस पाप के अड्डे को टूट ही जाना चाहिए। नहीं तो कल आने वाली पीढ़ी इस अड्डे को देखकर कहेगी कि यही वो अड्डा है जहाँ महाराज एकान्त पूजा के नाम पर महिलाओं के साथ घिनौना काम करता था।"

"सच कह रहे हो भईया। पाप का घड़ा भरता ज़रूर है। भले ही देर से ही भरे।"

अभी ये लोग आपस में बातें कर ही रहे थे कि मशीन को आगे बढ़ने का इशारा मिला। एक बार फिर माइक पर चेतावनी दी गई -

"आप सब लोग पीछे हट जाएँ। सारे लोग पीछे हट जाएँ।"

मशीन ने सबसे पहले मुख्य द्वार को तोड़ना प्रारंभ किया। द्वार के टूटते ही मशीन अन्दर प्रवेश कर गई। एक तरफ से उसने देवाश्रम के भीतर बने कक्ष, कुटिया औरकमरों को तोड़ना प्रारंभ किया। इसके टूटते ही एक बार फिर धूल तीव्रता से आसमान कीओर उड़ती रही, जिसे देखकर यह अंदाजा लगाया जा सकता था कि वास्तव में कुछ ऐसा घट रहा है जिसकी कल्पना भी किया जाना संभव नहीं था। देर तक यह कार्रवाई चलती रही।

महादेव मंदिर और मंदिर का प्रांगण छोड़कर शेष सभी के अवशेष हट रहे थे। जहाँ कभी पूजन, हवन से वातावरण सुगंधित हुआ करता था आज वही स्थान खण्डहर में बदल गया था। हवन के धुएँ के स्थान पर धूल के

बवण्डर उड़ रहे थे। हवाओं की दिशा के अनुरूप धूल उड़ रही थी। वहाँ खड़े ग्रामीणों के चेहरे भी धूल के कणों से सन रहे थे। कुछ लोगों ने अपने मुँह को गमछे से साफ किया, कुछ ने अपना चेहरा ही बांध लिया।

आजकल पुलिस प्रशासन भी सख़्त हो गया है। नामचीन अपराधियों के जेल जाते हीउनके पाप की कमाई से बनाये गये रंगमहलों को तत्काल मिटा देती है, जिससे फिर से वह अपना अड्डा शुरू न कर सके।

सूरज भी धीरे-धीरे अस्त की ओर बढ़ रहा था। देवाश्रम का सूरज भी अस्त हो चुका था। सूरज के अस्त होते-होते कार्रवाई का कार्यपूर्ण कर लिया गया था। गाड़ियाँ वापस जाने को तैयार थी। मशीन भी सब कुछ तोड़ताड़कर बाहर जा रही थी। गाँव वाले अभी तक रुके हुए थे।

उन्हीं पटरियों से गाड़ियाँ और मशीन वापस जा रही थीं जिधर से आई थीं। एक बार फिर धूल के बवन्डर आसमान की ओर उड़ते दिखाई दे रहे थे।

दूसरे दिन प्रातः समाचार पत्रों में देवाश्रम के बारे में तस्वीर के साथ पण्डित भगवान देव के द्वारा किए जा रहे कारनामों को प्राथमिकता से प्रकाशित किया गया। देवपुर गाँव का नाम उछाला जा रहा था। गाँव की बदनामी जोरों से हुई। रामजीवन के नीम के पेड़ के नीचे ठण्डी छाँव में ग्रामीणजन नाराज़ थे। एक ने कहा -

"रामलौट भाई। आज, अगर महाराज यहाँ होता तो उसे यहीं गाड़ देते।"

"सच कह रहे हो। गाँव वालों के भोलेपन का खूब फायदा उठाया।"

"भगवान के नाम पर वह सभी को डराता रहा इसलिए तो वह आगे बढ़ गया।"

"गाँव वालों से अनाज मांग कर खाता था, उन्हीं की औरतों के साथ बुरा व्यवहार करता था।"

"यही कलयुग है।"

"आज भी भगवान है तभी तो सूरज, चाँद, सितारे आसमान पर हैं। नहींतो ये सब कब का खत्म हो जाता।"

"अपनी पण्डिताई अपने पास रखो। यहाँ देखो आदमी आदमी को लूट रहा है।"

"अरे हम गाँव वालों की गलती है। किसी ने उससे पूछा कि वो कौन जात का है, किस धर्म का है। कहाँ से आया है। उसने कहा वो बाल ब्रह्मचारी है और हम सब लगे उसे पूजने।"

"इसी कारण से वो हमारे सर पर हाथ नहीं रख रहा था बल्कि हमसब के सर पर चढ़ रहा था।"

वहाँ जितने लोग खड़े थे अपने-अपने तरीके से प्रतिक्रिया दे रहे थे। जितने मुँह उतनी बातें। किसी को कुछ समझ में नहीं आ रहाथा कि आखिर इसका हल क्या है। तभी एक ग्रामीण ने कहा -

"काहे चुप हो रामलौट भाई।"

रामलौट ने एक गहरी साँस ली और सामने खड़े गाँव वालों को देखने लगा। रामलौट के इस तरह से देखने से गाँव वाले शांत हो गए। रामलौट बोला -

"अच्छा हुआ कि हमारी घरवाली नहीं है। भगवान जो करता है अच्छा करता है।"

"ऐसा क्यों कह रहे हैं।" एक ग्रामीण ने पूछा।

"तो क्या कहें। हमारी घरवाली होती तो हम भी उसे लाते। मन्नत मनवाते, पूजा करते और मन्नत का धागा बांधने को कहते, हे भगवान हमें संतान दे दो। तो लोग जीवन भर मन्नत का धागा ही बांधते रहते। अरे मूर्खों बिना कर्म के कभी किसी को फल मिला है। कुछ तो अपनी अक्ल का इस्तेमाल करो। बच्चा दे दो। हमारी ये मांग पूरी कर दो। एक नारियल और थोड़ा से फूल, प्रसाद चढ़ाएँगे और बदले में लाखों की चाह रखेंगे जैसे भगवान इन्हें कमाकर देने वाला है। इतनी सी बात को क्यों भूल जाते हो कि बिना मेहनत के खेत में कोई फसल भई है भला। खेत को जोतना पड़ता है। बीज डालना पड़ता है। खेत की देख रेख करनी पड़ती है तब जाकर कुछ हाथ लगता है। हम लोग हैं, बिना कुछ करे भगवान के आगे हाथ फैला देते हैं। मांग लेते हैं अपने मलतब की चीज मानो भगवान हमारे लिए बने हैं, जब जो मांगो तब वो चीज हाजिर।"

रामलौट नाराज़ हो रहा था। अपने साथ-साथ वहाँ खड़े सारे लोगों पर अपना गुस्सा निकाल रहा था। रामजीवन भी एक तरफ सर नीचे किए खड़े थे। जब सारे लोग शांत हो गए तब रामजीवन ने कहा -

"रामलौट भाई आपका कहना ठीक है लेकिन विश्वास भी कोई चीज है। व्यक्ति जब चारों ओर से हार मान लेता है, निराश हो जाता है तबवह ईश्वर पर आस लगाता है। बड़ी आस्था और विश्वास के साथ ईश्वर की शरण में जाता है। पूरी गलती हम सबकी है यहकहना ठीक नहीं। माना कि हम सबको आदमी की पहचान करने में चूक हुई। कारण कि भगवान देव ने अपना चोला ही इस तरह का बना रखा था कि कोई कुछ समझ ही नहीं सका। पहचान ही छुपा ली तो कैसे पहचान पाते। रामलौट बाबू हम सब चाहते हैं कि दुनिया रंगीन मिले, लेकिन ये क्या मालूम कि जो भी मिले वो गिरगिट मिले।"

"सही कह रहे हैं आप। गाँव की बदनामी तो हो गई। अब उसे कैसे वापस ला पाएँगें।"

"कुछ तो सहना ही पड़ेगा। फिर समय धीरे-धीरे हर घाव को भर देता है। अखबार भी ज्यादा समय तक इस बात को नहीं ताजा रख पाएँगे। कुछ दिनों के बाद लोग भूल जाएँगे कि यहाँ कोई देवाश्रम भी था।"

"आप गलत कह रहे हैं रामजीवन बाबू। आज की घटना कल इतिहास बन कर हमारे बच्चों के सामने आएगी और इतिहास बदला नहीं जाता, दोहराया जाता है।"

रामलौट रामजीवन की बातों को बार-बार काट रहा था। इसी तरह की चर्चा पूरे देवपुर गाँव और टोलों में उठ रही थी जिसकी गूँज दूर तक और देर तक सुनाई दे रही थी।

गाँव में रात जल्दी हो जाती है। झींगुरों की आवाज़ें सुनाई देने लगी थीं। बिजली तो थी लेकिन दिन में आती थी। गाँव में आज भी लालटेन या मोमबत्ती जलाई जाती है।खटिया पर लेटे-लेटे सावित्री ने रामजीवन से कहा -

"रमेश का कुछ पता चला।"

"हूँ।"

"सो गए क्या?"

"नहीं।"

"तो हूँ का क्या मतलब। रमेश से बात हो नहीं पा रही है। शहर में कैसा होगा इसकी भी जानकारी नहीं लग पा रही है। आपसे पूछा तो आप कहते हो 'हूँ' आखिर हूँ का क्या मतलब है।"

"बेटा बड़ा हो गया है। अब बच्चा नहीं है। गाँव में होता तो अब तक बच्चों का बाप हो गया होता। अच्छा ही होगा।"

"अरे तनिक पता तो लगाओ आखिर वो कहाँ है किस हाल में है। फोन क्यों नहीं उठाता। फोन उठा ले तो कम से कम उसकी आवाज़ सुन लूँ। माँ हूँ उसकी। आवाज़ सुनकर जान जाऊँगी बेटा ठीक है कि नहीं।"

"कहाँ से उसकी आवाज़ लाऊँ। जब वही माँ-बाप से बात करना नहीं चाहता तो जबरिया बतियाएँ, किससे और कैसे। हमारी तो समझ में नहीं आ रहा है कि आखिर क्या करें।"

"रामलौट भईया से कहो ना कहीं से कुछ पता कर लें। वो तो पूरे गाँव गढ़ी में घूमते रहते हैं।"

"कहा था। वो कह रहा था कि शहर चलकर ही सारी बात का पता चल पाएगा कि आखिर वो बात क्यों नहीं कर रहा है।"

"काहे बिना शहर गए कुछ ख़बर नहीं लग सकती।"

"देखो सावित्री अब हम भी वहीं हैं जहाँ तुम हो। हम कोई अन्तर्यामी तो हैं नहीं कि आँख बन्द करें और रमेश को देख लें कि वो क्या कर रहा है। रामलौट कह रहा था कि अगर हम चाहें तो हमारी मदद के लिए वो हमारे साथ शहर तक चल सकता है। रमेश के पास छोड़कर वापस आ जाएगा।"

"सुनो जी। हमारी मानो तो शहर ही चले चलते हैं। इस बहाने कुछ दिन गाँव से बाहर भी रह आएँगें। वैसे भी गाँव की बड़ी बदनामी हो रही है। फिर अपने बेटे से भी मिलकर आ जाएँगे।"

अब तक दोनों उठकर अपने-अपने स्थान पर बैठ चुके थे। लालटेन भी कभी तेज, कभी मद्धम जल रही थी। लेकिन लालटेन कैसी भी जले कमरे में उजाला हो रहा था। रामजीवन ने पास रखे लोटे से पानी पिया और मुँह को अंगोछे से पोंछते हुए बोले -

"ठीक है। अभी सो जाओं कल रामलौट से पूछूँगा कि शहर कब चलना है। रमेश का पता भी तो ढूँढना है।"

"आपके पास रमेश का पता नहीं है।"

"एक-दो चिट्ठी सम्भाल कर रखी है। उसी में उसका पता भी होगा कल देख लेते हैं। चलो अब सो जाओ। रात बहुत हो चुकी है।"

रामजीवन ने अपने ऊपर चद्दर तान ली और सो गया। सावित्री की आँखों से नींद कोसों दूर थी। रमेश बेटे की तस्वीर आँखों के सामने घूम रही थी। सावित्री भी बेटे की याद सीने में लिए सोने की कोशिश कर रही थी।

महानगरों का जीवन, भागम-भाग का रहता है। यहाँ स्वयं के लिए भी समय निकालना कठिन हो जाता है। वहाँ ज़िन्दगी कटती नहीं भागती है। ज़िन्दगी की तेज़ रफ्तार में जीवन यदि पल भर के लिए रुक जाता है तो सदियाँ लगते हैं उस अन्तर को भरने में।

रेल के रुकते ही स्टेशन पर हलचल हुई। यात्री अपनी-अपनी सवारी डिब्बे की ओर भागने लगे, कुली सामानों को उठाने में व्यस्त हो गए। चाय वाले, पूड़ी-सब्जी वाले और भी इसी तरह के खेल खिलौने वाले आदि दुकानदारों के शोर सुनाई देने लगे।

रामजीवन, सावित्री और रामलौट अपने-अपने सामानों को लेकर स्टेशन से बाहर आ गए थे। उन्हें देखकर ऑटो चालकों ने दौड़ लगा दी। एक चालक ने तो उनके हाथ से कुलियों की तरह सामान लेकर अपने कांधे पर रख लिया और बोला -

"माता जी आप मेरे पीछे-पीछे आ जाइए। वो सामने मेरी गाड़ी खड़ी है।"

ये तीनों इस तरह के व्यवहार से अनभिज्ञ थे इसीलिए संकोच से उसके पीछे-पीछे चलने लगे। चालक ने सामान गाड़ी में रखा और कहा -

"आइए, बैठिए अपनी ही गाड़ी है।"

तीनों ऑटो में बैठ गए। चालक ने ऑटो चालू किया और पूछा -

"कहाँ चलना है।"

रामलौट ने बिना कुछ कहे एक कागज का पुर्जा उसके हाथ में थमा दिया। चालक ने पर्चे को देखा और प्रसन्नता से कहा -

"अच्छा तो यहाँ जाना है। पहली बार आए हैं लगता है।"

तीनों सकपका गए। रामलौट ने अपने भारी भरकम स्वर में कहा -

"तुमको कैसे मालूम।"

"अरे ठाकुर साहब हम भी रोज सवारियों को लाते ले जाते हैं, भला हमें न मालूम होगा कि कौन पहली बार आया है और कौन बार-बार आता है।"

सूरज की तीव्र रोशनी के कारण उमस बढ़ी हुई थी। रामलौट को नीम के पेड़ की छाँव याद आ रही थी। वह बोले -

"इतनी गरमी इससे अच्छा तो हमारा गाँव है। कम से कम पेड़ों की छाँव तो है। यहाँ तो सड़क के किनारे पेड़ तो लगाए हैं लेकिन उसे भी कांट छांट दिया है। दूर-दूर तक मकान ही मकान है। गरमी न होगी तो क्या होगा।"

"सही कहा ठाकुर साहब आपने। ये शहर है। यहाँ के लोग पेड़ तो लगाते हैं, लेकिन गमलों में बिचारे पेड़, पेड़ न रहकर पौधे बन के रह जाते हैं।

चालक गाड़ी चलाते जा रहा था और अपनी राय भी देता जा रहा था।

"ठाकुर साहब यहाँ ईंट-पत्थरों का जंगल है। यहाँ जानवर के रूप में इंसान रहते हैं। आप लोग गाँव की आबो-हवा से आए हैं, शहर अपको रास नहीं आएगा।"

"क्यों नहीं आएगा। मेरा बेटा रहता है यहाँ। बहुत देर से तुम्हारी बक-बक सुन रही हूँ। यहाँ लोग कई सालों से है। हम लोग भी इन्हीं की तरह के इंसान हैं, जैसे ये लोग रहते हैं। हम लोग भी रह लेंगे।"

"माताराम आप नाराज़ मत हो। मैं तो आप लोगों से ऐसे ही बात कर रहा था ताकि आप लोगों का समय पास हो जाए क्योंकि जहाँ जाना है वह जगह दूर है। माताजी आप कह रही थी कि आपका बेटा रहता है।"

"हाँ मेरा बेटा है। उसी के घर जा रहे हैं।'

"आपका बेटा है तो वो माँ-बाप को लेने नहीं आया।"

"नहीं।"

"क्यो?"

"क्योंकि हमने नहीं बताया कि हम लोग आ रहे हैं।"

"अरे माताराम जी ये आपने क्या किया?"

"क्यों?"

“अरे कम से कम बेटे से पूछ तो लेती कि हम लोग आएँ कि नहीं।”

“भला बेटे के घर जाने के लिए उससे क्या पूछना। क्या कोई बेटा अपने माँ-बाप को घर आने से मना कर देगा।”

“अरे माता जी। आप तो बात-बात पर नाराज़ हो जाती हैं। मेरा कहने का मतलब है कि आप उसे बता देते तो हो सकता था कि वोआपको स्टेशन लेने आ जाता। मान लो उसे किसी जरूरी काम से कहीं जाना पड़ गया हो। हम लोग जाएँ और घर पर ताला लटका मिले तो मैं आप लोगों को कहाँ ले जाऊँगा।”

“नहीं-नहीं ऐसा नहीं होगा। मेरा मन कहता है वो घर पर ही होगा।”

“ठीक है। माँ की ममता हमेशा बच्चों का अच्छा ही सोचती है। लेकिन माता जी ये गाँव नहीं है कि चार कमरे के मकान में दो लोग और दो गाय-भैंस रहते हैं। ये शहर है। यहाँ दो कमरों में चार लोग रहते हैं। आपने उनका मकान भी नहीं देखा मेरे ख्याल से तो आपको ये भी नहीं मालूम वो कितने बड़े-छोटे मकान में रहते हैं।”

तीनों खामोश थे। बस ऑटो वाला अपनक चिर-परिचित अन्दाज के साथ नियत गति से बढ़ता चला जा रहा था। आसपास से तीव्र गति से नई-नई गाड़ियाँ, इनके ऑटो को पीछे छोड़ती आगे बढ़ती जा रही थी। स्थिति को समझते हुए रामलौट ने कहा -

“अभी और कितनी दूर है।”

“बस ठाकुर साहब जरा में पहुँच रहे हैं।”

“तुम मुझे ठाकुर क्यों कह रहे हो।”

“अरे साहब आपकी भारी भरकम आवाज़ ही आपके ठकुरानेपन की पहचान है। ऐसी आवाज़ तो ठाकुरों में होती है। चौड़ी छाती, लम्बा कद, रौबदार चेहरा, मोटी आवाज़ हम भी भारतवासी हैं। आदमी पहचानने का हुनर रखते हैं।”

तीनों हँसने लगे। उन्हें देखकर ऑटो चालक भी हँसता हुआ बोला-

“ठाकुर साहब बहुत दिनों के बाद हमने आप जैसे सादे लोगों को देखा, जिनका मन साफ-सुथरा है।”

"अरे भईया हम ठहरे गवाड़ी दीन-दुनिया की चतुराई हम लोगों को नहीं आती। सादा जीवन उच्च विचार, न काहू से लेना न देना।"

ऑटो चालक ने रामलौट की बात को अनसुनी करते हुए एक बहुमंजली इमारत की ओर अपने ऑटो को मोड़ा। इस इमारत के मुख्य द्वार पर बैठे दरबान को पता लिखा पर्चा दिखाया। उसने उसे कुछ कहा। ऑटो चालक पास आकर बोला।

"माता जी यही आपके बेटे का घर है।"

ऑटो से बाहर निकलते हुए बोली -

"इतना बड़ा घर।"

"अरे नहीं माता जी ये पूरी बिल्डिंग नहीं है। इसके पाँचवें माले पर उनकाफ्लेट है।"

"फ्लेट क्या होता है?"

"उनका मकान ऊपर है। आप जाओ वो गार्ड जो बैठा है न वो आपको पहुँचा देगा।"

ऑटो वाले को उसका किराया दिया। ऑटो वाला नमस्ते करते हुए आगे चला गया। गेट पर बैठा गार्ड इनका सामान उठा कर लिफ्ट के पास तक ले आया। कुछ क्षण के बाद लिफ्ट का दरवाज़ा खुला। लिफ्ट के भीतर बैठे गार्ड से, इस गार्ड ने कहा -

"रमेश साहब के गेस्ट हैं।"

"ठीक है।"

और लिफ्ट बन्द हो गई। लिफ्ट के भीतर तीनों सहमे हुए से साँस रोके खड़े थे। रामजीवन बोले -

"किसी झूले की तरह है।"

अभी रामलौट कुछ जवाब देते कि लिफ्ट रुकी और दरवाज़ा खुल गया। गार्ड सामान बाहर निकाल कर दरवाज़े के सामने रखते हुए बोला -

"यही साहब का फ्लेट है।"

गार्ड ने डोर बेल दबा दिया और वापस लिफ्ट में बैठकर नीचे चला गया। सावित्री ने चारों ओर देखा सब दरवाज़े बन्द थे। बस लिफ्ट की

आवाज़ ही घर्र-घर्र सुनाई दे रही थी। बेटे का चेहरा देखने की उत्सुकता मन में जोर मार रही थी। तीनों दरवाज़ा खुलने की प्रतीक्षा कर रहे थे।

"चटाक" के साथ भीतर से किवाड़ की चटकनी के खुलने की आवाज़ आई। किवाड़ के खुलते ही सामने भारतीय परिधान में संजी, संवरी, मांग में सिन्दूर, गले में मंगलसूत्र, दमकता चेहरा मानो सम्मुख साक्षात देवी खड़ी हो। फूल से कोमल होठों पर मीठी सी मुस्कान लिए शहद से भरे स्वर में बोली -

"कहिए?"

खूबसूरत महिला को देखकर रामजीवन, रामलौट और सावित्री अचम्भित हो उठे। पुनः उसने कहा -

"कहिए, किससे मिलना है।"

"बेटी रमेश...।"

सावित्री की बात अभी पूरी भी नहीं हुई थी कि सामने खड़ी महिला ने कहा।

"अच्छा रमेश साहब से मिलना है।" उसने ऊँचे स्वर में कहा - "अरे सुनते हो। देखो आपसे कोई मिलने आया है।"

भीतर के कमरे से रमेश अपने आस्तीन के बटनों को बन्द करते हुए बाहर आते-आते बोले -

"कौन है।"

सामने माता-पिता को देख रमेश का चेहरा फक पीला पड़ गया। लड़खड़ाती आवाज में बोला -

"बाबू जी आप अचानक।"

"अरे रमेश बेटा बाहर ही खड़े रहें। भीतर आने को नहीं कहोगे।"

रामलौट ने अपनी भारी भरकम स्वर से कहा। रमेश सामान भीतर करते हुए बोला -

"अरे काका प्रणाम भला ये कैसे हो सकता है। आइए, आइए न।"

सामने खड़ी सुन्दर महिला दो क़दम पीछे हट गई। हॉलनुमा कमरा तरीके से सजा था। सोफे की ओर इशारा करते हुए रमेश बोला -

"बैठिए-बैठिए काका।"

"बेटा।"

"हाँ माँ।"

"ये कौन है।"

सामने खड़ी महिला की ओर इशारा करते हुए पूछा।

"माँ ये दीक्षा है।"

"ये यहाँ क्या कर रही है।"

"माँ ये आपकी बहू है। मेरी पत्नी। दीक्षा ये मेरे पिता जी हैं और माता जी और आप रामलौट काका हैं। गाँव में बड़ी इज़्ज़त है आपकी।"

दीक्षा ने सरपर साड़ी के पल्लू को डालते हुए माँ-बाबू और काका के चरण स्पर्श किए, भीतर कमरे में चली गई। रमेश का हाथ पकड़कर सावित्री ने अपने पास बिठाया और बोली -

"बेटा तूने शादी कर ली और हमें बताया भी नहीं।"

"माँ दीक्षा मेरी ही कम्पनी में काम करती है। अब क्या बताता। जल्दी में सब कुछ हो गया।"

"अरे भाई हम सब तो तुम्हारे लिए लड़की ढूँढ रहे थे।" रामलौट ने बीच में कहा।

"बेटा। एक बार फोन करके बता देता। वैसे भी तुम्हारी पंसद के आगे हम लोग भी कुछ नहीं कहेंगे, दीक्षा अच्छी है लेकिन तुमको बताना था।"

"पिता जी मैं डर गया था।"

"इसीलिए हमारा फोन नहीं उठा रहे थे। लेकिन बेटा ये तुमने कभी सोचा कि एक न एक दिन जब पता चलेगा तो क्या होगा।"

अभी ये लोग आपस में बातें कर ही रहे थे कि दीक्षा हाथ में चाय, नाश्ते का ट्रे लेकर आ गई। सेन्ट्रल टेबल पर रखते हुए बोली -

"माँ, बाबू जी। अभी हमारा जाना ज़रूरी है। हम दोनों जा रहे हैं। शाम को आते हैं तो आराम से बातें करेंगे। कुछ देर में कामवाली आने वाली है। आपके लिए भोजन बना देगी। चलो रमेश ऑलरेडी लेट।"

रमेश का मन घर से बाहर जाने के लिए तैयार न था लेकिन दीक्षा के कहने पर मानो रस्सी से बंधा हुआ खिंचा चला जा रहा था। उनके जाने के बाद रामजीवन ने कहा -

"रामलौट भाई कुछ अच्छा न लगा। लड़के ने हमारी लाज न रखी।"

"अरे छोड़ो न लाज-वाज। बहू तो संस्कारी मिली है। भला आजकल की बहुओं को देखा है। घर में बूढों को देख ले तो घर में तूफान मचा देती है। एक आपकी बहू है दीक्षा आ...हा...हा... कितना अच्छा नाम है। मानो साक्षात देवी सामने खड़ी हो। भैया आप भले ही कुछ कहो हमें तो बहू भा गई।"

"सच कहा आपने बहू संस्कार वाली है।"

"कौन संस्कार वाली है माँ जी।"

एक अधेड़ औरत ने कमरे में प्रवेश करते हुए पूछा।

"दीक्षा बेटी। बड़ी ही संस्कारवान है।"

"आप लोग कौन हैं। मैंने आप लोगों को पहले कभी नहीं देखा।"

"मैं रमेश की माँ हूँ। ये रमेश के पिता जी है और आप रमेश के काका।"

"ओह! आप लोग साहब के सगे वाले है।"

उसने लपककर सभी के पाँव को छुआ और फिर बोली -

"आप किसकी बात कर रही थी माँ जी कि बड़ी संस्कारवान है।"

"बहू की बात कर रही थी। दीक्षा हमारी बहू है।"

"हे भगवान। ये किसका नाम ले लिया आपने दीक्षा मेडम में संस्कार। आपको क्या मालूम माँ जी आप तो आज आई हैं मैं तो एक साल से देख रही हूँ। बहुत खराब औरत है। साहब को दबा के रखा है। माँ, दीक्षा मेडम एक नम्बर की लडाकू है। मेरा मत कहना। आपको बताऊँगी तो आप कहोगे कि मेडम की बुराई करती है। माँ जी दीक्षा मेडम इस बिल्डिंग की सबसे तेज़ मेडम है।"

"नहीं बेटा ऐसा नहीं कहते। वह तो भारतीय परिधान में थी। माथे पर सिन्दूर, बिन्दी, पल्ला सब कुछ उसी तरह का था जिस तरह-एक कुशल गृहिणी रहती है।"

रामलौट ने कहा। वह महिला, रामलौट की ओर घूर कर देखते हुए बोली।

"अरे दादा जी आप कब आए।"

"बस आ ही रहे है।"

"आपने किसी और को देखा होगा। शाम को देखना। कितना संस्कार भरा है आपकी दीक्षा बहू में। चलो जाने दो अभी क्या खाएँगे। बताओ वही खाना बनाती हूँ।"

वह महिला किचन की ओर जाने लगी। तो सावित्री ने कहा।

"बेटा नहाना।"

"हाँ तो ये बाथरूम है न इसमें जाकर नहाओ।"

वह महिला किचन के भीतर चली गई। पीछे-पीछे सावित्री भी घुस गई। वह महिला थोड़ा नाराज़ होते हुए बोली -

"माँ जी आप जाकर सोफे पर बैठो मुझे मेरा काम करने दो। आगे घर भी जाकर खाना बनाना है।"

सावित्री सोफे पर आकर बैठ गई। रामलौट बाथरूम में चले गए थे। नल से पानी के गिरने की आवाज़ सुनाई दे रही थी। रामजीवन से सावित्री बोली -

"सुनो जी।"

"हूँ।"

"ये बाई, बहू को कितना बुरा बोल रही है।"

"अब हमको क्या मालूम बहू का रूप तो अच्छा था। रंग भी अच्छा है, शृंगार भी अच्छा था लेकिन संस्कार के बारे में बाई जो कह रही है अगर ये सच है तो बेटे का तो नहीं हमारे नसीब खराब है मान लो।"

"वो कैसे?"

"ये तो नहीं मालूम बस इतना कह सकता हूँ कि हम सुख की खोज में गाँव छोड़कर शहर आ गए। मुझे तो पता नहीं क्यों ऐसा लगता है कि हम अपना सुख गाँव में छोड़कर आ गए।"

"ऐसा क्यों कहते हो।"

“सावित्री पता नहीं क्यों अंतरात्मा कह रही है कि गाँव छोड़ने का निर्णय सही निर्णय नहीं था। अभी ये लोग आपस में बातें कर ही रहे थे कि बाई कमरे में आकर बोली।

“आप लोग कितनी रोटी खाएँगे बताओ तो उतनी बना दूँ। नहीं तो रोटी बचती है तो मेम साहब डाँटती हैं।”

“बेटा, रोटी भी भला कोई गिनकर बनाता है क्या?”

“माँ जी। यहाँ तो ऐसा ही है। जिसको जितनी लगती है उतनी बना के चली जाती हूँ। रोटी बचने पर उसे कुत्ता भी नहीं खाता।”

“क्यों?”

“माँ जी यहाँ कुत्तों के खाने का खाना अलग से आता है। अनाज के अपमान से पाप लगता है।”

“हमारे गाँव में तो बचे खाने को गाय-भैंस को दे देते हैं।”

“अरे माँ जी यहाँ आदमी के रहने की जगह नहीं तो जानवर कहा पालेंगे। पाँचवें माले पर बांधेंगे क्या? पाँच-पाँच रोटी सभी के लिए बना देती हूँ और हाँ मेरा नाम सकुन है। ठीक है न। मुझे मेरे नाम से बुलाना सकुन। बाई वाई मत बोलना ठीक है। सकुन ने अपने लहजे में सबको समझा दिया कि उसे बाई कहना अच्छा नहीं लगता। अब तक रामलौट नहा धो कर कमरे में आ गए थे। सकुन रोटी बना रही थी।

“घर की बहुएँ चार रोटी नहीं बना पाती हैं। सकुन बाई को देखो चार घर में रोटी बनाने जाती है। ये भीतो महिला है। यही काम बहुएँ करें तो अच्छा न रहे।”

सावित्री ने कहा। रामलौट और रामजीवन सोफे पर किसी आज्ञाकारी बालकों की तरह बैठे थे। रामलौट ने लम्बी साँस खींची और कहा।

“यहाँ यही रिवाज़ होगा।”

“काहे का रिवाज। खाना बनाना, चौका बर्तन करना तो हम औरतों का धरम है।”

“भाभी जी हमने सुना है। शहर की महिलाएँ बराबरी करती हैं। पुरुष और महिला सब बराबर, जब सब बराबर है तो, सब काम बराबर।”

"अरे छोड़ो ये फालतू की बातों को थोड़ा शांत रहो। जाओ देखो सकुन ने खाना बनाया कि नहीं।"

रामजीवन नाराज़ होकर बोले। सावित्री उठी और किचन की ओर जाने लगी। सावित्री किचन के दरवाज़े तक ही पहुँची थी कि सकुन ने कहा -

"माता जी खाना पूरा बन गया। अब मैं जाती हूँ। आप लोग खा लेना बर्तन एक जगह रखना। शाम को बर्तन साफ करने दूसरी आएगी। मैं चलती हूँ। राम-राम।"

सकुन ने मुँह हाथ धोकर अपने ब्लाउज में फंसी पाउडर की पुड़ियाँ निकालकर अपने चेहरे पर मला और बालों को शीशे के सामने संवारते हुए घर के बाहर चली गई। यह काम इतनी फुर्ती से किया गया कि सावित्री उसका चेहरा ही देखती रही। उसके जाने के बाद ऐसा लगा मानो कोई तूफान थाजो आया और चला गया। बिलकुल शांत वातावरण था।

"अब वहीं खड़ी रहोगी या थाली लगाओगी।"

सावित्री स्तब्ध सी सकुन की गतिविधियों को देख रही थी। रामजीवन की बातों से उसकी चेतना वापस आई। टेबल पर थाली लगा कर भोजन परोसने लगी। रामजीवन और रामलौट आपस में गाँव की बातें करते जा रहे थे और भोजन कर रहे थे।

शाम रात में बदल चुकी थी। टी.वी. के सामने रामजीवन, रामलौट और रमेश बैठे थे। सावित्री और दीक्षा एक तरफ बैठी। दीक्षा सावित्री के सर में तेल मालिश कर रही थी। बैठकनुमा कमरे में शांति छाई थी तभी रमेश ने कहा -

"आप लोग कब तक रहेंगे।"

रामजीवन और रामलौट दोनों ने रमेश को इस तरह देखा मानो खा जाएँगे। रमेश ने थूक को गले के नीचे निगलते हुए फिर से पूछा -

"आप लोग कब तक रहेंगे।"

"बेटा भला ये कैसा प्रश्न है। मैं तो चला जाऊँगा। तुम्हारे माता-पिता तो यहीं रहेंगे।"

"यहीं रहेंगे। मतलब।"

"कुछ परेशानी है क्या?"

रामलौट ने कहा।

"काका फिर गाँव की ज़मीन कौन देखेगा।"

"बेटा, जब तू पैदा हुआ था तब हमने तुझसे ये नहीं पूछा था कि तू इस घर में कब तक रहेगा। हमको आए एक दिन भी नहीं हुआ और तू कह रहा है कब तक रहोगे। देखा सावित्री तुम्हारी ममता के आँसुओं के कारण हम सब यहाँ आए और ये कहता है कब तक रहोगे। बेटा अभी हम लोग इतना अनाज पैदा कर लेते हैं कि स्वयं का पेट भर लें और दो-चार गाँव को भी खिला लें। हम तुम पर बोझ नहीं बनना चाहते।"

"अरे पिता जी आप तो नाराज़ हो रहे हैं। मेरा मतलब था कि आप अगर ज़ल्दी जाएँगे तो मैं आपको ये शहर जल्दी घुमा फिरा देता। अगर आप आराम से जाएँगे तो फिर कोई बात नहीं।"

"आप ये कैसी फालतू की बातें करने लगे। पहली बार तो मम्मी-पापा घर आए हैं। जरा हमको भी सेवा का अवसर ले लेने दो। आपका क्या है आप तो इनके पुत्र हैं। आपने तो अपना काम कर दिया। बहू होने के नाते पुण्य मैं भी कुछ कमा लूँ। काका गाँव जाएँगे तो कम से कम हमारी चर्चा तो करेंगे।"

दीक्षा ने रमेश को डाँटते हुए कहा था। दीक्षा की बातों को सुन रमेश शांत हो गया। रामलौट ने दीक्षा से कहा -

"अरे बेटा। तुम्हारे जैसी बहू पूरे देवपुर गाँव में कहीं नहीं है। रामजीवन भाई आप तो बहुत किस्मत वाले हो जो आपको दीक्षा जैसी बहू मिली है। दीक्षा बेटे आप गाँव देवपुर ज़रूर आना। हमारा गाँव, शहर जैसा तो नहीं लेकिन गाँव की आबो-हवा शुद्ध और स्वच्छ है। गाँव भी घूम जाना।"

"जी। काका ज़रूर आऊँगी। हमारी कम्पनी साल में एक बार बाहर घूमने के लिए छुट्टी देती है। उसी समय हम दोनों साथ-साथ आएँगे। क्यों जी चलेंगे न।"

दीक्षा ने रमेश की ओर देखकर कहा था रमेश ने भी "हाँ" में अपनी स्वीकृति दे दी थी। इसी तरह की बातों से समय आगे बढ़ता रहा। देर रात के बाद दीक्षा और रमेश अपने कमरे में सोने चलेगए। दूसरे कमरे में सावित्री और बैठक में रामजीवन और रामलौट दोनों ने नीचे अपना बिस्तर लगा लिया था। बत्तियाँ बुझ गई थी लेकिन रमेश के कमरे की बत्ती जल रही थी।

"देखो जी। माँ-बाप आपके हैं। मैं संस्कारी बहू की तरह ज्यादा देर तक नाटक नहीं कर सकती। वो तो भला हो किटी पार्टी की थीम का कि उन्होंने भारतीय बहू की थीम रखी थी, जिस कारण से मैं उस दिन भारतीय संस्कारी बहू के रूप में सजीधजी थी। जब माँ-बाप आए थे, नहींतो पता नहीं क्या होता।"

"ये मेरे माँ-बाप हैं। इनको कैसे घर से निकाल दूँ।"

"मैं नहीं जानती। तुम भी काम पर जाओगे। मैं भी काम पर जाऊँगी। यहाँ ये अकेले रहकर करेंगे भी क्या। गाँव के लोग हैं, चार लोगों में उठने-बैठने की आदत है। भला कब तक बहाना बनाएँगे। कुछ दिनों के बाद मेरी सहेलियाँ भी मेरे घर आने लगेंगी, ओफ नहीं रमेश, तुम कुछ न कुछ करो।"

कमरे का तापमान बढ़ा हुआ था। रमेश के माथे पर पसीने की बूंदें उभर रही थी। रमेश माँ-बाप और पत्नी के बीच में फंस गया था। पत्नी को पसंद कर शादी की थी। माँ-बाप तो माँ-बाप हैं। उनका स्थान कभी भी कोई नहीं ले सकता।

"लेकिन दीक्षा मैं कैसे कहूँ कि आप लोग वापस गाँव चले जाओ। जरा सोचो मैं उनका एकलौता बेटा हूँ। भला माँ-बाप बड़ी आशा और उम्मीद लेकर मेरे पास आए हैं।"

"उनकी उम्मीदों को तुम पूरा करो मैं नहीं, ये मत भूलो तुम उनके बेटे थे। शादी के बाद अब तुम मेरे पति हो। तुम चाहो तो चुनाव कर सकते हो माँ-बाप या पत्नी। मैं अपनी लाइफ में किसी तरह का इंटरफेयर नहीं चाहती। लाइट आफ करो सुबह जल्दी उठना है।"

कमरे की लाइट बन्द हो गई। दीक्षा एक करवट लेकर पलंग पर सो गई। रमेश की आँखों से नींद कोसों दूर थी। कमरे में मद्धम रोशनी थी लेकिन रमेश की आँखों के सामने ज्वालामुखी के लावे का ताप था। आज अपनी करनी पर पछतावा हो रहा था। जवानी में जल्दबाजी में उठाया गया क़दम आगे चलकर नुकसानदायक होता है। यह बात कई लोगों ने रमेश को समझाई थी लेकिन प्यार अंधा होता है। जब आँखें खुलती है तब तक सब कुछ तबाह हो जाता है। रमेश सोच रहा था -

"जिस माँ ने जन्म दिया, जिस बाप की उँगली पकड़कर चलना सीखा। उसी बाप का हाथ पकड़कर घर से बाहर निकलने के लिए कैसे कह दूँ। कितना ही नालायक बेटा क्यों न हो कम से कम माँ-बाप की कद्र तो करनी चाहिए। नहीं नहीं यह गलत है। दीक्षा अभी नाराज़ है। कल समझाने का प्रयास करूँगा। कहूँगा कि माँ-बाप की सेवा भी ईश्वरीय सेवा से कम नहीं। कुछ भी हो माँ-बाप को घर से बाहर नहीं जाने दूँगा।"

मन ही मन निश्चय करने के बाद रमेश की आँखों में भी नींद के झौंके आने लगे और वह भी करवट बदल कर सोने की कोशिश करने लगा।

प्रातः दीक्षा उठी रमेश को पता नहीं चला। रमेश की आँखें खुली तो देख कर अचम्भित रह गया। सुबह देर तक सोने वाली दीक्षा नहा-धोकर साड़ी पहने भारतीय महिला के रूप में माँ को चाय दे रही थी।

मुझे उठकर आता देखा तो माथे पर आँचल लिए सामने आकर रुकी। पल भर के लिए मुझे देखा और झुककर चरण स्पर्श किया। यह देखकर मुझे कुछ समझ में नहीं आ रहा था कि आखिर आज इसे क्या हो गया। बात-बात पर झगड़ा करने वाली इतनी इज्जत दे तो यह इज्जत पच नहीं पाती।

"आप उठ गए। आप मुझे बुला लेते। आपकी चाय कमरे में ही ले आती।"

बैठक में माँ, पिता जी और काका तीनों चाय पी रहे थे। रमेश भी मुँह धोकर खाली सोफे पर बैठ गया। दीक्षा एक कप चाय लेकर आई। रमेश को दिया और वापस कमरे की ओर जाने लगी। रमेश चाय पीने लगा। रामलौट ने कहा -

"रमेश बेटा।"

"हाँ काका।"

"बेटा बहू बहुत ही संस्कारी है। प्रातः उठकर नहाना-धोना, पूजा पाठ करने के बाद सभी के चरण स्पर्श किया। आज कल की बहुएँ तो डोली से उतरी नहीं कि दूसरे दिन बीच में दीवार उठवा देती हैं।"

"ये हमारे पुण्यों का फल है। मेरी मन्नतों का नतीजा है। मैं गाँव में महादेव के सामने न जाने कितनी बार मन्नत के धागे बांध कर अपने बेटे की कुशलता की कामना करती थी उसी का यह फल है कि दीक्षा के रूप में संस्कारी बहू मिली है।"

माँ की बातों को सुनकर रमेश ने अपना माथा ठोक लिया। मन ही मन सोच रहा था कि किस तरह आँखों पर भ्रम का पर्दा पड़ जाता है। व्यक्ति होता कुछ और है, दिखता कुछ और है।

"हाँ सही कह रही हैं भाभी जी आप। देवपुर गाँव में जितनी बहुएँ आई हैं सब अपना-अपना देखती है। गाँव के बूढ़े कब पराए हो जाते हैं पता ही नहीं चलता। बेटा रमेश अपने माता-पिता का ख्याल रखना। मुझे अब चलने दो। मेरे लिए वापसी का टिकट ला देते तो मैं वापस देवपुर चला जाता। आप लोगों से मिलना था सो मिल लिए, देखकर अच्छा लगा। अब गाँव में जाकर बताऊँगा कि बहू हो तो रामजीवन की बहू दीक्षा के जैसी हो वर्ना न हो।"

कमरे के भीतर ऑफिस जाने के लिए तैयार हो रही दीक्षा अपनी तारीफ सुनकर मन्द-मन्द मुस्करा रही थी। रमेश ने कई बार कुछ कहने का प्रयास किया लेकिन रामलौट ने अपने सामने एक न चलने दी। रमेश चाय खत्म करके उठा और बाथरूम की ओर जाने लगा। कुछ देर के बाद दोनों तैयार होकर कम्पनी जाने के लिये बाहर निकले। दीक्षा ने जाते-जाते कहा था कि "अभी कुछ देर में सकुन आ जाएगी जो खाना बना देगी।" और वो दोनों घर से बाहर निकल गए।

"सच कहा भाभी आपने। कुशल औलाद का होना वास्तव में किसी न किसी पुण्य का प्रतिफल है।"

अभी सावित्री कुछ कहती कि किसी तूफान की तरह सकुन ने घर में प्रवेश किया।

"राधे राधे। आप लोगों के लिए क्या-क्या बनाना है। ज़ल्दी-ज़ल्दी बता दो। फिर मत कहना कि दाल नहीं बनी तो सब्जी नहीं बनी। मैं दोबारा नहीं पूछूँगी।"

इतना बोलते बोलते वो पहले हाथ मुँह धौने के लिए बाथरूम में गई फिर किचन के भीतर घुसकर आटा निकालने लगी। सावित्री उठी और किचन में जाकर खड़ी हुई थी कि सकुन ने कहा -

"माता जी कल रोटी बराबर थी न। कम तो नहीं हुई। अगर और चाहिए तो अभी बता दो। एक बार रोटी बनाकर उठी तो दोबारा नहीं बनाऊँगी।"

"अरे सकुन बेटा जरा साँस तो ले लिया कर। किसी तूफान की तरह आती है और आंधी की तरह चलीजाती है। कुछ बात भी किया कर।"

"देखो माँ जी। मैं बात करूँगी तो आगे लेट हो जाऊँगी। सारे घर का समय बंधा है। लोग मुझे मेरी पगार काम करने के बदले देते हैं। अगर मैं बात में लगी रही तो बस बात ही बात रह जाएगी। माँ जी बातों से पेट नहीं भरता। आप बताओ सब्जी क्या बनाऊँ।"

"हमसे अच्छा तो तू ही जाने, बना दे जो तेरा मन करे।"

सावित्री वापस बैठक में आकर बैठ गई। रामलौट से बोली -

"कुछ दिन और रुक जाते तो अच्छा रहता।"

"भाभी जी अब न रोको। आपको अपना बेटा मिल गया और एक सुशील बहू, आपको और क्या चाहिए। खाना खिलाने के लिए सकुन है ही। मुझे अब जाने दीजिए आपको तो मालूम है। मैं अकेला हूँ सारा काम मुझे ही देखना है।"

"ठीक है रामलौट भाई। बस भूल मत जाना कभी-कभी फोन या चिट्ठी लिख लिया करना।"

"अरे ये कैसी उदासी भरी बातें कर रहे हैं। भला मुझे कौन रोकेगा। जबमन करेगा अकेले राम अपना झोला उठाएँगे और आ जाएँगे मिलने।"

"माता जी खाना बन गया है। घी भी पिघला दिया है। खाना हो तो लगा लेना।"

चेहरे पर उसी तरह पाउडर लगा रही थी जिस तरह लगाती थी। कुछ ही देर में सारा काम खत्म करके घर सेबाहर निकल गई।

रामलौट भी शाम की गाड़ी से देवपुर गाँव जाने वाली रेल से वापस चले गए थे। रामजीवन ने सावित्री से कहा -

"रामलौट भाई के जाने से घर खाली-खाली लग रहा है।"

"हाँ। लेकिन क्या करें जाना तो तय था। बिचारे हमारे खातिर यहाँ तक आ गए थे।"

शाम को कमरे के भीतर दीक्षा ने रमेश से कहा -

"मैं संस्कारी बहू का नाटक नहीं कर सकती मेरा दम घुटता है।"

"तुमको किसने कहा कि तुम माँ-बापके सामने संस्कारी बहू का रोल करो।"

"कहा किसी ने नहीं लेकिन पहले दिन किटी पार्टी की थीम ने सब गुड़गोबर कर दिया। पहली बार उन्होंने उसी ड्रेस में देखा था इसीलिए अब उनकी नज़र में वही छवि बनाकर रखना चाहती हूँ लेकिन इनका इंतज़ाम करो मैं ये नाटक ज्यादा दिन तक नहीं चला पाऊँगी।

"दीक्षा ये मेरे माता-पिता हैं भला यहाँ इनका मेरे अलावा कौन है। कहाँ ले जाकर फेंक दूँ। तुम समझने की कोशिश करो।"

"मैं कुछ नहीं जानती कुछ दिनों में मेरे घर में किटी पार्टी होनी है। सारी महिलाओं के सामने में अपनी इन्सल्ट नहीं कराना चाहती।"

दीक्षा मुँह घुमाकर सोने लगी। रमेश की आँखों से नींद कोसों दूर थी। वह भी सोने की असफल कोशिश कर रहा था, लेकिन यह समस्या जटिल थी, इसका हल उसे कुछ नहीं सूझ रहा था। आँखें बन्द थीं, दिमाग जाग रहा था। शून्य में प्रश्न का हल खोज रहा था।

परिस्थितियाँ कभी-कभी इतनी जटिल हो जाती हैं कि मानव अपनों के बीच निरुत्तर हो जाता है। ख्यालों के जाल में उलझकर रह जाता है। जिस तरह जाल में फँसी मछली पानी से बाहर निकलते ही तड़पते-तड़पते दम तोड़ देती है, ठीक उसी तरह मानव सांसारिक माया जाल में स्वयं के द्वारा रचे-बुने धागों के बीच इस तरह उलझ जाता है कि उसमें निकलने का रास्ता नहीं मिलता।

रमेश के सामने इसी तरह मकड़ी के जाल दिखाई दे रहे थे जिसमें स्वयं को फँसता हुआ महसूस कर रहा था। रात गहराती जा रही थी। पंखे के चलने की आवाज़ किसी रेल के इंजन के चलने की आवाज़ से कम न लग रही थी।

प्रातः दीक्षा ने रमेश के ऊपर की चादर खेंच दी। रमेश आँखें मलते हुए उठ बैठा। देखा, दीक्षा सामने चाय लिए भारतीय गृहिणी की मुद्रा में मुस्कुराता चेहरा लिए खड़ी थी। उसके गीले बालों सेपानी की बूंदें अभी भी टपक रही थीं। दीक्षा चाय का कप देते हुए बोली।

"उठिए। बहुत देर हो रही है। मम्मी-पापा को चाय दे चुकी हूँ, नाश्ता बना दिया है। आप चाय पीकर जल्दी से तैयार हो जाओ मैं बाल सुखा लेती हूँ।"

रमेश ने चाय का कप हाथ में लेकर खुली खिड़की की ओर देखा सूरज की रोशनी चारों ओर फैल चुकी थी। रात देर से नींद आने से प्रातः उठने में देरी हो गई जिस कारण से रमेश का सर भारी हो रहा था। चाय पीते-पीते रात की बातों को याद कर रहा था। सोच रहा था। फिल्मों और नाटकों में किरदारों को रंग बदलते देखा है। यहाँ तो दीक्षा जिस तरह के किरदार निभा रही है, उसे पहचान पाना कठिन लग रहा था। समझ में नहीं आ रहा था कि प्रातः जो दीक्षा भारतीय महिलाके रूप में दिखाई देती है रात में वो कितना वीभत्स रूप धारण कर लेती है, क्या वास्तव में किरदार ऐसे ही होते हैं। चाय खत्म हो चुकी थी परन्तु सोच का अन्त न हो रहा था। कमरे से बाहर नहीं निकलने पर दीक्षा ने आवाज़ दी -

"जल्दी करो। लेट हो रहे हैं। अब कमरे में ही रहोगे कि नहाना धोना भी करोगे।"

दीक्षा की बातों को सुनकर रमेश उठा और बाथरूम की ओर चला गया।

रामजीवन नाश्ता समाप्त करते हुए सावित्री से बोले -

"सच कहा है किसी ने।"

'क्या?"

"अच्छे-बुरे कर्मों का फल ईश्वर इस समय धरती पर ही दे देता है।"

"ऐसा क्यों कह रहे हैं।"

"अब देखो न हमारी कितनी अच्छी किस्मत है, रमेश जैसा श्रवण भक्त बेटा है। सीता जैसी संस्कारी बहू। सर से पल्ला सरक तो जाए भला और गाँव की बहुएँ। घर के भीतर आने के बाद कौन छोटा कौन बड़ा। न मान, न मर्यादा। सब ताक पर रख देती हैं।"

"आपका कहना तो ठीक है लेकिन पता नहीं क्यों मुझे डर लग रहा है।"

"डर भला बेटे के घर में डर कैसा?"

"पता नहीं शायद आपने ध्यान से रमेश को नहीं देखा। मैं माँ हूँ मैंने उसके चेहरे पर प्रसन्नता नहीं देखी। हमेशा उदास चेहरा लिए घूमता रहता है। आज आप जरा पूछो न कहीं कुछ बात तो नहीं।"

"अरी भागवान तुम भी न। बस अपने मन में कुछ भी वहम मत पालो। मर्द है ऊँच-नीच से क्या डरेगा।"

"भगवान करे कि आपकी बात सच हो लेकिन मैं भी माँ हूँ। बेटे का मन टटोलने में क्या बुराई है।"

"ठीक है तुम कहती हो तो बात करता हूँ लेकिन देखना तुम्हारा शक गलत निकलेगा।"

"भगवान करें कि मैं ही गलत निकलूं। महादेव को भोग लगाऊँगी।"

अभी दोनों की बातें समाप्त ही हुई थी कि रमेश तैयार होकर माँ के पास आते हुए बोला -

"नाश्ता हो गया आप लोगों का।"

"हाँ बेटा, बहू बहुत गुणवान है। बड़ा ख्याल रखती है हम लोगों का, हमारी नींद बाद में खुलती है, चाय नाश्ता पहले आ जाता है।"

रमेश सामने रखी खाली कुर्सी पर बैठकर नाश्ता कर रहा था। सावित्री ने पूछा।

"बेटा सब ठीक है न।"

रमेश नाश्ता करते-करते रुक गया। बोला -

"ऐसा क्यों पूछ रही हो माँ।"

"बेटा मैं माँ हूँ तुम्हारी। तुम्हारे चेहरे पर प्रसन्नता नहीं दिखाई दे रही है। कुछ बात हो तो बताओ, हो सकता है हम लोग समस्या का हल कर सकें।"

"हाँ बेटा अगर आर्थिक कारण हो तो बताओ गाँव के खेत बेच कर दूर कर देंगे। हमारे लिए तुम ही सब कुछ हो। फिर औलाद के लिए ही तो माँ-बाप सब कुछ करते हैं। हमारी औलाद ही ख़ुश न रहे तो ज़मीन जायदाद का क्या मतलब।

रमेश के चेहरे पर कई भाव आए औरचलेगए। रमेश ने स्वयं को बड़ी मुश्किल से रोका। मन कहता कि माँ-बाप से कह दे कि "आपकी बहू नकली आवरण ओढ़े है। उसके दिखावे में आप सबआ गए हैं। वो ही साथ रखना नहीं चाहती। क्या करूँ।" फिर सोचा कुछ समय की बात है। माँ-बाप वापस गाँव चले जाएँगे। फिर सब कुछ ठीक हो जाएगा। दीक्षा का भ्रम भी बना का बना रहे जाएगा।

रमेश बिना कुछ उत्तर दिए भीतर चला गया। माता-पिता उसे शांत मन से जाते हुए देख रह थे।

"सावित्री।"

"हूँ।"

"अब तो न जाने क्यों मुझे भी संदेह हो रहा है कि तुम सच कह रही हो।"

"रमेश की खामोशी ठीक नहीं।"

"क्या करें गाँव वापस लौट चलें।"

"गाँव वापस जाने का मतलब समझती हो। पूरे गाँव में जगहँसाई हो जाएगी। लोग क्या कहेंगे कि बेटा, माँ-बाप को रख न सका। नहीं ये ठीक नहीं। बेटे के मन की तो जानो आखिर बात क्या है।"

"बेटा कुछ कहे तब तो कुछ पता चले। खामोश हो जाना समस्या का हल नहीं है।"

ये दोनों आपस में बातें कर ही रहे थे कि रमेश और दीक्षा बाहर निकले।

"माँ हम लोग जा रहे हैं। दोपहर में खाना समय से खा लेना। सकुन आती होगी।"

दोनों एक साथ कमरे सेबाहर निकलगए। दोनों खामोशी से दोनों को जाते हुए देख रहे थे। कुछ देर के बाद सावित्री ने खमोशी तोड़ी -

"इन दोनों को देख कर तो ऐसा बिलकुल भी नहीं लगता कि ये लोग खुश नहीं हैं।"

"मन के भीतर क्या है। बाहर वाले कैसे जान सकते हैं।"

सावित्री अभी कुछ कहती कि सकुन ने किसी तूफान की भाँति भीतर प्रवेश किया -

"हाँ माता जी। आज क्या खाओगे। फटा-फट बता दो। मेरे पास टाम कम है।"

"अरे बेटा जरा हमारे पास भी तो बैठ ले।"

"देखो माता जी। आपको पहले भी कही थी आज भी कहे देती हूँ। मुझे काम करने के पैसे मिलते हैं बैठने के नहीं। फिर मैं यहाँ बैठूँगी तो आगे का काम कौन करेगा। माता जी ये शहर है। यहाँ घड़ी के कांटे के बराबर चलना होता है। अगर नहीं चले तो कांटा हमको पीछे छोड़ देगा। अभी हमारे हाथ-पैरों में दम है, तब तक तो कर ले नहीं तो फिर आपके माफिक तो बैठना है एक दिन। आपको तो आपके बेटा-बहू साथ में रखा है। हमारे तो क्या कहेंगे भगवान ही मालिक।"

"ऐसा क्यों बोलती हो, हो सकता है तुमको भी दीक्षा जैसी संस्कारी बहू मिल जाए।"

"क्या बोला दीक्षा मेडम जैसी। भले मेरा लड़का कुंवारा रह जाए लेकिन माँ जी मैं दीक्षा जैसी बहू कभी न लाऊँगी।"

"क्यों क्या खराबी है दीक्षा में।"

सकुन धम्म से उनके सामने फर्श पर बैठ गई।

"माँ जी और कोई बद्दुआ दे दो लेकिन दीक्षा जैसी बहू की दुआ मत देना मेरे बेटे को।"

सकुन का चेहरा गुस्से के मारे लाल होगया। बिगड़ैल सांड की तरह नथुने फूलने लगे। रामजीवन ने कहा -

"बेटा आखिर बात क्या है। हमने देखा है कि जब भी हमने दीक्षा का नाम लिया तुम्हारा पारा गरम हो जाता है। वहीं हमारा बेटा भी हमको कुछ बताता नहीं।"

"ओ बाबू जी। आपका बेटा अब बेटा नहीं रहा।"

"क्या मतलब।"

"मतलब ये कि वो अब दीक्षा मेम साहब का हसबेंड है। उनका पति मेडम जैसा बोलती है साहब उतना ही करते हैं।"

"लेकिन ऐसा क्यों?"

"मेडम भी बराबर नौकरी करती है। मेडम का कहना है हम बराबर हैं। फिर औरत, मर्द की गुलामी क्यों?"

"लेकिन सकुन उन दोनों के बीच तो हमने अभी तक ऊँची आवाज़ में बात करते भी नहीं सुना है। आखिर ये लोग किस बात पर नाराज रहते हैं।"

"बाबू जी। आप लोग गाँव के सीधे-साधे लोग हैं। आपको शहर के बारे में कुछ नहीं मालूम। यहाँ दिखावा करते हैं। दिखावे में मारे जा रहे है। सालों के पास खाने का बर्तन नहीं लेकिन बात करेंगे तो बोलेंगे कि हमारे घर में तो सारे बर्तन चाँदी के हैं। चम्मच सोने के हैं। मानो राजा-महाराजा की औलाद हो। माँ आपकी बहू, बहू नहीं है।"

"क्या बकती है।"

"हाँ माँ जी एक नम्बर की झगड़ालू औरत है। हम लोग झोपड़ पट्टी में रहते हैं। गरीब है। रोज लड़ते-झगडते हैं, लेकिन नीचता नहीं करते। दीक्षा मेम साहब तो इतनी नीचता करती है कि आपको पता भी न चलेगा। कब उसने क्या कर दिया।"

"सकुन कहीं तुम हम लोगों को बहू के खिलाफ भड़का तो नहीं रही हो।"

सकुन फटाक से उठकर खड़ी हो गई।

"लो माँ जी जब सच सुन नहीं सकती तो बात करने के लिए बिठाया क्यों अब तक बर्तन मंज गए होते।"

सकुन पैर पटकते हुए भीतर चली गई।

"सावित्री। सकुन की बातों से तो लगता है कि घर का माहौल कुछ ठीक नहीं, क्योंकि उसने जितनी बुराई बताई सब दीक्षा की बताई। रमेश

के बारे में कुछ न कहा। लेकिन तस्वीर ठीक इसके विपरीत है। दीक्षा जिस रूप में हमारे सामने आती है उसको देखकर तो लगता है कि सकुन झूठ बोल रही है। अगर सकुन सच कह रही है तो ये मान लो हमारा बेटा, बड़े संकट में है।"

"इसीलिए रमेश के चेहरे से हँसी चली गई।"

"सच कह रही हो। अब तो मेरा मन भी घबराने लगा है।"

"आप अपनी सेहत मत खराब कर लेना।"

दोनों इसी तरह आपस में बातें कर रहे थे। सकुन अपनी नाराज़गी किचन में बर्तनों को मांजते हुए पटकते-पटकते जाहिर कर रही थी। जिसकी पुरानी कहावत चरितार्थ हो रही थी कि "जहाँ चार बर्तन होते हैं, वहाँ आपस में टकराने की आवाज़ें आती हैं।"

शाम धीरे-धीरे रात्रि में बदल रही थी। रामजीवन खाना खाने के बाद रुमाल से हाथ पोंछते हुए सोफे पर आकर बैठ गए। रमेश, सावित्री भी पहले से बैठे टी.वी. देख रहे थे। रमेश की ओर देखते हुए रामजीवन ने कहा -

"खाना खा लिया बेटा।"

"हाँ पिता जी।"

रमेश का स्वर मध्यम था। रामजीवन ने रुमाल को एक तरफ रखते हुए कहा -

"बेटा। तुम कुछ परेशान दिखाई दे रहे हो।"

"नहीं तो।"

"कुछ बात है तो बताओ हो सकता है कि हम तुम्हारी मदद कर सकें।"

"बात वो नहीं है पिता जी।"

"फिर क्या बात है। बेटा हम तुम्हारे माँ-बाप हैं। हमारा जो है वो सब तुम्हारा ही है चाहे उसका इस्तेमाल आज करो या कल। तुम्हारे अलावा और कौन है हमारा।"

"नहीं पिता जी बात ये है कि हम दोनों का ट्रान्सफर हो गया है।"

"क्यों?"

"कम्पनी का नियम है। प्रमोशन के बाद दूसरे शहर में तबादला कर देते हैं।"

"तो इसमें परेशानी क्या है। तुम्हारी तरक्की हो गई इससे अच्छी प्रसन्नता की बात कुछ हो ही नहीं सकती।"

"पिता जी अभी हमको होटल में रहना होगा। कुछ दिनों के बाद कम्पनी मकान देगी या किराए का लेना होगा यह कुछ समझ में नहीं आ रहा है। ऐसे में आप लोगों को साथ रख पाना कठिन हो रहा है।"

"ओह! तो ये बात है।"

रामजीवन ने एक लम्बी गहरी साँस ली और कहा -

"तो इसका हल क्या है?"

"पिता जी मेरी मानो तो कुछ दिनों के लिए आप लोग गाँव चले जाएँ। जैसे ही मकान की व्यवस्था होगी मैं तुरन्त आप लोगों को बुला लूँगा।"

"बेटा गाँव तो हम चले जाते, लेकिन गाँव में हमारी कितनी बदनामी होगी। हमारी तो छोड़ो तुम्हारी बहुत ज्यादा होगी। लोग कहेंगे कि रमेश अपने माँ-बाप को रख न सका। बेटा हमारा जीवन तो कटगया। लेकिन तुम्हारा जीवन तो अभी शुरू हुआ है। इसलिए मैं, तुम्हारे ऊपर कोई बदनामी का दाग नहीं लगने दूँगा।"

"पिता जी फिर इस घर को छोड़ना होगा।"

"ठीक है। हम लोगों को रहने की व्यवस्था कहीं कर सकते हो तो कर दो। लेकिन बेटा हम दोनों वृद्धावस्था की ओर अग्रसर हैं इतना ख्याल रखना कि हम लोगों की आवश्यकता की चीजें आसानी से मिल जाए।"

"जी पिता जी।"

रमेश उदास मन से कमरे के भीतर चला गया। सावित्री ने रामजीवन से पूछा -

"क्यों जी। रमेश क्या कह रहा था।"

"कह रहा था कि अब हम लोग इस घर में नहीं रह सकते।"

"नहीं रह सकते, भला क्यों नहीं रह सकते।"

"इसलिए नहीं रह सकते कि अब रमेश हमारे साथ नहीं रहेगा।"

"क्यों, कहीं जा रहा है।"

"हाँ, कम्पनी ने उसकी तरक्की कर दी हैं। उसको दूसरे शहर जाना पड़ रहा है। वहाँ अभी मकान मिलने में समय लगेगा।"

"तो हम अपने गाँव वापस चले चलते है। वहाँ भी तो अपना घर है।"

"गाँव लौटकर जाने का मतलब जानती हो रमेश की बदनामी। जिस तरह दूसरे गाँव केलड़कों की बदनामी होती है न कि वापस आकर खेतीबाड़ी

कर रहे हैं। ठीक उसी तरह की बदनामी रमेश की हो जाएगी। क्या तुमको अच्छा लगेगा कि पूरा गाँव रमेश की थू... थू... थू... करे।"

"तो हम लोग अब कहा रहेंगे।"

"देखते हैं। रमेश को कहा है हम लोगों की उचित व्यवस्था करेगा। तुम चिन्ता न करो सब कुछ ठीक हो जाएगा।"

"देखो मैं न कहती थी कि कोई न कोई बात ज़रूर है जिस कारण से रमेश उदास है। ईश्वर ने माँ का हृदय बनाया ही ऐसा है कि अपनी संतान की परेशानियों को उसका चेहरा देखकर ही भाँप ले।"

बेटे के दर्द की कल्पना कर सावित्री की आँखों में आँसू आ गए। वह अपने आँचल से आँसुओं को पोंछने लगी।

"अपनी तबियत मत खराब कर लेना। नहीं तो शहर में तो हम किसी को जानते भी नहीं। सोने की कोशिश करो।"

सावित्री उठी और पलंग की ओर जाने लगी। सावित्री के पैर बहुत बोझिल हो रहे थे। क़दमों ने आगे बढ़ने से मना कर दिया था। साँसें थी कि बस जिन्दा रहने लायक चल रही थी।

"वाह! क्या रास्ता निकाला है। लेकिन रमेश मम्मी-पापा ने तो गाँव जाने से मना कर दिया। अब उनको कहाँ रखेंगे। हम भी यहाँ से चले जाएँगे।"

रमेश पलंग पर लेटा था। दीक्षा प्रसन्न मुद्रा में बैठी थी। रमेश को हिलाते हुए बोली –

"बताओ न कहाँ रखोगे।"

"दीक्षा, ये मेरे माँ-बाप हैं। उनको कहाँ रखना है, कैसे रखना है, ये मेरी जवाबदारी है। तुम्हारे साथ घर में नहीं रहेंगे। तुम्हारी मन की तो पूरी कर रहा हूँ।"

"अरे, इसमें इतना नाराज़ होने की क्या बात है। ये तो प्रकृति का नियम है। जानवर, पशु, पक्षी भी अपने बच्चों से प्यार करते हैं लेकिन जैसे ही वो अपने पैरों पर चलने लायक होते हैं माँ-बाप का साथ छोड़ देते हैं। इसी तरह हम लोग भी हैं।"

"शायद मानव और पशुओं में यही अंतर है। पशुओं में संवेदनाएँ बड़े होने तक रहती है। मानवों में हमेशा रहती है। बल्कि वृद्धावस्था होने पर वृद्ध अपनी संतानों से आवश्यकता से अधिक अपेक्षा कर लेते हैं। करें भी क्यों न हमारा देश संस्कारवान देश है। माँ-बाप का कर्ज़ चुकाने के अवसर संतानों को खोजना चाहिए। मेरे जैसे नहीं कि स्वयं को नरक में जाने के लिए रास्ता खुद तैयार करे।"

"ओफ हो तुम भी कहाँ धरम-करम की फिलासफी में उलझकर रह गए। मानव जीवन एक बार मिला है। इसको इंजाय करो। कल का क्या पता। देखा नहीं कोरोना कहर का पता ही नहीं चला कब लोग मौत की नींद सो गए।"

"दीक्षा मैं भी तुमको यही समझाने की कोशिश कर रहा हूँ कि जीवन एक बार मिला है। वास्तव में जीवन का कोई भरोसा नहीं। ऐसे में अपना

स्वार्थ छोड़कर उनका साथ दो जो तुम्हारे भरोसे है। जरा ध्यान से समझो एक समय था कि पूरी मानव जाति भगवान के भरोसे थी लेकिन कोरोना काल के समय पूरे मंदिर, मस्जिदों में ताले लग गए। मंदिर के घण्टों तक को उतार लिया गया ताकि कोई उसे छू न ले। भगवान भी मानव के भरोसे रहे कि कब कोई मानव भक्त आए और हमारी सेवा करे। ये तो मेरे जन्मदाता हैं। इनका मेरे सिवा कोई नहीं। उनको भी तुम अपने माँ-बाप जैसा समझो। ये तुम्हें मुझसे ज्यादा स्नेह करेंगे।"

"तुम क्या कहना चाहते हो कि मैं तुम्हारे माँ-बाप को नहीं चाहती। ऐसी बात नहीं है रमेश। माँ-बाप पुराने ख्याल के हैं। वो हमारे साथ में एडजस्ट नहीं हो पा रहे हैं।"

"दीक्षा। एक दिन हम भी पुराने हो जाएँगें। विज्ञान नए-नए आविष्कार करता रहता है। यह आवश्यक तो नहीं कि पृथ्वी पर जितने भी मानव हैं वो सब विज्ञान की तेज़ रफ़्तार की तरह क़दम से क़दम मिलाकर चल रहे हों। हर चीज कभी न कभी पुरानी होती है। सबका समय नियत है। ईश्वर ने प्रत्येक मानव का लेखा-जोखा तय कर रखा है।"

"रमेश तुम धरम-करम से बाहर निकलो। आज के समाज को देखो लोग कहाँ से कहाँ चले गए हैं। स्वयं को आगे बढ़ाने की योजना बनाओ। कुछ प्लान करो। क्या हम एक ही ढर्रे पर चलते रहेंगे। बिना प्लान के व्यर्थ है जीवन। जीवन का कोई तो लक्ष्य हो। हम क्यों जी रहे हैं। हम जो कर रहे हैं क्या यही करना था हमें। मानव को स्वयं का मूल्यांकन करते रहना चाहिए। रमेश माँ-बाप ने अपना कर्तव्य पूर्ण किया जो उन्हें करना था, अब हमारी बारी है। हमको अपना कर्तव्य पूरा करना चाहिए। सृष्टि के संचालन में योगदान देना चाहिए। यही नियति है। उत्तराधिकारी अपने पूर्वजों के दायित्वों का निर्वहन करते हुए अपने रीति-रिवाजों को आगे बढ़ाए।"

"दीक्षा तुम इतनी बड़ी-बड़ी ज्ञान-ध्यान की बातें कर रही हो तो इसको अपने जीवन में उतार क्यों नहीं लेती।"

"अरे ये प्रवचन तो मैंने धार्मिक चैनल पर कल टी.वी. में सुने थे। इनका मतलब ही मुझे नहीं मालूम तो मैं इसे जीवन में क्या उतारूँ। वो तो याद आ गया तो बस तुम्हारे सामने इम्प्रेशन जमाने के लिए बक दिया।"

"दीक्षा। शायद तुमको नहीं मालूम। शास्त्र कहता है कि मानवों के मुख से एक बार सरस्वती फूटती है। हो सकता है कि जाने-अनजाने सरस्वती माता ने तुम्हारे मुख से यह बातें कहलवाई हो। भले ही तुमने अंजाने में कहा लेकिन अपने कहे पर थोड़ा विचार कर लो तो हो सकता है कि मैं मातृऋण से मुक्त हो जाऊँ।"

"रमेश मेरा सर मत खाओ। कहा न मैंने कि और दिखावा में नहीं कर सकती। मेरी भी अपनी कुछ इच्छाएँ हैं। कुछ स्वतंत्रताएँ हैं। अगर तुमको माँ-बाप ज्यादा प्रिय हैं, तुमसे नहीं छूट रहे तो मुझे छोड़ दो।"

"क्या कह रही हो।"

"हाँ सच कह रही हूँ। मैं अपने पैरों पर खड़ी हूँ। मेरी भी उतनी इनकम है जितनी तुम्हारी। तुमको तुम्हारे माँ-बाप मुबारक।"

"ये क्या कह रही हो।"

"गुडनाइट।"

दीक्षा ने अपने ऊपर चादर तान ली। रमेश ने कमरे की बत्ती बुझा दी। कमरे में अंधेरा छा गया। लेकिन आँखों के आगे अंगारे धधक रहे थे जो पिघल कर आँखों के कोर से आँसू बनकर तकिए पर गिर रहे थे।

"अपना घर।"

समाज के बीच जीवन जीने के लिए मानव का अपना घर होना आवश्यक है।अपनी छत अपनी होती है। घर बनाना और घर बसाना दोनों ही आवश्यक है। समाज में प्रचलित एकल परिवार और सीमित बच्चे की अवधारणा के कारण कुछ परिवार सुखमय हैं, तो कुछ परिवारों के लिए अभिशाप से कम नहीं।

निर्धन और असहाय परिवार के लिए सीमित बच्चे वरदान हैं जबकि ऐसा होता नहीं। इन परिवारों में भले ही पेट भरने केलिए रोटी न हो परन्तु बच्चों की संख्या रोटियों के जैसे होती है।

सम्पन्न परिवार के पास अनाज का भण्डार है, लेकिन विज्ञान क्रांति के चलते एक पुत्र की उत्पत्ति ही की जाती है जिसे उच्च शिक्षा के लिए विदेश में भेज दिया जाता है। बालक बड़ा होकर वहीं का हो जाता है। पराए देश को अपना और अपने देश को पराया समझने लगता है।

"सेठ मोहनदास शहर के अमीर लोगों में से एक थे। उनका एकलौता पुत्र शिक्षा प्राप्त करने के लिए विदेश गया तो वापस लौटकर न आया। सेठ मोहनदास की पत्नी के निधनने उनके मनोबल को तोड़ दिया जिससे उनके मन में भौतिक सुख-सुविधाओं के प्रति विरक्ति आ गई। उनके मन में विचार आया कि ये सारी सम्पत्ति किसके लिए! मैं अकेला कब तक जीवित रहूँगा और उन्होंने इसे "अपने घर" को सबके लिए खोल दिया। अपने जीते जी उन्होंने अपना घर उन वृद्ध लोगों के लिए खोला जिन्होंने एक संतानें की चाह रखी और उनको उनकी संतानें ने छोड़ दिया। उनके लिए भी खोला जिनकी कई संताने थी जिन्होंने पैतृक मकान के सारे कमरों पर कब्जा कर लिया और माता-पिता के लिया कमरा न रहा। माँ-बाप को छोड़कर सबका अपना घर हो गया। माँ-बाप बेघर हो गए। माँ-बाप ने इन बच्चों को पाल पोस कर बड़ा किया, इस काबिल बनाया किवे अपने पैरों पर खड़े हो जाएँ

लेकिन सब बच्चे मिलकर भी माँ-बाप को न पाल सके। सेठ मोहनदास इस हवेलीनुमा घर को ट्रस्ट बनाकर समाज के वृद्धों के जीवन यापन के लिए सर छुपाने का सहारा देकर इस नरक से स्वर्ग सिधार गए।"

"रामजीवन भाई ये जीवन कठिन है। जवानी में कुछ अच्छा-बुरा सब कुछ आसानी से कट जाता है। बुढ़ापा वो बीमारी है जिसका इलाज केवल और केवल मात्र स्नेह है जो कभी नहीं मिलता। तुमको तो एक माह ही हुआ है इस घर में आए हुए। यहाँ तो ऐसे-ऐसे लोग हैं, जिनके बच्चों ने बड़े-बड़े वादे करके माँ-बाप को छोड़ा है। अब न तो वे ख़बर लेते हैं, न ही ख़बर देते हैं। पहले तो फोन भी आता था। अब लगाओ तो उठाते नहीं। कुछ लोगों ने तो मोबाइल का नम्बर तक बदल लिया है।"

"दया भईया तुम कब से हो। इस अपना घर में।"

"मेरी मत पूछो। मेरे घर में बहू के आते ही बेटा पति हो गया फिर मेरी पत्नी का देहांत हो जाने के बाद तो मैं घर में बोझ हो गया। ऐसा नहीं कि बहू की ही गलती थी। मेरे बेटे की भीगलती थी। बस इतना समझ लो कि हमारे ही पापों का नतीजा है जो कि हम यहाँ हैं। लेकिन अब कोई पछतावा नहीं। "अपना घर" के संचालन में मुझे पता नहीं चलता कि मेरे कोई बेटा बहू हैं।"

"सच कह रहे हो दया भईया। मेरा बेटा भी पति हो गया। लेकिन आज तक मेरी समझ में ये नहीं आया कि हमारी बहू दीक्षा इतनी गुणवान, सुशील, संस्कारवान होते हुए उसने भी हमारी सुध न ली।"

"रामजीवन भाई। चेहरा पढ़ना आसान नहीं, लोगों के कई चेहरे होते हैं। इस वृद्धाश्रम में रहने वाले प्रत्येक बुजुर्ग की अपनी कहानी है। कोई भी व्यक्ति अपनी ख़ुशी से यहाँ नहीं आता।"

"यहाँ जो आता है, वो जाता भी तो होगा।"

"हूँ...। बड़ा कठिन प्रश्न पूछा आपने। मैं कई वर्षों से हूँ। लेकिन अपना घर में लोगों को आते देखा है। जाते तो सिर्फ कांधे पर हैं, वो भी श्मशान घाट में जहाँ हर गरीब और अमीर का बिस्तर एक है।"

"ओफ हो...।"

एक गहरी साँस ली रामजीवन ने। अपना घर में निवास कर रहे समस्त बुजुर्ग अपने-अपने तरीके से समय को काटते हैं। इनकी नियमित दिनचर्या

अलग है। पूजन-पाठ, भजन-कीर्तन। हँसी मज़ाक और भी जिनके पास जो कला है, उनका प्रदर्शन करते हैं। कुछ कलाकार तो वास्तव में इतने सधे हुए हैं कि इनकी उदासी को पलभर में छू मन्तर कर देते हैं।

"दया भईया। इस आश्रम के संचालन के लिए धनराशि कहाँ से आती है।"

"अरे भईया। यह भी ईश्वर की माया है। कहते हैं न कि जिसने पेट दिया है तो उसने मुँह भी दिया है। भूखा उठाता है, लेकिन भूखा सुलाता नहीं। ये कहावतें भले ही पुरानी हैं लेकिन आज भी मायने रखती हैं। शहर के कुछ समाजसेवी हैं जो बड़े-बड़े सेठ साहूकारों की मद्द से सब कुछ करते रहते हैं। सबसे ज्यादा ख्याल "माता देवीश्री" करती हैं।"

"माता देवीश्री ये कौन हैं?"

"हैं एक देवीश्री माता। जिनका आशीर्वाद प्राप्त करने के लिए लोगों की होड़ लगी रहती है।"

"वो क्यों इतनी मदद करती हैं। कहते हैं देवीश्री माता ने कुछ दिन इस आश्रम में काटे थे। उन्होंने यहाँ की आवश्यकताओं को जाना और इस आश्रम को गोद ले लिया है। कल शनिवार का दिन है। सेठ मोहनदास जी का जन्मदिवस है। शाम को इस अवसर पर एक उत्सव का आयोजन भी है। माता देवीश्री भी आ रही हैं। कल स्वयं देखना। बड़ा तेजस्वी प्रभाव है माता के मुख मण्डल पर।"

"कल हमारे भी भाग्य खुल जाएँगे। उनके दर्शन हो जाएँगे। अरे सुनती हो।"

रामजीवन ने पास बैठी महिलाओं के बीच में सावित्री को आवाज़ दी। सावित्री ने आवाज़ की ओर देखा रामजीवन ने उन्हें आने का इशारा किया। सावित्री उठकर रामजीवन और दया के करीब आ गई। पास ही बैठते हुए बोली -

"क्या बात है। रमेश का फोन आया क्या?"

"ओफ ओह! तुमको तो रात-दिन बस रमेश के फोन के आने की घण्टी बजती रहती है। उसको क्या बस यही काम है कि हम लोगों को फोन ही लगाते रहे।"

"अरे पूछ लिया तो क्या हुआ। बेटा है। बहुत दिन हो गए। उसकी आवाज़ को सुने हुए।"

सावित्री की आँखों से आँसू छलक उठे।

"दया भईया अब आप ही बताओ बेटा दूर देश में है उसका चेहरा नहीं देख सकती, लेकिन उसकी आवाज़ सुन लूँ तो मन को सुकून मिल जाता है। माँ हूँ कोई दुश्मन नहीं।"

"अरे भागवान मैंने तुम्हें किसलिए बुलाया और तुम हो कि कहाँ की पंचायत लेकर बैठ गई।"

आँचल से आँखों के आँसू पोंछते हुए बोली -

"अच्छा बताओ।"

"दया भईया बता रहे हैं कि कल सेठ जी के जन्मदिन पर माता देवीश्री जी भी आ रही हैं।"

"ये देवीश्री कौन है।"

"ये आश्रम उन्हीं की बदौलत चलता है।"

"अच्छा।"

"हाँ, कहते हैं कि वो बहुत पहुँची हुई है। उनका आशीर्वाद मिल जाए तो समझ लो कि सब दुःख दूर हो जाए।"

"अच्छा तो कल मैं उनके चरण पकड़ लूँगी और कहूँगी कि माता ऐसा कुछ करें कि मेरा बेटा हमारी सुध लेने लगे। सुनो।"

"क्या हुआ।"

"एक माह होने जा रहा है। रमेश ने अब फोन करना भी कम कर दिया है। बेटा तो ठीक होगा ना।"

"हाँ... हाँ हमारा बेटा है। कमजोर थोड़े ही हो सकता है।"

"मेरी मानो तो अबकी बार फोन आए तो कह देना कि कोई परेशानी हो तो चलो अपने गाँव चलें। वहीं सब साथ-साथ रहेंगे।"

"गाँव से शहर जाते हैं लोग, शहर से गाँव किसानी करने कौन आता है। एक बार शहर की हवा लग जाए तो बस वो शहर का हो कर रह जाता है। सावित्री अब हमसे भी किसानी न हो पाएगी। अपना घर ही अपना लगने

लगा है। कुछ दिन और देख लो नहीं तो सब बेचकर अपना घर के संचालन में लगा देंगे। कम से कम उन लोगों के कुछ काम आ जाएगा जिनका कोई नहीं है। जो प्यार को तरसते हैं। जो अपनों के बीच रहने को तरसते हैं।"

दया बाबू उठकर कहीं चले गए थे। सावित्री और रामजीवन ही बैठे आपस में बातें कर रहे थे। बातों-बातों में माँ की ममता जाग उठती। सावित्री की आँखें नम हो जाती। अपना घर में कल केउत्सव की तैयारी को लिए सारे लोग जुट गए थे। टेण्ट वाले का ऑटो आ चुका था। लोग आगे बढ़कर सामान को उतरवा रहे थे।

माता देवीश्री के आगमन की तैयारी इस तरह से हो रही थी कि मानो कोई बड़े मठ की आचार्य हो। तैयारी इसलिए भी कि इस आश्रम को चलाने में माता देवीश्री का योगदान अत्यधिक है। अन्नदाता को ईश्वर के बराबर रखा जाता है। ईश्वर जन्मदाता है। पालनहार अन्नदाता है। इसलिए दोनों की अहमियत कोई कम नहीं।

"सावित्री बहन।"

अन्दर से दया बाबू की आवाज़ आई -

"जी बाबू जी।"

"जरा भीतर आ जाओ। कुछ काम आपको भी सौंप दें।"

"चलो जी अन्दर चलते हैं। दया बाबू बुला रहे हैं।"

रामजीवन और सावित्री उठे और हवेलीनुमा अपना घर के भीतर जाने लगे।

"अपना घर।" किसी दुल्हन की भाँति सजा दिया गया था। धीरे-धीरे सूरज शाम की ओर सरकता जा रहा था। भोजन तैयार हो रहा था। पूड़ियों की खुशबू से सारा वातावरण महक रहा था। दो तरह की सब्जी की महक स्वादिष्ट भोजन होने का प्रमाण स्वतः ही दे रहे थे। रामजीवन ने अपना कुर्ता ठीक करते हुए सावित्री से पूछा -

"कैसा लग रहा हूँ।"

"ज्यादा सजने की आवश्यकता नहीं। माता है वो।"

"अरे भागवान। अब तो शंका करना छोड़ दो। जवानी भर एक ही खूँटे बंधा रहा तब नहीं। अब जब जीवन का अंतिम पड़ाव है तब हम पर शंका कर रही हो।"

"अंतिम पड़ाव क्यों भगवान करे आपको मेरी भी उमर लग जाए देखो जी। मैं हूँ तो और न। भला मेरा मर्द किसी पराई स्त्री के लिए सजे तो थोड़ा जलन तो होगी न।"

"सच कहूँ। आज तुम भी कुछ ज्यादा ही जंच रही हो।"

"चलो अच्छा अब उधर मुँह फेर लो।"

"बड़े दिनों के बाद तो तुमको सजते देख रहा हूँ। कम से कम जी भर कर देख तो लेने दो।"

"चलो आप बाहर जाओ, मैं साड़ी बदल कर आती हूँ।"

"क्यों ये अच्छी तो लग रही है।"

"हाँ... हाँ यही पहनूँगी। लेकिन ठीक तो कर लूँ। आपके सामने मुझे अच्छा नहीं लगता।"

रामजीवन कमरे से बाहर आ गए थे। खुले मैदान में एक तरफ मंच बना था। जिस पर सेठ मोहनदास की तस्वीर को टेबल पर रखा गया था।

उनकी तस्वीर पर तुलसी की माला पहले से ही पहना दी गई थी। माइक वाला माइक चालू करके 'हलो... हलो... हलो...' बोल रहा था।

अपना घर के सारे सदस्य कुछ न कुछ काम कर रहे थे। महिलाएँ भी अपना अपना कार्य कर चुकने के बाद स्वयं को तैयार करने के लिए अपने-अपने कमरे में चली गई थीं।

शाम ढलती जा रही थी। सारी तैयारी थम चुकी थी। बस सफाईकर्मी सामने बिछी दरी को झाड़ू से साफ कर रहा था। मुख्य द्वार से लेकर मंच तक माता देवीश्री के जाने के लिए लाल कारपेट बिछा रखा था। वहाँ उपस्थित सभी की निगाहें मुख्य द्वार की ओर थीं। अपना घर से जुड़े समाजसेवी आदि भी आकर अपना-अपना स्थान ग्रहण कर चुके थे।

शाम के छः बजे मंच की बत्तियाँ जला दी गई। अचानक अपना घर के लोगों के बीच हलचल हुई। कुछ लोग हाथों में गुलदस्ता लेकर मुख्य द्वार की ओर बढ़ने लगे। कुछ ने शोर मचाना शुरू कर दिया -

"माता देवीश्री आ रही है।"

रामजीवन और सावित्री भी दरी पर एक स्थान पर पंक्तिबद्ध बैठे थे। गर्दन घुमाकर मुख्य द्वार की ओर निहार रहे थे। बड़ी बड़ी कारें कुछ क्षण के लिए रुकी। उनमें से कुछ बड़े-बड़े सजे-धजे पुरुष और स्त्रियाँ बाहर निकली। माता दवीश्री सफेद वस्त्र धारण किए उतरी। उनके उतरते ही जयघोष के नारे लगने लगे -

"माता देवीश्री की जय।"

लोगों ने माताश्री को घेर लिया था इसलिए वह स्पष्ट दिखाई नहीं दे रही थी। मुख्य द्वार पर ही लोगों ने गुलदस्ते देना प्रारंभ कर दिया था। कुछ लोग उनके चरणों का स्पर्श चाह रहे थे। माताश्री के अंगरक्षक लोगों को एक तरफ हटने का इशारा कर रहे थे।

"बहुत बड़ी जान पड़ती है।" सावित्री ने धीरे से कहा।

"दिखाई भी नहीं दे रही है।"

"थोड़ा रुकते हैं। मंच पर आने वाली है। तब सब कुछ साफ-साफ दिखाई देगा।"

"चलो ये अच्छा है कि हम लोग मंच के पास ही बैठे हैं।"

भीड़ माता देवीश्री को धीरे-धीरे मंच की ओर ला रही थी। कुछ देर तक स्वागत का सिलसिला चलता रहा। उसके बाद माता देवीश्री के साथ-साथ कुछ समाजसेवी संगठनों के पदाधिकारीगण भी मंचासीन हो गए थे। मंच संचालनकर्ता माइक पर आकर बोला।

"मित्रों आज बड़े ही हर्ष का विषय है कि सेठ मोहनदास जी के जन्मदिवस पर हमारे अपना घर की माता देवीश्री जी हमारे बीच उपस्थित हैं। हमारा अपना घर जो सेठ मोहनदास के द्वारा स्थापित किया गया। जिसे आगे बढ़ाने का संकल्प संगठनों के साथ-साथ माताश्री ने अपने हाथ मेंलिया तब से लेकर अबतक अपना घर सकुशल संचालित हो रहा है।"

संचालनकर्ता ने माता देवीश्री की भूरि-भूरि प्रशंसा ही नहीं की बल्कि उनकी मिसालें दे डाली कि यदि आपको समाज के लिए कुछ करना हो तो माता देवीश्री की राह पर चलकर कार्य करना चाहिए।

माता देवीश्री के कर कमलों से सेठ मोहनदास के चित्र पर माल्यार्पण कराने के बाद संचालक ने कहा -

"मैं अब बड़े ही आदर और सम्मान के साथ माता देवीश्री को अपने उद्‌बोधन के लिए आमंत्रित करता हूँ।"

संचालक माइक पर से एक तरफ हट गया। माता देवीश्री उठी और माइक की ओर बढ़ने लगी। माइक के सामने आकर माता देवीश्री ने सामने बैठे वृद्धों को एक नज़र देखा। लाइट की तेज़ रोशनी में माता देवीश्री का चेहरा देवी की तरह चमका, जिसे सावित्री ने देखा तो पल भर के लिए आँखें खुली रही। अपनी आँखें मलते हुए माता देवीश्री को ध्यान से देखते हुए रामजीवन से बोली -

"सुनो जी।"

"हूँ।"

"ये माता देवीश्री का चेहरा कुछ जाना-पहचाना लग रहा है।"

"अरे भाग्यवान ये इतनी बड़ी माता है। तुमको कहाँ से जाना पहचाना लगेगा। शांति से सुन बाद में बात करते हैं।"

माता देवीश्री ने माइक से अपनी बात को कहना प्रारंभ किया।

"हर हर महादेव। अपना घर में मुझे आज फिर आने का अवसर मिला मेरे लिए प्रसन्नता का विषय है। मैं यह नहीं जानती कि मुझे कौन-कौन स्नेह करता है परन्तु मैं यह जानती हूँ कि मैं अपना घर के प्रत्येक सदस्य से स्नेह करती हूँ। मुझे मेरे परिवार की तरह लगते हैं। ईश्वर की मर्जी केबिना किसी को कुछ हाँसिल नहीं होता। अच्छा-बुरा, पाप-पुण्य सब कुछ उसी के इशारे पर चलता है इसलिए स्वयं को दोषी मत मानो। आप कुछ नहीं करते। सब कुछ ईश्वर कराता है। हमारा शरीर, हमारी देह यंत्र मात्र है। आपने देखा होगा कारखानों में यंत्र खराब हो जाए तो उसे बदल देते हैं। इसी तरह यह देह रूपी यंत्र भी नश्वर है। इस नश्वर देह से स्नेह का मतलब है, अपनी आत्मा को कष्ट में डालना। देह का उपयोग उसी कार्य में लिया जाना चाहिए जिसके लिए निर्मित हुआ है।

आप ध्यान से आत्ममंथन करेंगे तो पाएँगे कि "पाप" मुनष्य के द्वारा ही जगत में लाया गया है और पाप के द्वारा मृत्यु आती है। इस रीति से मृत्यु सब मनुष्यों में फैल गई। इसलिए सबने पाप किया और पाप की मजदूरी तो मृत्यु ही है।

आज मानव भी अपनों से मूर्ख बनते हैं। जिस पर हम आँखें बन्द करके विश्वास करते हैं वही हमारा स्नेह प्राप्त करते हैं और हमको गुमराह कर देते हैं। हमें गुमराह होने की आवश्यकता नहीं है। बस स्वयं का आत्मचिन्तन करना आवश्यक है। अब जब पूरा जीवन हमारे हाथों से छूट गया शेष के अवशेष के लिए क्यों चिन्तित हो। बस यही शेष अब हमारे लिए विशेष है। इन्हीं पलों को यादगार बनाना है।

अन्त में इतना ही कहूँगी कि ईश्वर के फैसले पर शक नहीं करना है। कारण कि अगर वो हमें सजा दे रहा है तो इसका अर्थ है कि हमसे कहीं न कहीं कुछ तो गलती हुई है।

आप सबने मुझे तन्मयता और धैर्य के साथ सुना जिसके लिए मैं आप सबका हृदय से धन्यवाद करती हूँ।"

माता देवीश्री का वक्तव्य समाप्त होते ही लोगों ने ताली बजाई और जोर से नारे लगाए।

"माता देवीश्री की जय।"

माता देवीश्री अपने स्थान पर आकर विराज गई और वक्ता अपना वक्तव्य देने के लिए माइक पर आ गए। सावित्री ने रामजीवन से कहा -

"सुनो जी।"

"अब क्या हुआ।"

"मेरा मन करता है ये अपने टोला की दौलतिया है। जो देवाश्रम से कहीं चली गई थी। आज वो सामने माता देवीश्री के रूप में बैठी है।"

"हूँ। कुछ-कुछ मुझे भी लग रहा है।"

"चलो उसके पास चलते हैं।"

माता देवीश्री मंच से नीचे उतर गई थी। लोग उनसे आशीर्वाद लेने के लिए धक्का-मुक्की करने लगे। धीरे-धीरे सावित्री और रामजीवन भी उसके निकट पहुँच गए। सावित्री ने आवाज दी -

"दौलतिया।"

माता देवीश्री ने सावित्री की ओर मुड़कर देखा। सावित्री ने माता का हाथ पकड़कर कहा -

"दौलतिया तुम कहाँ चली गई थी।"

तभी एक सेवक ने उनका हाथ छुड़ाते हुए कहा -

"माता जी ये दौलतिया नहीं, ये माता देवीश्री हैं। आपको कोई भ्रम हुआ है। चलो आगे चलो।"

सावित्री को उसने एक तरफ धक्का दिया। लेकिन माता देवीश्री, सावित्री को एक टक निहार रही थी। भीड़ से बाहर निकलने के बाद सावित्री ने कहा।

"ये हमारी दौलतिया ही है।"

"लेकिन वो तुमको पहचान क्यों नहीं रही है।"

रामजीवन ने कहा।

"पहचानेगी। तुम फिर से उसको सब कुछ याद दिलाना।"

"अब वो कहाँ मिलेगी। वो तो जा रही है।"

"जाने दो। दया बाबू से इसका पता ले लेंगे। फिर कल चलेंगे।"

माता देवीश्री अपने लश्कर के साथ अपना घर के प्रांगण से बाहर जा रही थी। लोग उनके नाम के जयकारे लगा रहे थे।

अपना घर के उस कमरे की बत्ती बन्द थी जिस कमरे में सावित्री और रामजीवन रहते थे। अंधेरा था, लेकिन सावित्री की आँखों के आगे माता देवीश्री का चेहरा बार-बार आ रहा था। रामजीवन बार-बार सावित्री को सो जाने के लिए जोर दे रहे थे।

"अब तो नींद भी आँखों से कोसों दूर हो गई।"

"चलो मान भी लें कि दौलतिया ही माता देवीश्री है, सबके सामने वह हमें क्यों पहचानेगी। आज उसका नाम है, मान सम्मान है। क्या वह कहेगी कि हाँ देवपुर टोला की सफाई कामगार दौलतिया हूँ। उसे कहना भी नहीं चाहिए। फिर दौलतिया जिसे बोलने का साहस नहीं था, आज वो बड़े-बड़े अध्यात्मिक प्रवचन कैसे दे सकती है।

"देखो जी। मुझे ये सब नहीं मालूम कि उसने ये प्रवचन देना कैसे सीखा लेकिन मैंने जब "दौलतिया" कहकर पुकारा था तब वह मुड़कर मुझे देख रही थी।"

"उसने तुम्हारी तरफ मुड़कर देखा तो वह दौलतिया हो गई। ये कैसी पहचान। व्यक्ति तो आवाज़ देने वाले की ओर पलट कर देखता ही है।"

"आपको मैं कैसे समझाऊँ।"

"मुझे समझना भी नहीं है। व्यर्थ की चिन्ता छोड़ो। मान लेते हैं कि वह देवी, देवी नहीं हमारी दौलतिया है। यह सच है तो भी कितना अच्छा है। आज वह हमारे जैसे अपने संतान के हाथों इस वृद्धाश्रम में शेष जीवन काटने के लिए विवश तो नहीं है। आज उसके पास भले ही संतान नहीं लेकिन पैसा तो है न। इन पैसों से कई संतानें उसके आगे-पीछे उसकी सेवा में खड़ी हैं। सावित्री पूरे जीवन में यही सीख मिली है कि समय पर जो काम आए वही सच्चा है। वही अपना है चाहे वो अपनी संतान हो या पराई। मानव अपनी संतान का भविष्य बनाने के लिए अपना वर्तमान खराब कर

लेता है। संतान का भविष्य तो बन जाता है लेकिन मानव का जब वर्तमान भी खराब हो तो भविष्य खराब होना ही है।"

"माता-पिता यह सोचकर बच्चों के भविष्य से भी खिलवाड़ नहीं कर सकते कि कल ये हमारा ख्याल नहीं रखेगा। संतान भले ही अपने दायित्वों और कर्त्तव्यों से मुँह मोड़ ले लेकिन माता-पिता कभी भी अपने संतान का बुरा नहीं चाहेंगे।"

"अरे वाह अब तो तुम भी बड़ी-बड़ी बातें करने लगी हो तुम भी देवी बनना चाहती हो।"

"मैं क्या देवी बनूँगी। आस पास वातावरण ऐसा है। यहाँ के लोग ऐसी अवस्था में पहुँच गए हैं कि अब धर्म-कर्म की बातों के अलावा कुछ और बात कर पाना संभव नहीं। उन्हीं लोगों की बातों को सुन-सुनकर कुछ बातें याद रह जाती है जो मेरे मुँह से निकल गया।"

"सच कहा तुमने। मुझे भी लगने लगा कि इसी तरह दौलतिया ने भी इन महात्माओं, प्रवक्ताओं के बीच रहकर प्रवचन देने की शैली को अपना लिया और उसका चेहरा मोहरा तो अच्छा है ही। कहने के तरीके को सीख लिया, बस मन-मोहनी सूरत के आगे मानव मोहित होकर उनके शब्द सम्बोधन में फंसता चला गया जिससे उसके व्यक्तित्व में निखार आता गया और "देवीश्री" से "माता देवीश्री" हो गई।"

सावित्री उठकर बैठ गई। रामजीवन की बातों को सुनकर प्रसन्न होकर बोली-

"देखा अब आपका मन भी मानने को तैयार हो गया न कि देवी ही दौलतिया है।"

"हाँ। कुछ-कुछ समझ में आ रहा है। प्रातः दया बाबू से माता देवीश्री मतलब दौलतिया का पता पूछेंगे और उसके घर चलेंगे।"

"हाँ, ये ठीक रहेगा। अगर उसने पहचानने से मना कर दिया तो?"

"अरे जो हुआ ही नहीं, उसे पहले सोचने लगी। ये भी तो हो सकता है कि जिस तरह हम लोग उससे मिलने की चाह में रात में जाग रहे हैं, वो भी हमसे मिलने के लिए रात में जाग रही हो। अब तो सुबह का सूरज ही हमारे लिए नया सवेरा लेकर आएगा।"

"हाँ चलो आपने मेरी बात मान ली। अब मुझे नींद आ जाएगी। आप भी सो जाईए।"

सावित्री ने करवट बदल ली। रामजीवन भी अधखुली आँखों में नींद के आने की प्रतीक्षा कर रहे थे। रात गहराती चली जा रही थी। कीट-पंतगों और झींगुरों की आवाज़ सुनाई दे रही थी।

आज शनिवार का दिन था। सावित्री और रामजीवन के लिए यह दिन इसलिए खास रहता है कि रमेश ने वादा किया था कि "माँ मैं हर शनिवार को फोन करूँगा।" लेकिन कितने बजे करूँगा इसका खुलासा नहीं होने से माता-पिता दोनों सुबह से शाम तक फोन के आसपास ही रहते। फोन की घण्टी बजते ही ध्यान से सुनते कहीं रमेश का फोन तो नहीं।

प्रातः नाश्ता करने केबाद दया बाबू के साथ सावित्री और रामजीवन भी बैठे थे। सावित्री को बार-बार टेलीफोन की ओर देखते हुए देख रहे थे। दया बाबू ने कहा -

"बहन जी। आपके इस तरह परेशान होने से बेटे का फोन नहीं आ जाएगा। उसका फोन तब ही आएगा जब वो करेगा।"

"दया बाबू ऐसी बात नहीं है। उसने कहा था जैसे समय मिलेगा वैसे ही फोन करूँगा। अब भगवान जाने उसे फोन करने का समय क्यों नहीं मिल रहा है।"

"ऐसा करो आप ही लगा लो।"

"हाँ चलो जी एक बार तो नम्बर मिला लो।"

"सावित्री तुम भी। तुम भूल गई पिछले शनिवार को पूरा दिन फोन की घण्टी बजती रही थी। उसने फोन ही नहीं उठाया। आज फिर वही काम करने को कह रही हो।"

"हो सकता है पिछले शनिवार वो सही में व्यस्त रहा हो। आज उठा ले। बहुत दिन हुए उसको देखे हुए कम से कम उसकी आवाज़ ही सुन लें। आवाज़ से ही पता चल जाएगा बेटा कैसा है। माँ हूँ ना, जब वो छोटा था और रोता था तो मुझे ही पता चलता था कि उसे अब क्या चाहिए। बेटा, बड़ा हो गया तो क्या हुआ। बेटा तो बेटा ही रहेगा।"

"सावित्री बहन बात तो आप ठीक कह रही हैं। लेकिन वही बेटा जब बेटे से पति और पति से पिता बन जाता है तो वह अपने बच्चों के बचपन

में खो जाता है और हम लोग एक बाप में अपने बच्चे को खोजते हैं। यहीं हमसे गलती हो जाती है। मुझे आज भी याद है मैंने अपने बेटे को बहुत समझाया कि बेटा जो भी हो, तू, मेरा बेटा पहले है, बहू का पति बाद में, बेटा कहता है "पापा, वो मेरे लिए अपना सब कुछ छोड़कर आई है। माँ-बाप, भाई-बहन, टोला मोहल्ला। जिन्हें वो नहीं जानती, मानना उसकी मजबूरी है। ये सब उसे बहू के रूप में देखते हैं और उससे अपेक्षा करते है कि वो सबकी कसौटी पर खरी उतरे। एक दिन पहले एक बेटी रही लड़की जो एक दिन के बाद बहू बनकर ससुराल आती है। उसके आते ही सारे लोग उसे बहू के कर्त्तव्य का पाठ पढ़ाने लगते हैं। पिता जी उसको भी नए परिवार में ढलने में समय तो लगेगा न।" और भी इसी तरह के उपदेशों में मुझे उलझाकर रख देता उसकी बातें कभी तो अच्छी लगती कभी लगती कि देखो औरत का कितना पक्ष ले रहा है। उम्र में अन्तर होने से विचारों में भी अन्तर होना स्वाभाविक था। इस कारण से पिता-पुत्र में आए दिन झगड़ा बढ़ता रहा। एक दिन बहू ने कहा -

"पिता जी। मुझे लगता है हमको अलग हो जाना चाहिए।"

मुझे लगा कि वो आपसी रिश्ते को तोड़ने की बात कर रही है। बेटे से तलाक लेने की बात कर रही है। मैंने कहा -

"अरे नहीं बेटा, छोटी-छोटी बातों के कारण कोई आपसी रिश्ता तोड़ता है क्या? तलाक लेना अच्छा नहीं। मैं समझा दूँगा बेटे को।"

"पिता जी मैं तलाक की बात नहीं कर रही। मैं तो आपकी बात कर रही हूँ। आपकी-हमारी अब नहीं बनती इसलिए अच्छा होगा कि या तो आप हमें छोड़ दें या हम आपको छोड़ दें। आपने तो अपना जीवन जी लिया। हम लोगों को भी जी लेने दो।"

"बहू की इन बातों ने मुझे हिलाकर रख दिया। मेरे कारण बेटा-बहू जी नहीं पा रहे हैं। इससे बड़ी बात और क्या हो सकती है। पत्नी पहले ही शांत हो गई थी। मैं स्कूल मास्टर था पेंशन आती थी। ट्यूशन भी पढ़ा लेता था। बस एक रात बिना बेटा-बहू को बताए भाग आया। शहर आया तो कुछ दिनों तक स्टेशन के प्लेटफार्म पर पड़ा रहा फिर अपना घर के बारे में पता चला तो यहाँ आ गया। तब से लेकर आज तक मैं यहीं हूँ। सावित्री बहन मुझे मेरे बेटे ने नहीं छोड़ा। मैं बेटे को छोड़कर आया हूँ। इसलिए मुझे

उनके फोन की प्रतीक्षा भी नहीं रहती। फिर उनको पता भी नहीं है कि मैं कहाँ हूँ। आत्म सम्मान सबसे बड़ा सम्मान है।”

“दया बाबू। माँ तो माँ है। बेटा कैसा भी हो माँ, बेटे को कैसे भूल सकती है। भगवान ने ममता का अधिकार औरत को ही दिया है। औरत ही माँ बन सकती है। वह बेटी जो बहू बनकर घर आती है, वह भी माँ बनेगी। तब उसके भी ममता का मान होगा। जवानी का समय तो पैर लगाकर उड़ जाता है। दया बाबू लेकिन बुढ़ापे में समय भी बूढ़ा हो जाता है।”

“दया बाबू। रमेश ने कहा था जैसे ही नया घर मिल जाएगा वो हमें लेने आ जाएगा।” रामजीवन ने अपना मत प्रकट किया।

“भईया ईश्वर करे आप जो कह रहे हो वैसा ही हो। लेकिन इतने वर्ष हो गए मुझे अपना घर का संचालन करते हुए। मैंने तो नहीं देखा कि एक बार जो अपना घर में आया है, फिर वो कभी वापस गया हो। बुरा मत मानना अपना घर से जो भी गया है वो फिर दुनिया में लौटकर नहीं आया। इसलिए आशा, उम्मीद और इंतज़ार जैसे शब्दों को भूल जाओ। आज जो आपके सामने अपना घर में लोग हैं उन्हीं को अपना समझो। वही आपके हैं। भाई साहब जिसको अपनी परवाह नहीं, उसकी परवाह हम क्यों करें। अगर बेटे को आपसे स्नेह होता तो वो आपको यहाँ छोड़ता ही क्यों? भाई साहब जरा ध्यान से सोचो। एक आदमी घर में कुत्ता पालता है तो उसे भी वो अपने साथ वहाँ ले जाता है, जहाँ-जहाँ वो जाता है। कुत्ते को वो ये कहकर नहीं छोड़ता कि जब हमारी व्यवस्था हो जाएगी तो ले जाएंगे। रामजीवन भाई आदमी की ज़िन्दगी कुत्तों से भी गई बीती है। भला हो माता देवीश्री का जिनके कारण आज तक अन्नपूर्णा का भण्डार कभी कम नहीं होता। अपना घर की सम्पन्नता तब से और बढ़ी जब से माता देवीश्री इस आश्रम में रहने आई थी।”

“दया भईया अच्छी बात छेड़ी। ये माता देवीश्री कहाँ से आई है।” रामजीवन ने पूछा।

“भईया ये तो हमको भी पता नहीं। बस कहते हैं बड़ी सिद्ध माता है। किसी बड़े अखाड़े की देवीश्री थी। आपस में नहीं बनी तो आश्रम छोड़कर ईश्वर की खोज में निकल आई। पता नहीं इस आश्रम में कब आई, कुछ दिनों के लिए आई थी फिर इनका अपना आश्रम तैयार हो गया तो ये वहीं रहती हैं।”

"इनका आश्रम कहाँ है भईया। क्या हम लोग उनसे मिलने जा सकते हैं।"

"बहन! इनका आश्रम शहर के बीचोंबीच है। छोटा सा है। लेकिन अच्छा है कभी-कभी कुछ अनुष्ठान होते हैं तो हम सभी को भोजन के लिए बुला लेती है। लेकिन अपना घर का कोई सदस्य आज तक उनसे अकेले मिलने कभी नहीं गया। फिर कोई काम भी तो नहीं पड़ता।"

"क्यों क्या वो किसी से नहीं मिलती।"

"मिलती हैं या कि नहीं मिलती। आजतक हमको भी नहीं मालूम लेकिन सुना है कि गेट पर दरबान रहते हैं बिना माताश्री की अनुमति के कोई भी भीतर कैसे जा सकता है।"

"हमको उनसे मिलना है।"

सावित्री ने अपनी इच्छा प्रकट की। दया बाबू ने आश्चर्य से देखते हुए पूछा -

"क्यों?"

"क्यों, क्या मिल नहीं सकते।"

"माता देवीश्री व्यस्त रहती है। उनको धरम-करम के काम से फुर्सत कहाँ मिलती है। उनसे बिना किसी ठोस कारण के मिलने से क्या फायदा। अगर किसी ने पूछ लिया कि क्यों मिलना है तो हम क्या बताएँगे।"

सब खामोश हो गए। सावित्री का चेहरा उदास हो गया। रामजीवन भी अपनी नज़रे नीची किए हुए थे। दया बाबू खामोशी तोड़ते हुए बोले -

"कोई बात नहीं मैं कोई रास्ता निकालता हूँ। देखता हूँ माताश्री से आपकी मुलाकात कैसे करा सकूँ।"

"सच।" सावित्री के चेहरे पर चमक आ गई। सावित्री केमन में कई बार आया कि वो दया बाबू को माताश्री की असलियत बता दे कि वो कोई माता-वाता नहीं है वो तो देवपुर के नीच टोला की सफाई कामगार दौलतिया है। फिर सोचा कि मेरी इस बात को भला कोई क्यों मानेगा। जिस महिला को माता देवीश्री के रूप में लोग पूज रहे हैं भला उसके बारे में गलत बात सुनना भी न पसंद करेंगे। नहीं-नहीं, कुछ भी कहना गलत होगा। दौलतिया

ने न जाने किस तरह से यह स्थान हासिल किया है। मेरे मुँह खोलने से सब कुछ मिट जाएगा। यह गलत है।

आज उसके प्रभाव के कारण ही अपना घर में रह रहे वृद्धों को दो वक्त की रोटी मिल रही है। कितना विश्वास है यहाँ के लोगों का उस पर। मेरा कथन इन सब के लिए नुकसानदायक हो सकता है। नहीं, नहीं ये सब करना गलत है।

सावित्री ने स्वयं को संभाला। अपने माथे पर उभरी पसीने की बूंद को आँचल से पोछने के बाद उठी और भीतर चली गई। रामजीवन सावित्री को भीतर जाते हुए देखकर बोले।

“बेटे का सदमा लग गया लगता है। दया बाबू कुछ भी जतन करो। एक बार माता देवीश्री से सच में हम लोगों को मिलवा दो।”

“अपना घर के काम से जल्दी ही मैं आश्रम जाऊँगा तो माताश्री को सावित्री बहन की इच्छा बताऊँगा। हो सकता है कि वो स्वयं ही बुलावा भेज दे।”

“सच ऐसा हो सकता है।”

“अब तो ईश्वर ही है। बाकी तो सब कुछ बेकार है। चलो भोजन का समय हो गया। चलकर भोजन करते हैं।”

दोनों उठे और भीतर जाने लगे।

अपना घर वृद्धाश्रम में रहने वाले सारे सदस्य वृद्ध थे। आश्रम में चारों ओर भय का माहौल था कारण था कोविड-19 कोरोना महामारी की देश में दूसरी लहर। सरकार ने चारों ओर कोरोना कफ्र्यू लगा दिया है। अस्पतालों में हाहाकार मचा है। घर के बाहर मौत नाच रही है। हवा भी जहरीली हो गई है। अस्पताल में ऑक्सीजन समाप्त है। साँसों के लिए साँसें तड़प रही है। कभी कहा जाता था कि शरीर से प्राण निकलता है। आज वायु ही प्राण है। सड़कों पर पुलिस और एम्बुलेंस गाड़ियों के सायरन ही बज रहे हैं। वृद्ध सारे घबराए हुए, डरे हुए, एक साथ बैठे हैं। दया बाबू ने सभी को सम्बोधित किया -

"देखिए बाहर मौत नाच रही है लेकिन हमको घबराने की आवश्यकता नहीं है। अपना घर का दरवाज़ा बन्द कर दिया है। न तो कोई बाहर जाएगा न ही बाहर से कोई भीतर आएगा। आप सब बिलकुत मत घबराना। हमारे पास राशन और आवश्यक दवाइयाँ सब कुछ उपलब्ध है। बस आप सब अपने अपने कमरे में रहें। दो गज की दूरी, मास्क है ज़रूरी। इस बात को याद रखना। ईश्वर सब ठीक करेगा।"

दया बाबू इसी तरह से वहाँ के लोगों का हौसला बढ़ा रहे थे। सारे लोगों नेअपने लिए सुरक्षित स्थान ढूँढ लिये थे। भले ही कितनी उपदेशात्मक बातें दया बाबू करें लेकिन डर ने एक बार मन में घर कर लिया तो ये मान लो कि सब कुछ समाप्त। रामजीवन, सावित्री के साथ एक तरफ बैठे थे। दया बाबू भी चाय लेकर इनके पास आकर बोले -

"ये कौन सी आफत आ गई देश में।"

"दया बाबू। समय है। बड़ी अदा से आया है जिसको पहचानने में समय लग गया। लेकिन सच कहता हूँ समय बदलेगा क्योंकि समय के बदलने में थोड़ा समय लगता है।"

"समय कब बदलेगा ये तो कोई नहीं जानता। आज हम माता देवीश्री से मिलने वाले थे अब पता नहीं कब मिल पाएँगे।"

सावित्री ने अपनी नाराजगी जताई।

"बहन जी बाहर लाशों को भी जलाने के लिए लाइन लगानी पड़ रही है। ईश्वर ने ये दिन दिखाया है कि यह युगों-युगों तक याद रखा जाएगा। काली स्याही से इतिहास लिखा जाएगा। आप-हम तो न रहेंगे इस दुनिया में लेकिन आज कोरोना महामारी का प्रकोप इतिहास बनकर सारी ज़िन्दगी रहेगा। आने वाली पीढ़ियाँ इसका हल खोज लेंगीं।"

"सच कह रहे हो दया बाबू। जिन बच्चों को बड़ा करने में हमने सारी ज़िन्दगी गुजार दी, अपनी जवानी समाप्त कर दी खत्म कर दिया अपनी इच्छाओं को। आज समय ऐसा दिन दिखा रहा है कि वहीबच्चे अपने माँ-बाप, भाई-बहन की लाशों को छू भी नहीं पा रहे हैं। जानवरों की भाँति लाद दिए जा रहे हैं शव वाहनों में। मरे जानवरों की भाँति उतारे जा रहे हैं श्मशान घाटों में। कब्रिस्तानों में ज़मीन कम हो गई लाशों को दफ़नाने के लिए। हे ईश्वर इस कहर से बचा।"

"रामजीवन भाई। बस थोड़ा हौसला रखो। बुरा समय टल जाएगा। आने वाला कल का सूरज अपनी पहली किरण जैसे ही धरती पर डालेगा बस उसी दिन यह महामारी समाप्त हो जाएगी।"

"ये आप कैसे कह सकते हैं।"

"सृष्टि का संचालन सूरज की रोशनी की किरणों से मिलने वाली ऊर्जा से होता है।"

"दया बाबू सूरज तो रोज निकल रहा है। अब और कौन सा सूरज निकलना बाकी है। कौन सी किरण आने वाली है। सुबह का अखबार मौत की खबर ला रहा है। समाचार चैनल मौत का नाच दिखा रहे हैं। अब और कितना समय चाहिए।"

"थौड़ा धैर्य रखिए। समय को बदलने में भी समय लगता है। बस विश्वास रखिए। आज ईश्वर के घरों में भी ताले लग गए हैं। मानव ईश्वर के भरोसे है और ईश्वर मानव के भरोसे है, कि कोई भक्त आए और मेरी पूजा अर्चना करे। मंदिर के घण्टे वापस लटक जाएं। ताले खुल जाएं।"

"सच कह रहे हैं आप। यह मौत महामारी सब कुछ ले डूबेगी। बड़ा, छोटा, गरीब, अमीर किसी को भी नहीं छोड़ रही है। रूप, रंग और श्रृंगार बदल कर नए-नए तरीके से समाज में नाच रही है देखा लेकिन मौत के इस ताण्डव से यह अंदाजा लगाया जा सकता है कि देवों के देव महादेव अगर ताण्डव करते होंगे तो ऐसे ही करते होंगे जिससे पूरी दुनियाँ में प्रलय आ जाता होगा।"

सावित्री कहती रही। मानो अपना कलेजा निकाल कर रख रही हो। अपने दोनों हाथों को जोड़कर देवपुर के महादेव को याद करते हुए बोली

"हे महादेव, सब कुछ ले लो लेकिन जीवन दे दो, साँसें लौटा दो दुनिया को इस महामारी से बचा लो। आपके अलावा इस धरती पर कोई भी ऐसा नहीं किइस आपदा को संभाल सके। हे महादेव। जिस तरह आपने गंगा को अपनी जटा में स्थान दिया और सृष्टि को विनाश से बचाया ठीक उसी तरह की कृपा हम धरतीवासियों पर भी कर दो भगवान। इस महामारी को भी अपनी जटाओं में स्थान देकर धरती के मानवों को विनाश से बचा लो भगवान।"

सावित्री की इस आराधना में साथ देने के लिए आश्रम की और भी वृद्ध महिलाओं ने अपने दिल से महादेव को याद किया और अपने आँसुओं से उनका प्रतीकात्मक अभिषेक किया। जल के स्थान पर उनकी आँखों से आँसुओं की धार गिर रही है और महादेव के क्रोध को शांत कर रही है। महादेव भी धीरे-धीरे अपने क्रोध को अपने काबू में कर रहे थे। माताओं को अपने बच्चे याद आ रहे थे। वे बच्चे जो इन माताओं को अपने साथ नहीं रख सकते, वही माताएँ अपनी संतानों की सुरक्षा के लिए आँसुओं की धार बहा रही थीं।

कोरोना कर्फ्यू धीरे-धीरे बढ़ता जा रहा था। मरने वालों की संख्या बढ़ती जा रही थी। मरने वाला किसी का बाप, भाई, बहन, माँ और भी समाज के जितने रिश्ते हो सकते हैं वो सब मर रहे थे। सारे रिश्ते मर रहे थे। सारी संवेदनाएँ मर रही थी। लोगों ने आपदा को अवसर के रूप में ले लिया। मौत का व्यापार होने लगा। हवा से लेकर ऑक्सीजनतक। बिस्तर से लेकर स्टूल तक। भगवान कहे जाने वाले डॉक्टर भी स्वयं को भगवान के भरोसे छोड़ रहे थे। वो भी जीवन बचाने में असमर्थ हो रहे थे। कहीं दवा के

कारण, कही ऑसीजन के कारण, तो कहीं स्थान के अभाव के कारण मौत हो रही थी। कुछ लोग निकले थे रोटी के लिए, वो मौत के निवाले बन गए। एक समय था जब मानव को मौत से डर लगता था। आज का समय वो है कि मौत घर के बाहर अदृश्य खड़ी है। अब जीवन जीना कठिन लग रहा है। यह तय था कि बाहर गए तो मरना है। बाहर गए तोकब तक जीवित रहेंगे यह अनुमान लगाना भी कठिन था।

समय बढ़ता गया। दिन-रात, महीने बीतते रहे। मरने वालों की संख्या, असंख्य हो रही थी। लेकिन जीवन के आगे मौत को भी अपनी गति को विराम देना पड़ा। देश के वैज्ञानिकों ने इसका हल ढूँढ लिया था। जिसका प्रयोग भी तीव्र से अति तीव्र गति से किया जा रहा था। जिस कारण से महामारी की चेन को कुछ हद तक रोकने में सफलता मिल रही थी। देश ने अब तक भारी कीमत चुका दी थी। जिसकी भरपाई कर पाना संभव नहीं था। सरकारें फिर से चलने लगी थी। देश की अर्थव्यवस्था भी कुछ हद तक पटरी पर आ रही थी।

कोरोना महामारी को रोकने में सरकार के साथ-साथ देश का युवा कांधे से कांधा मिलाकर चलने लगा था। इतिहास गवाह है जब कभी भी देश पर विपदा आई है तब-तब देश के युवाओं ने बागडोर संभाली है और धीरे-धीरे संकट से निजात दिलाई है।

कोरोना कफ्र्यू में धीरे-धीरे ढील दी जाने लगी थी। दुकानें और आवागमन के साधन भी खोल दिए गए थे। जन जीवन सामान्य होने में समय लग रहा था, अब ईश्वरीय चमत्कार होना बन्द हो गए थे। बड़े-बड़े संत, महात्मा, ओझा-सोखा के चमत्कार दिखना बन्द हो गये थे। वे जो आत्माओं को बुलाकर पूर्वजों से बातें कराते थे वे स्वयं पूर्वज हो गए। बचा था मानव का स्वयं का विवेक। मानव अपने विवेक के अनुसार चमत्कारी कार्य कर रहा था।

अपना घर के कुछ वृद्धों ने भी अपनी जान गंवा दी थी। कुछ वृद्ध कोरोना की चपेट में आ गए थे। कुछ वृद्ध कोरोना महामारी के भय से इतने भयभीत हुए कि भय के मारे ही अपनी जान गंवा दी।

“भय” शब्द भी बड़ा भयभीत करता है। भय से भयभीत होने वाला कभी भी भयमुक्त नहीं हो सकता। इस महामारी ने आम जन जीवन को

अस्त-व्यस्त कर दिया। कौन बचा, कौन चला गया, अब इसका मूल्यांकन ही शेष रह गया। कारण ढूंढने में सरकारी एजेंसियाँ अपने-अपने तरीके से लगी है। विपक्ष, पक्ष पर दोषारोपण कर रहा था। राज्य सरकारें केन्द्र पर ऊँगली उठा रही थी परन्तु राज्य में यह सब मात्र दिखावा बनकर रह गई थी। अपनी गलतियों पर पर्दा डालना ही एक मात्र रास्ता था। देश के प्रत्येक मानव ने अपने-अपने स्थान पर गलतियाँ की हैं। वह गलती भले ही न दिखाई दे रही हो लेकिन सजा पूरे देश को भुगतना पड़ी है।

जन जीवन भले ही सामान्य हो गया है लेकिन बीते समय ने जो जख्म, जो दर्द दिया है उसकी भरपाई सदियों में भी नहीं की जा सकती है जिसका दुःख उस परिवार के सीने में चुभ रहा था। परिवार आने वाले परिवार के नवीन सदस्यों को इतिहास बताएगा तो इसे काला इतिहास के रूप में लिखी गई गाथा को अपने-अपने तरीके से सुनाएगा।

अब सब कुछ शांत था। जैसे समुद्र में उठे सुनामी के बाद सब कुछ तबाह करने के उपरांत लहरें वापस अपनी सीमा में जा कर शांत हो जाती है मानो कुछ हुआ ही नहीं। जबकि सब कुछ समुद्र अपनी आगोश में ले लेता है। उसी तरह शांति की चादर अब देश के चारों ओर फैल गई थी। वैज्ञानिकों ने भी इस महामारी का हल खोज लिया था और अच्छा हल खोज रहे हैं। सफलता एक न एक दिन अवश्य मिलेगी।

अपना घर के द्वार पर प्रातःमाता देवीश्री का वाहन आकर खड़ा हो गया। अचानक वाहन को आया देख दया बाबू चकित हो गए। प्रातः का अखबार हाथ में थामे द्वार तक आए। वाहन से वाहनचालक ने बाहर आकर दया बाबू को प्रणाम किया। दया बाबू अखबार को मोड़कर एक हाथ में थामते हुए बोले -

"सब कुशल। माताश्री आई हैं क्या?"

"नहीं।"

"फिर अचानक। सब कुशल।"

"हाँ सब ठीक है। माताश्री ने सावित्री नाम की महिला को याद किया है।"

"मतलब अपनी सावित्री बेन को...।"

"हाँ।"

अब तक दोनों भीतर प्रवेश कर चुके थे। अपना घर के वृद्ध उस वाहनचालक को आता देख आश्चर्यचकित हो रहे थे। यह बात तेजी से फैली कि माताश्री ने सावित्री जी को बुलाया है जिनके लिए उन्होंने अपना वाहन भेजा है। सावित्री भी अब तक बाहर आ गई थी। वाहनचालक ने कहा -

"आपका नाम सावित्री है।"

"हाँ... हाँ मेरा नाम सावित्री है।"

सावित्री अपने आँचल को अपने माथे पर बार-बार रख रही थी। कारण कि साड़ी का पल्लू बार-बार माथे से सरक कर नीचे आ-जा रहा था। रामजीवन भी पीछे आकर खड़े हो गए थे।

"आपको माताश्री ने बुलाया है। मैं आपको लेने आया हूँ। आप मेरे साथ चलिए।"

सावित्री, रामजीवन की ओर देखकर बोली "देखा मैं न कहती थी कि ये हमारी...।"

"हाँ... हाँ... बस करो चलो भीतर चलकर बात करते हैं।"

रामजीवन, सावित्री को बीच में रोक कर बोले -

"आप बैठो हम तैयार होकर आते हैं। दया बाबू जरा चाय-वाय की व्यवस्था कर दीजिए।"

दया बाबू ने सामने रखी खाली कुर्सी पर वाहन चालक को बैठने का इशारा किया और अपने हाथ में थमे अखबार को उसे पढ़ने के लिए थमा दिया। स्वयं भीतर चले गए। अपना घर के वृद्ध आपस में अपने-अपने तरीके से चर्चा करने लगे। कुछ का कहना था कि शायद सावित्री और रामजीवन ने माताश्री के बारे में कुछ अपशब्द कह दिए होंगे।

सब की अटकलें अपने-अपने तरीके की थीं। अपना घर के वृद्ध दिन भर खाली रहते हैं। खाली दिमाग में शैतान का वास होता है जिस कारण से सही अर्थ निकालना कठिन हो जाता है।

सावित्री और रामजीवन तैयार होकर बाहर आ रहे थे। दया बाबू भी उनके साथ- साथ आ रहे थे। वाहन चालक अपने स्थान पर खड़े होते हुए बोला -

"चलें?"

"हाँ चलो।"

रामजीवन ने कहा।

"अच्छा दया बाबू जल्दी आते हैं।"

वाहन में सभी बैठ गए। वाहन एक ओर चलने लगा। कुछ देर चलने के बाद वाहन एक बड़े से गेट के सामने आकर रुका। भीतर से कुत्तों के भौंकने की आवाज़ें आने लगी। वाहन एक तरफ रुका। सावित्री और रामजीवन उतरकर बड़े से शीशे के दरवाज़े से भीतर घुसे। भीतर की आंतरिक साज-सज्जा को देखकर यह अंदाजा लगाया जा सकता था कि यह भवन वास्तव में किसी सम्पन्न परिवार का है। भवन की भव्यता को देखने मात्र से सम्पन्नता का अंदाजा लगाया जा सकता है।

बीचों-बीच बड़े से सोफे पर दोनों बैठ गए। अभी कुछ पल ही हुआ था कि एक सुन्दर सी कन्या जिसने श्वेत वस्त्र पहन रखा था, अपने परिधान के कारण वो देवपुत्री दिखाई दे रही थी। हाथ में जल से भरे गिलास का ट्रे लेकर आई। सावित्री का गला सूख गया था। फौरन उसने पानी की गिलास ली और एक साँस में पी गई। रामजीवन भी गिलास का पानी पीने लगा। देवपुत्री एक तरफ सरक गई। इस बड़े से हॉल के सोफे पर ये दोनों सहमे हुए से बैठे थे इस हॉल में इनके अतिरिक्त अन्य कोई भी उपस्थित न था। सावित्री ने धीरे से कहा -

"ये सब दौलतिया का है क्या?"

"चुप रहो भाग्यवान। ये सब माता देवीश्री का है। दौलतिया का नाम मत लो।"

"अगर ये दौलतिया नहींतो इसने हमको बुलाया क्यों?"

"अब आ गई हो न। कुछ देर में सब कुछ समझ में आ जाएगा।"

अभी ये लोग आपसमें कुछ और बातें करते कि वही देवपुत्री सामने आई। सावित्री की ओर देखते हुए बोली-

"आपको माताश्री ने भीतर बुलाया है।"

सावित्री उठी और देवपुत्री के पीछे-पीछे चलने लगी। अब तक दूसरी देव पुत्री ने चाय-नाश्ते की ट्रे लाकर रामजीवन के सामने रख दी थी।

कमरे का दरवाज़ा खुला। सावित्री कमरे के भीतर घुसी। माताश्री ने सावित्री को देखा और दौड़कर सावित्री के गले लगकर दहाड़े मारकर रोने लगी। ठीक उसी तरह जिस तरह एक बेटी बहुत दिनों के बाद अपनी माँ से मिलती है। सावित्री का हाथ अनायास ही माताश्री के पीठ पर चला गया वो बोलने लगी -

"न बेटी। न। मत रो। मैं आ गई हूँ न। न दौलतिया न।"

सावित्री की आँखों से भी आँसुओं की धार रुक न रही थी। दोनों की आँखों से आँसुओं की धारा बह रही थी। अन्ततः सावित्री ने माताश्री को अपने से अलग करते हुए उसको हटाते हुए कहा-

"अपने को संभालो। इस तरह रोने से तबियत खराब हो जाएगी।"

"आज मत रोको। बहुत दिनों से ये आँसुओं का सैलाब, बांध के आगे बंधा था, आज ये बांध भी टूट गया। बहुत दिनों के बाद तो मुझे वो कांधा मिला है जिसके कांधे पर सर रखकर मैं रो तो सकती हूँ।"

"चल बस कर बेटा। बैठ, मत रो।"

माताश्री अपने पलंग पर बैठ गई। उन्होंने सावित्री को भी बैठने को कहा। सावित्री संकोच के मारे आगे न बैठ रही थी। माताश्री ने हाथ पकड़कर खींच ली और पलंग पर बिठा लिया।

"ये सब दिखावा है। इस पर भरोसा न करें।"

सावित्री पलंग पर बैठ गई। पास ही रखे पानी के जग से गिलास में पानी भर कर माताश्री ने सावित्री को दिया। सावित्री ने पानी पिया और बोली -

"दौलतिया।"

"हूँ।"

"चलो तुमको तुम्हारा नाम तो याद है।"

"वर्षों के बाद तुमने दौलतिया नाम से मुझे पुकारा है।"

"तुम ये माताश्री कब से बन गई।"

"अरे अब क्या बताएँ। बड़ी लम्बी कहानी है। पहले भोजन कर लो फिर बैठकर सारी बातें बताऊँगी। सब कैसे हैं। रामजीवन भैया कैसे हैं।"

"ठीक हैं। साथ ही आए हैं। हॉल में बैठे हैं।"

"अरे चलो उनसे मिलती हूँ।"

माताश्री कमरे से दौड़कर बाहर निकली और बैठक में बूढ़े रामजीवन के निकट आकर उनके पैर छू लिए। इस तरह के व्यवहार के लिए रामजीवन बिलकुल तैयार नहीं थे। एक दम चौंक गए। खड़े होकर बोले -

"अरे माताश्री आप ये क्या कर रही हैं।"

"माताश्री नहीं। आपकी दौलतिया।"

"क्या?"

"हाँ, मैं न कहती थी कि ये हमारी दौलतिया ही है। आप ही न माने देखा मेरा मन सच कह रहा था।"

सावित्री पीछे से बोली। सारे लोग सोफे पर बैठ गए। रामजीवन ने कहा -

"बेटा। ये सब कैसे?"

"अब आप अभी सब जानेंगे कि पहले कुछ भोजन कर लें फिर सब कुछ बताऊँगी। एक-एक घटना। आपकी दौलतिया। देवी से माता देवीश्री कैसे बनी।"

तभी एक देवी पुत्री ने आकर कहा -

"माताश्री भोजन तैयार है।"

सारे लोग भोजन करने के लिए उस ओर जाने लगे जहाँ भोजन का प्रबंध किया गया था।

"कहते हैं न कि सुन्दर औरत किसी अभिशाप से कम नहीं। वही बात मुझ पर सच हुई।"

माता देवीश्री अर्थात दौलतिया के साथ इस कक्ष में सावित्री और रामजीवन बैठे थे। कक्ष सुव्यवस्थित, सुन्दर तरीके से सजा-संवरा था। कक्ष के बाहर देवपुत्री सेवा में खड़ी थी।

"देवाश्रम से अचानक तुम कहाँ चली गई। पण्डित भगवान देव महाराज को जब पुलिस ले गई और बाद में अवैध आश्रम को तोड़ दिया गया तो वहाँ जितने भी देव और देवी थे सब को पुलिस ले गई लेकिन तुम न थी।"

सावित्री ने पूछा। एक गहरी साँस लेकर दौलतिया ने कहा।

"वही तो बता रही हूँ। एकान्त पूजा का राज देखने के बाद महाराज मेरे साथ रोज एकान्त पूजा करने लगा। मैं जिस काम से बचने के लिए अपने देवर को छोड़कर ईश्वर की शरण में आई थी। यह विश्वास था मुझे कि यह ईश्वर का घर है, यहाँ कुछ अन्याय न होगा। हम सुरक्षित रहेंगे। लेकिन सच कह रही हूँ आपको, इन धर्मस्थलों पर सबसे ज्यादा वासना के पुजारी हैं। बाहर मानव उतना मांस का सेवन नहीं करते जितना कि ये धर्म के ठेकेदार जीवित मांस का सेवन करते है। अध्यात्म के नाम पर ये आचार्य, पण्डे और भी इसी तरह के साधुसन्त, देह उपासक बनकर रह गए हैं। पण्डित भगवान देव का कथन आज भी मुझे याद है। उसका कहना था कि "ये देह नश्वर है। यह देह जिस उपयोग के लिए बनी है उसका सही उपयोग होना चाहिए।" शरीर के एक-एक अंगों के कार्यों को परिभाषित करता था। हाथ, पैर, कान, नाक, आँख इनका जो काम है अगर ये अपना काम करना छोड़ दे तो शरीर नश्वर हो जाएगा। ठीक उसी तरह शरीर के अन्य भागों के उपयोग का भी वर्णन करता था।

घर से निकलने के बाद मुझे पता चला कि मैं एक औरत हूँ। औरत को दिखना चाहिए कि वो एक औरत है। इस काम में मेरा चेहरा, सुन्दर

चेहरा बड़ा काम कर रहा था। आश्रम से मुझे “अमर” नाम का एक बड़ा अफसर था वो लेकर आया। वह भी मेरे चेहरे पर मोहित हो गया। उसकी बच्चियाँ थी। पत्नी थी लेकिन उसको, उसके देह से प्रेम न था। मानव और पशु दोनों में कोई अन्तर नहीं, वासना के लिए देह का होना आवश्यक है और वासना दोनों में समान पाई जाती है। दो कमरे के फ्लेट में मुझे लाकर रख दिया, सबसे छुपाकर। वो कहता था -

“मेरे अलावा तुमको कोई न देखे।”

मानो मेरी खूबसूरती से उसे भी डर था। मैंने पूछा -

“लेकिन क्यों?”

“तुम बहुत सीधी हो। ये शहर के लोग चमकते ज्यादा हैं। इनकी चमक क्षणिक रहती है। इनकी चमक की रोशनी अगर तुम्हारे ऊपर पड़ जाएगी तो समझो कि तुम भी उस चमक के भ्रम में भ्रमित हो जाओगी।”

उसकी बातें मुझे उस समय समझ में न आई लेकिन अब समझ में आती है। वह रोज आता था लेकिन दिन के उजाले में। शाम होते ही जिस तरह पंछी अपने घोंसले की ओर उड़ जाता है,अमर भी ठीक उसी तरह अपने घर चला जाता था। मैं अक्सर उससे कहती थी -

“अमर जी। दिन तो कट जाता है। मैं इस दो कमरे के मकान में क़ैद होकर रह गई। मुझे शाम होते ही अकेलापन महसूस होता है। रात काटने को दौड़ती है। कभी कभी एक रात मेरे साथ भी रह जाया करो।”

वो मना नहीं करता। लेकिन रुकता भी नहीं। कई बहाने बनाता था। उसकी यह कमजोरी थी कि वो रात नहीं रुक सकता। मैं भी इसे अपनी नियति मान बैठी और स्वयं को उसकी दूसरी पत्नी समझ बैठी। मुझे वो अपनी सरकारी नौकरी का वास्ता देता। सब ठीक हो जाएगा यही कहता। मेरा बहुत ख्याल रखता। घर में हर वो चीज उपलब्ध थी जो होना चाहिए बल्कि मैं किसी रानी की तरह थी। बस अकेलापन ही रह गया था। शाम को अमर के आते ही मेरा चेहरा खिल जाता दो-तीन घण्टे खुशी के पल बीतने के बाद फिर से वही अकेलापन। अकेलेपन ने मेरे मन में एक डर पैदा कर दिया था। जिस कारण से रातों की नींद भी दूर होने लगी थी। एक दिन मैंने फिर कहा -

"अमर अब रात को मुझे आदमी की आवश्यकता महसूस होती है।"

"शाम को तो आता हूँ। सब कुछ करता हूँ फिर और...।"

"रात को आदमी की जरूरत वासना के अलावा भी महसूस होती है। हर क्षण वासना की आवश्यकता नहीं होती। मुझे तो आज तक ये समझ में न आया कि मैं तुम्हारी क्या हूँ। पत्नी हूँ, रखैल हूँ या फिर समय व्यतीत करने का साधन मात्र हूँ। आखिर मैं क्या हूँ?"

"मैं अब अपना अस्तित्व ढूँढने लगी थी। मुझे मेरे माँ-बाप याद आ गए थे। वो कहते थे बेटी पराया धन है। ससुराल में पराए लोगों को अपना समझने पर मजबूर कर दिया था। अंजान आदमी को पति मानो, उसके माँ-बाप को अपना माँ-बाप मानो, भाई-बहन सबको अपना मानो। आज यहाँ भी मैं अमर को अपना मान रही थी लेकिन मैं क्या थी। कुछ समझ में नहीं आ रहा था। ज़िन्दगी उलझकर रह गई थी। मेरा पूरा समय उस दो कमरे के मकान में बीत रहा था। आस पड़ोस के लोगों से बात करने का साहस करती तो वो लोग मेरे और अमर के रिश्ते के बारे में पूछते। वो उस रिश्ते के बारे में जिसके बारे में मुझे स्वयं नहीं मालूम कि मेरा और अमर का क्या रिश्ता है। आज तक मैं भी यही खोज रही थी कि आखिर इस तरह के संबंध को किस रिश्ते का नाम दिया जाना चाहिए।"

अब तो पड़ोसियों से बातें करने में भी डर लगता था कि कब कौन क्या पूछ ले। इस मकान में मेरा दम घुटने लगा। मुझे लगा मैं सोने के पिंजरें में क़ैद हो गई जहाँ सुख सुविधा के सारे संसाधन उपलब्ध थे परन्तु उनका उपयोग क्या जब मन प्रसन्न न रहे। इसी कारण से मेरी मानसिक स्थिति खराब होने लगी। बात-बात पर मैं चिड़चिड़ाने लगी। एक दिन अमर ने पूछा -

"आज कल तुम्हारा व्यवहार बदल गया है। तुम चिड़चिड़ी हो गई हो।"

"अमर मुझे ये दीवारें काटने को दौड़ती हैं। मेरा दम घुटता है। मैं भी बाहर निकलना चाहती हूँ। आखिर मैं कब तक इस तरह क़ैदखाने में रहूँगी।"

"क़ैदखाना। सब कुछ तो है तुम्हारे पास। एक औरत को जो चाहिए वो सब कुछ है। आराम से रहो क्या परेशानी है।"

"ओह! अमर मैं तुमको कैसे समझाऊँ। मैं अब अकेले नहीं रह पा रही हूँ।"

“अरे तो आस पड़ोस से मिलकर रहो।”

“मैं आस पड़ोस के सवालों का जवाब नहीं दे पा रही हूँ कि अमर से तुम्हारा क्या संबंध है। तो इस संबंध को मैं किसी रिश्तों का नाम नहीं दे पाती। इससे तो अच्छा मेरा टोला था। कम से कम मैं राजाराम की विधवा तो कहलाती थी। यहाँ तो मैं सुहागन हूँ या विधवा कुछ समझ में नहीं आ रहा है।”

अमर के पास कोई जवाब न था। वह चला गया। मैं अपने अन्तर से जूझती रही। मैं कर भी क्या सकती थी। समाज औरत से मर्यादित रहने की अपेक्षा करता है। मर्द भले ही रोगी हो लेकिन स्त्री अपने इच्छित पुरुष से गर्भधारण करे तो पाप है। औरत के लिए आज भी समाज की बेड़ियाँ हैं। एक बार इन बेड़ियों को तोड़कर देखो औरत के जीवन का रंग बदल जाएगा। तब नाम धरा जाएगा बदचलन है। बस यही एक नाम के सहारे जीवन सुखमय हो जाएगा। आज बिना किसी नाम के भी बदचलनी वाला ही काम हो रहा है मेरे साथ।

दिन महीने बीतते गए अमर से एक रात का सुख न मिल पा रहा था। हिम्मत करके मैंने पड़ोसियों से मेल-जोल बढ़ा लिया। मोहल्ले की महिलाओं ने अपने समूह में जोड़ लिया था। कारण कि मुँहमांगा चन्दा दे देती थी। मेरे लिए पैसे का मोल खत्म था। समय का मोल था। धीरे-धीरे मोहल्ले की महिलाओं ने यह जान लिया कि मैं एक विधवा हूँ जो अमर साहब की दया पर निर्भर हूँ। बस क्या था। सच बताऊँ दीदी पल भर में सब कुछ बदलता नज़र आने लगा।

“वो कैसे?” सावित्री ने पूछा।

“समाज की इन सुहागनों को मुझ विधवा से डर लगने लगा। अपने पतियों को अपने कब्जे में रखने के लिए न जाने कौन-कौन से हथकंडे अपनाने लगे। मानो जैसे उनके पतियों को मैं हड़प लूँगी। एक बार फिर मेरा घर से बाहर निकलना बन्द हो गया। सच कहूँ तो समाज की सहानुभूति हम विधवाओं के साथ होना चाहिए लेकिन नहीं। सहानुभूति की तो बात दूर औरतें मुझसे बात करना पसंद नहीं करती थी। आदमी तो मुझसे बात करने का अवसर ढूँढा करते थे। कभी-कभी तो रात को दो-तीन बजे दरवाज़ा खटखटाया जाता था। मैं और भयभीत रहने लगी। एक दिन मैंने अमर से कहा...”

"सुनो।"

"हूँ।"

"ये मकान छोड़ देते हैं।"

"क्यों?"

"यहाँ के लोग जान चुके हैं कि मैं यहाँ अकेले रहती हूँ। रात को दरवाज़ा खट खटाया जाता है।"

"अरे! तो पुलिस को फोन कर देना था।"

"पुलिस आती तो वो हमारे रिश्ते के बारे में पूछती मैं क्या बताती।"

ये बात अमर को लग गई। उसने कुछ ही दिनों में अपने घर के पास एक मल्टी में किराए का मकान लिया। मैं वहाँ चली गई। अमर ने 'अपना घर' के संचालक दया बाबू से मेरी बात कराई। अमर ने एक बात अच्छी करी कि उसने मेरा देवाश्रम की देवी के रूप में परिचय कराया। दया बाबू से कहा -

"ये देवीश्री है। समाज सेविका है। आप लोगों के साथ अपना घर के संचालन में हाथ बँटाएगी।"

"ये तो हमारे लिए सौभाग्य की बात है।"

दया बाबू ने प्रसन्नता व्यक्त की। दया बाबू को मेरा नाम नहीं मालूम था। इसलिए वो आपको यह नहीं बता पाए कि मैं ही दौलतिया हूँ। अमर ने अपना घर के लिए ढेर सारे पैसे दिए और हर माह देने का वादा भी किया। मेरा मन भी लग गया था। बस यहाँ एक कष्ट था कि मुझे देवाश्रम का वस्त्र धारण करके रहना पड़ता था। ये वस्त्र शाम को तभी उतरते थे जब अमर आ जाता था।

"यहाँ मुझे एक नाम मिल गया था एक पहचान मिल रही थी। अपने होने का अस्तित्व समझ में आ रहा था। लेकिन प्यार की चाह अभी भी अधूरी थी। कारण कि औरत प्यार के लिए मर्द के साथ सोती है और मर्द सोने के लिए प्यार करता है।"

"तो अमर साहब अब कहाँ है?"

सावित्री ने पूछा। दौलतिया की आँखें नम हो गई गला भर आया। रुंआसे गले से बोली -

"अमर जी अब इस दुनिया में नहीं है। बस मुझे छोड़ गए अकेला।"

दौलतिया सावित्री के गले लगकर जोर-जोर से रोने लगी।

"तुम भी, कुछ भी पूछ लेती हो। रुला दिया बेचारी को। न बेटा शांत हो जाओ। ईश्वर की मर्जी के आगे भला किसका जोर चलता है। शांत हो जाओ।"

रामजीवन ने ढाढस बधाया। दौलतिया आपने आँसुओं को पोंछते हुए बोली -

"कोई बात नहीं अब जो हो गया सो हो गया। अमर को हार्ट अटेक आ गया था। कुछ पल में सब कुछ समाप्त हो गया था। मैं एक बार फिर वहीं वापस आकर खड़ी हो गई थी जहाँ से चली थी। मेरे सामने सारे रास्ते बन्द हो गए थे। आज फिर सुंदर चेहरा हार गया था। आपको क्या बताऊँ इस चेहरे पर नसीब भारी हो गया। मेरे पास सुन्दर चेहरा था जो किसी काम का नहीं, उसकी पत्नी नसीब वाली थी, जिसको उसका नाम मिला, समाज में वो उसकी विधवा कहलाई।

मैंने मकान छोड़ दिया और अपना घर में आकर रहने लगी। कुछ दिनों तक तो मुझे समझ में न आया कि मेरे साथ ये क्या हो गया। अपना घर के लोग मुझे देवीश्री ही समझते थे। उनको ये आभास था कि मैं बहुत सम्पन्न हूँ। लाखों रुपये हैं मेरे पास। जबकि सच तो ये था कि अपनी बदनामी को छुपाने के लिए देवीश्री का चोला पहना था और अमर अपना घर को प्रति माह पैसा देता था। मेरे सामने अंधेरा छाने लगा। मैं अपनी सच्चाई किसी को बता भी नहीं सकती थी।

मेरा मन अब थक चुका था। जीवन अब बोझ लगने लगा था। एक दिन शाम को निश्चय किया कि इस सुन्दर चेहरे वाली काया को समाप्त कर दूँ। बेकार है जीवन। बिना किसी उद्द्देश्य के जिये जा रहे हैं। अपना घर से पैदल ही न जाने किस दिशा में चली जा रही थी। शाम भी ढलती जा रही थी। सूरज भी डूब रहा था। मेरे मन में रह-रहकर ख्याल आ रहा था कि आज इस डूबते सूरज के साथ अपना भी अंत कर दूँ। मैं अपनी ही धुन में स्वयं से लड़ते न जाने कहाँ जा रही थी।

"देह नश्वर है।" पं. भवगवान देव के इन वक्यों ने मेरे मन मस्तिष्क पर गहरा असर छोड़ा था। अमर बाबू के न रहने से यह वाणी सत्य

प्रतीत हो रही थी। मैने स्वयं को समाप्त करने की ठान ली थी। चल पड़ी थी अनजान रास्ते पर। चौराहे के एक तरफ मैने एक लड़की के पैर देखे, जिसकी उम्र सतरह से अटठारह वर्ष की रही होगी। उसका बाकी का शरीर कचरे के एक डब्बे में गहराई तक झुका हुआ था। ऐसा लग रहा था, जैसे वह कोई चीज़ खोजने की कोशिश कर रही है। संभवतः भोजन। जब वह खड़ी हुई तो मुझे देखकर सदमा सा लगा कि उसके हाथ नहीं थे। फिर भी वह जिन्दा रहने के लिये अपने हिस्से का भोजन इस कूड़ेदान में खोज़ रही थी। मैं तो हस्टपुष्ट हूँ। स्वयं को समाप्त करने के निणर्य को झटकराते हुए मैं उस लड़की के पास गई। मुझे देख कर वह सहम गई। मैने कहा-

"मेरे साथ चलोगी?"

"नहीं।"

"क्यों?"

"एक के साथ गई थी। हाथ गंवा बैठी हूँ, अब और नहीं।"

मैं वहीं चकित खडी रही तभी मुझे एहसास हुआ कि कोई मेरा पीछा कर रहा है। मैंने पलट कर देखा तो दो आदमी मेरे पीछे-पीछे चले आ रहे थे। मैं रुक गई, अभी कुछ कहती कि उनमें से एक ने कहा।

"क्या सोच रही हो।"

"कुछ नहीं।"

"तो चलो हमारे साथ।"

"कहाँ?"

"शाम रंगीन हो जाए।"

"ओह!" मैं समझ गई की उस लड़की ने ये क्यों कहा कि "एक बार गई थी। हाथ गवाँ बैठी।" फिर सोचा ये दोनों भी मेरे चेहरे से धोखा खा गए। मुझे लगा कि जीवन नष्ट तो करना ही है चलो इन्हीं के साथ चल कर देखते हैं। मैंने भी कहा -

"चलो।"

बस क्या था एक कार मेरे पास आकर रुकी और मैं उस कार में बैठ गई। मैं उस कार में सवार हुई तो फिर कभी कार से नीचे नहीं उतरी। तब ही मुझे पण्डित भगवान देव महाराज की बात याद आई "देह नश्वर

है।" देह का वही उपयोग करना चाहिए जिसके लिए बना है। सच कहती हूँ दीदी मैंने संकल्प लिया।

"नश्वर देह की बोली लगानी है तो चौराहे पर क्यों, हवेली में क्यों नहीं। मुझे अपना नसीब बदलना था। मैंने स्वयं से प्रण लिया कि यह सिद्ध करना है कि चेहरा भी नसीब से कम नहीं। फिर मैंने मुड़कर न देखा और इस सुन्दर चेहरे के साथ नश्वर देह का जिस तरह से भी उपयोग हो सकता था करती चली गई।"

दौलतिया कहते-कहते रुकी और बोली -

"बुरे व्यक्ति वह कर गुजरते हैं जिसे करने के लिये अच्छे व्यक्ति केवल सपना देखा करते हैं। देह का आकर्षण, शरीर की आवश्यकता है। जिसे प्राप्त करने के लिये समाज में अपराध होते हैं। जिस तरह पशु हिंसक हो जाता है ठीक वही प्रवृति मनुष्यों में भी देखने को मिलती है। मैं चाहती हूँ कि आप दोनों अपना घर को छोड़ के मेरे साथ इसी घर में रहें।"

"नहीं बेटा। यहाँ का वातावरण कुछ अलग है हम अपना घर में ठीक हैं फिर अपना घर भी तो तुम्हारा ही है। हम तुम्हारे ही घर में तो रह रहे हैं।"

रामजीवन ने कहा।

"लेकिन भैया ये बताओ आप लोग अपना घर में कैसे? रमेश बेटा कहाँ है।"

"अब क्या बातएँ तुमको...।"

रामजीवन गाँव से लेकर अपना घर में आने तक का वर्णन दौलतिया को बताने लगे।

"देह का आकर्षण मानव मस्तिष्क की चेतना को खो देता है। अवचेतन की स्थिति में देवाश्रम के पं. भगवान देव पशुओं से भी बदतर व्यवहार करने लगते थे। देवपुत्रों का क्या कहना था। देवाश्रम की देवियों का नाम देवीश्री था काम तो दानवों से भी खराब था।"

सावित्री का मन अच्छा न था। दया बाबू ने सावित्री को आश्रम से लाकर माता देवीश्री के बंगले में आज छोड़ दिया था। सावित्री, अपने सामने बैठी माताश्री के रूप में दौलतिया की बातों को ध्यान से सुन रही थी।

"आश्रम छोड़ने के बाद तुमने ये रास्ता क्यों चुना। विवाह कर लेती। सर पर छत हो जाता। पति का प्यार मिलता। कम से कम तुमको अपनी ज़रूरतों को पूरा करने के लिये बार-बार पर पुरूष को याद दिलाने की ज़रूरत नहीं पड़ती। आज प्यार पाने के लिये भी मन्नत करनी पड़ रही है।"

सावित्री ने अपनी बात अभी समाप्त ही की थी कि माताश्री ने सोफे के बीच टेबल पर रखी नाश्ते की प्लेट से बिस्कुट उठाने का इशारा किया। कक्ष अति सुव्यवस्थित रूप से सजा-धजा था। इस कक्ष में वे सारी चीजें थी जो एक वैभवशाली कक्ष में होना चाहिये। भीनी-भीनी गंध कक्ष में स्वतः उठ रही थी। माता देवीश्री आज स्वयं में अति ऊर्जा का संचार पा रही थी। पानी का गिलास उठाया। आहिस्ता से होठों पे लगाया, धीरे से पिया और पास ही रखे कागज से होठों को साफ किया धीरे से बोली -

"सावित्री बहन। कौन सी स्त्री होगी जो अपनी देह को गिद्धों के हाथों देना चाहेगी। मैं तो देवपुर में ही अपने घर में शांति से रहना चाहती थी। लेकिन देवर जी का मन मेरी नश्वर काया पर मोह गया। अब मैं क्या करूँ। आपको तो मालूम ही है दरोगा प्रातः ही मेरी सूरत के दर्शन करने के लिये चला आता था।"

"क्या बात है दौलतिया। तुम्हारी तो बोली ही बदल गई। बड़ी-बड़ी बातें कर रही हो कुछ तो मेरी समझ में आ रहा है कुछ नहीं।" सावित्री ने बीच में बोला।

"देखो तुम भी इस बनावटी बातों से धोखा खा गई न।"

"बनावटी बातें?"

"हाँ! ये सब बनावटी बातें हैं। हमारे नाम के आगे माता देवीश्री का तमग़ा जो लग गया है। हम तो साधारण सी ज़िन्दगी जीना चाहते थे। लेकिन इन आश्रम के आचार्यों ने मेरा अचार निकाल दिया। कहीं का न छोड़ा। नाम तो दे दिया लेकिन इस नाम को बचाये रखने के लिये मैंने न जाने कितनी बार अपनी आत्मा को चोट पहुँचाई है। न जाने कितनी बार महिला बहिष्कृत, अपमानित और स्वयं को महत्वहीन महसूस किया। यहाँ पुरूष के द्वारा लिया गया निर्णय, अंतिम निर्णय माना जाता है। स्त्री इसी निर्णय को अपना भाग्य मानकर जीवन भर अपने माथे पर सिन्दूर की तरह सजाए घूमती रहती है समाज में।"

"यह तो स्त्री का श्रृंगार है। यह अपमान कहाँ।"

"श्रृंगार किसके लिये। उसके लिये जो रात में बिस्तर पर आने से पहले यह भी नहीं जानता कि औरत उसका साथ देने को तैयार है भी कि नहीं। स्त्री चाहती है कि उसे स्नेह मिले, प्यार मिले, उसके स्नेहिल स्पर्श शरीर के अंग-अंग में स्फूर्ति भर दे परन्तु नहीं वह यह भी नहीं पूछता की तुम तैयार हो? मैं थक जाती थी बिना काम के। उस फ्लेट में मेरी आवश्यकता की सभी चीजें थी। बस कुछ काम न था। प्रतीक्षा थी कि कब शाम हो और अमर जी आएँ। बस उन दो घण्टें के लिये मैं चौबीस घण्टे प्रतीक्षा करती थी। जब वो आता तो स्वयं का निर्णय भूल कर उसके आदेश का पालन करती। उसके जाने के बाद मेरे मन में भावनाओं की भीड़ का आना प्रारम्भ हो जाता। भावनाएँ देह के भीतर बसी आत्मा को हिला देती और एक ही प्रश्न मस्तिष्क में बिजली की तरह कौंध जाता। क्या जीवन यही है? इस प्रश्न का हल उस चारदीवारी में खोजती रही लेकिन हाय री किस्मत। उसने कभी नहीं समझा या समझने की आवश्यकता महसूस नहीं की कि मेरे मन को क्या अच्छा लगता है।"

"तुमने अमर जी को कभी समझाने की कोशिश नहीं की थी।"

"मैं दिन भर यही सोचती थी। शाम को उसे इस तरह समझाऊँगी ऐसे मनाऊँगी लेकिन कुछ फायदा नहीं।"

"क्यों?"

शाम को जब वो आया तो मैंने कहा - "पता नहीं क्यों मुझे लग रहा है कि आज मेरे लिये बिस्तर पर जाना सही नहीं है।"

उसने कहा - "ठीक है, जब आपका मन होगा तब हम बिस्तर पर चलेंगे। तुमको जितना समय चाहिये ले लो।"

और वो कमरे से बाहर चला गया। पलटकर एक बार भी न देखा कि आँखों से बहते मेरे आँसू उसे रोकने के लिये कितने बेचैन हैं। मेरे मुँह पर 'खट' से दरवाज़ा बन्द कर दिया। मैं उस रोज बहुत रोई। स्वयं को दोषी माना। क्यों मैंने मना किया। अब वो दो दिन तक नहीं आएगा। मैं किसी क़ैदीयों की तरह अकेले रह गई। क्या होता अगर मन मार कर सांसों को रोकर कुछ देर पड़ी रहती। कम से कम इस बहाने दो घण्टे तो रूका रहता। यहाँ वो बस इसी काम के लिये आता है। उसके लिये मेरा प्यार, मेरा त्याग कुछ मायने नहीं था। मेरे पास आना उसको अपना कर्तव्य लगता है। अपनी वासना की पूर्ती करना दायित्व। इतना सा संबंध हमारे और उसके बीच स्थापित था जो न जाने कब एक पक्षीय हो गया।"

सावित्री ने उठकर माता देवीश्री के बहते आँसू को अपने आँचल से पोंछा और सर पर प्यार से हाथ फैरते हुये बोली -

"जब इतना आगे बढ़ गई थी तो अपनी पूर्ति के लिये गैर संबंध खोज लेती।"

"यह ख़्याल इसलिये नहीं आया कि रोटी, कपड़ा और मकान उसका था। विश्वास कर बैठी थी मैं। मैं अपनी आवश्यकताओं को उसे समझाना चाहती थी कि इस तरह के प्यार का समर्थन नहीं चाहिये। मत संबंध स्थापित करो लेकिन शारीरिक स्पर्श भी शारीरिक स्नेह का मूल्यावान समय माना जाता है। वह समझ नहीं पा रहा था। उसको समझाती थी कि स्पर्श करना उतना ही महत्वपूर्ण है जितना कि शारीरिक संबंध। मैं उसको आलिंगन मतलब गले लगाने के तरीके बताती तो कहता 'तूने कहाँ से सीखा।' मुझे लगा मैने अपराध कर दिया। वह मेरे ऊपर शंका करने लगा। स्त्री का मन कभी-कभी गैर तरीके से भी प्रेम करने का होता है। इसका अर्थ यह नहीं कि हम बदचलन हैं। पुरूष कब स्त्री को बदचलन का दर्ज़ा दे दे वह उसको भी नहीं मालूम रहता।"

"तो क्या तूने पर पुरूष से भी संबंध बनाये हैं?"

एक प्रश्न किया सावित्री ने और उत्तर पाने के लिये उसकी आँखों में झाँकने लगी। दौलतिया ने एक ठण्डी सांस ली और बोली -

"मुझे यही करना था तो देवर जी क्या बुरे थे। अपनी अस्मिता को बचाने के लिये ही मैं आश्रम में गई थी। समाज के पुरूषों की गिद्ध की निगाहों को अपने बदन पर चुभती महसूस करने लगी थी लेकिन मुझे क्या मालूम आश्रम में भूखे भेड़िए हैं। 'अमर' ने जब मेरा हाथ थामा तो मुझे लगा कि समाज में आज भी देवता के रूप में मानव है। अमर ने मेरी हर वो इच्छा पूरी की जो मैं सोच भी नहीं सकती परन्तु...।"

"परन्तु क्या? जब अमर बाबू इतने अच्छे थे तो अब किन्तु, परन्तु क्यों?"

"उसमें एक कमी थी। मेरे लिये सब कुछ था लेकिन उस घर के भीतर मैं बाहर का सूरज नहीं देख सकती थी पिंजरा था सोने का। पिंजरा, पिंजरा होता है भले ही सोने का हो। तोता उसी पिंजरे में टर्र...टर्र...टर्र... करता रहता है। ठीक उसी तरह मैं भी अपनी झुंझलाहट उस घर के भीतर ही निकाल पाती। घर से बाहर निकलते ही समाज के सवालों का उत्तर नहीं दे पाती। मैं अपनी खुशी का नाटक कर रही थी। दिखावा कर रही थी। अपने आप से छलावा। स्वयं को स्थापित करने का असफल प्रयास। मन मार कर उसके आते ही अपने चेहरे पर प्रसन्नता के भाव ला रही थी। लेकिन सच तो ये है कि जब आत्मा दुःखी हो तो चेहरे पर बनावटी प्रसन्नता भी फीकी लगती है।"

सेवादारनी ने चाय, नाश्ते की प्लेट को उठाने के लिये दरवाज़ा खटखटाया। दोनों की बातें थम गई। सेवादारनी को कहा -

"भोजन तैयार हो जाए तो शीघ्र बताना।"

"जी माँ।"

वह खाली प्लेटें उठा कर सर झुकाकर प्रणाम करते हुए कक्ष से बाहर निकल गई। उस कक्ष में शांति छा गई। बस वातानुकूलित यंत्र से ठण्डी-ठण्डी हवा आ रही थी। इस शांति को सावित्री ने तोड़ा -

"तो तूने कभी भी अपनी इच्छा को अमर के सामने नहीं रखा।"

मैं हमेशा यह प्रयास करती कि बिस्तर पर जाने से पहले उससे ढेर सारी बातें करूँ। खूब इठलाऊँ, नाराज़ होऊँ वह मुझे मनाये। मुझसे संबंध

बनाने के लिये मिन्नतें करे लेकिन होता उलटा था वह बात को बहस में बदल देता वह कहता -

"देखो देवी, मेरे पास इतना ही समय है, इस समय में चाहो तो प्यार कर लो, चाहो तो झगड़ा।"

"मैं झगड़ा नहीं कर रही हूँ आपको समझाने का प्रयास कर रही हूँ कि अगर हम यहाँ समय नहीं बिता पा रहे हैं तो क्यों न कुछ दिनों के लिये बाहर चलें।"

"बाहर जाना आसान नहीं है।"

"क्यों?"

"मैं घर पर क्या बताऊँगा, पत्नी से क्या कहूँगा।"

"ओफ ये पत्नी, तो मैं क्या हूँ। जिस तरह तुम्हारी पत्नी एक औरत है उसी तरह मैं भी एक औरत हूँ। मैं भी तुम्हारा प्यार पाना चाहती हूँ। एक रात पूरी चाहती हूँ। ये दो घण्टे का समय कब आगे बढ़ेगा। मैं एक औरत हूँ मेरी आवश्यकताओं को समझो।"

"मैं तुम्हारी हर आवश्यकता को तो पूरा कर रहा हूँ। नमक से लेकर छत तक तो दे दिया है। अब और क्या करूँ।"

"ऊफ ये तुम्हारा हिसाब सुन-सुन कर मैं पागल हो जाऊँगी। मैं किसी से विवाह कर लेती तो वो भी मुझे ये सब देता और मेरे साथ रात-दिन रहता जैसे तुम रहते हो अपनी पत्नी के साथ।"

"चुप-चुप हो जाओ। बार-बार पत्नी को बीच में क्यों लाती हो।"

"क्यों न लाऊँ आखिर दो घण्टे के बाद तो वहीं जाते हो कभी वहाँ दो घण्टे रहो और बाकी समय मेरे पास रहो।"

"हमारे-तुम्हारे बीच पत्नी नहीं आई है बल्कि पत्नी और मेरे बीच तुम आई हो।"

"मुझे लाया कौन आप। जब आप लाए हो तो मैं कहाँ जाऊँ।"

"अब विवाह कर लो। अब कोई ढूँढ लो।"

"अगर औरत ढूँढने पर आए तो एक छोड़ दस आ जाएँगें। इसी घर में आ जाएँगे। तुमको पता भी नहीं चलेगा।"

"मुझे क्या मालूम कोई आता भी हो। मैं दिनभर चौकीदारी नहीं करता। तुम दिन भर अकेली रहती हो।"

"उस दिन बहुत झगड़ा हुआ था मेरे मुँह पर मुझे ही साफ-साफ दोषारोपण कर रहा था। अब मुझे लगने लगा था कि वास्तव में मैंने इस घर में रहकर कोई अपराध किया है। सावित्री दीदी उस दिन मुझे लगा औरत को आज भी अपनी सत्यता के लिये पवित्रता के लिये कई परीक्षा से गुजरना पड़ता है।"

"तुम कभी उसकी पत्नी से मिली। कभी बात करने कोशिश की।"

"नहीं उसने कभी भी अपने घर का पता नहीं दिया। कभी भी अपने मित्रों से नहीं मिलाया। कभी मैंने साथ चलने की कोशिश की तो वह रात के अंधेरे में मुझे ले जाता। कहता कि यहाँ सब उसे जानते हैं, पहचानते हैं। बाजार में भी वो आगे और मैं पीछे चलती। दुकान पर भी किसी अजनबी की तरह जाते और मुझे कोई चीज पंसद आती तो उसकी पंसद जानने के लिये मैं इशारे में बात करती और सामान खरीदकर इतनी तीव्रता से दुकान से बाहर निकलते मानो अभी हमारी चोरी पकड़ी जाएगी। समाज से बहुत डरता था। लेकिन वो ये नहीं जानता था कि किसी को इतनी परवाह नहीं कि वो हमको देखे, हमको पहचाने। बाजार में प्रत्येक व्यक्ति अपने-अपने कामों में व्यस्त रहता, उसके बावजूद उसको यह भ्रम रहता कि किसी ने देख लिया तो घर में झगड़ा हो जाएगा। घर से बहुत घबराता। पता नहीं क्या कारण था।"

"उसे घर से अधिक प्यार मिलता होगा। क्या कभी घर की परेशानी नहीं बताई उसने।"

"आए दिन घर से तनाव में आता। मैं पहचान जाती कि आज तनावग्रस्त है। मैं उसके तनाव को दूर करने के लिये अपने स्नेह से उसे चरमोत्कर्ष पर पहुँचा देती लेकिन आज तक मैं कभी भी उससे संतुष्ट नहीं हो पाई। बस झटपट उठ कर बैठ जाता और अपने कपड़े पहन कर चला जाता। मानो यह उसके दिनचर्या का महत्वपूर्ण हिस्सा है जिसकी पूर्ति करना उसका धर्म है। एक पुरूष के लिये यह समझ पाना कठिन है कि स्त्री को उसके द्वारा की गई काम क्रीड़ा से संतुष्टि मिली की नहीं। औरत यहीं पुरूष का पौरूष भांप जाती है या तो पुरूष, स्त्री की नज़रों में चढ़ जाता है या

फिर उतर जाता है। पुरूष कभी भी स्त्री को लक्ष्य तक पहुँचाने की पूर्ति के लिये प्राथमिकता नहीं समझता।"

"इतना सब कुछ सहती रही।"

"करती भी क्या। मेरे लिए सब कुछ नया था। पहचान बनाने का अवसर ही नहीं मिला।"

"अपनी इच्छाओं की पूर्ति के लिये समय निकालना चाहता तो होगा। क्या कभी भी इस तरह का अवसर नहीं आया।"

"मैं हमेशा शारीरिक संबंध बनाना नहीं चाहती थी। कभी-कभी सिर्फ गले लगाना चाहती थी। उसको छूना चाहती थी। उसको थामना चाहती थी। मैं ऐसे समय बिताना चाहती थी कि बस मन से मन का मिलन हो। यह मेरे लिए बहुत महत्वपूर्ण था परन्तु मेरी इस तरह की पहल को आमंत्रण समझता था और अंतिम लक्ष्य संबंध स्थापित करना मान लेता था। मेरे जोर देने पर कहता..."

"जो प्राप्त है,वह प्रर्याप्त है। ज्यादा की इच्छा इसलिये नहीं करनी चाहिये कि अगर हमारी किस्मत में होता तो पहले ही मिल जाता।"

मैं भी अपनी किस्मत को कोसती और मान लेती की शायद यही मेरी किस्मत है। मेरी माँ कहती कि "बेटा अगर तुम्हें अपने आदमी से सुख नहीं मिला तो ये मान लो किसी भी आदमी से सुख नहीं मिलेगा।" मुझे माँ की बात आज चरितार्थ होती नज़र आ रही थी। सच कहूँ।

"पुरूष जब स्त्री की इच्छाओं की पूर्ति करने में असमर्थ नज़र आता है तो वह उसके चरित्र पर ऊँगली उठाता है। स्त्री अपना अस्तित्व सिद्ध करने के लिये सदियों से संघर्ष करती आ रही है।"

दौलतिया ने शांति कि सांस ली। सावित्री अभी कुछ कहती की सेवादारनी ने आकर भोजन की तैयारी की सूचना दी। दोपहर हो चली थी भोजन का समय हो चला था। दौलतिया ने कहा -

"आइए भोजन के लिये चलते हैं।"

सावित्री थकी-थकी उठी और दौलतिया के पीछे-पीछे कक्ष से बाहर चलने लगी।

"ये अच्छा न किया रमेश बेटा ने। उसकी पत्नी ने न रोका। कहीं पत्नी ने तो नहीं कह दिया कि ये गाँव के गंवार लोग हैं, हमारे काबिल नहीं हैं।"

"नहीं, नहीं। बहू तो बहुतही संस्कारी है। आजकल इस तरह की बहुएँ किसे मिलती हैं भला।"

"दीदी। ज़रूरत से ज्यादा संस्कार होना भी शंका का कारण बनता है। कभी-कभी हमको वही दृश्य नज़र आते हैं जो सामने वाला दिखाता है। अब आप मुझे ही देखो। मेरे आवरण, पहनावे को देखकर, मेरे अभिनय को देखकर लोग मुझे माता का दर्ज़ा दे रहे हैं और मैं क्या हूँ। सबसे बड़ी कुमाता हूँ। कभी-कभी तो मुझे अपने पुराने काम याद आ जाते हैं। सफाई दरोगा मुझे सुबह-सुबह ले जाता था। वो भी मेरे चेहरे का दीवाना था। देवपुर के टोला मोहल्ला की सड़कों को साफ करती थी। आज यहाँ बड़े-बड़े सेठ साहूकारों, नामचीन व्यापारियों की गंदी मानसिकता को साफ कर रही हूँ। तब भी सफाई का काम और आज भी दीदी। पेट की भूख जब बढ़ती है न तब अच्छा-बुरा नहीं दिखता। तब दिखती है रोटी और रोटी कैसे मिले उसका तरीका नहीं देखा जाता। समाज कहता है देह नश्वर है, देह से प्रेम मत कर। वहीं मानव को चाह रहती है कि उसे सुन्दर देह मिले क्योंकि देह की कोई जाति नहीं होती। देह, देह होती है, जैसे रोटी की कोई जाति नहीं होती, जिसके सामने परोस दो खा लेता है। वैसे ही ये देह है रामजी, जिसके सामने परोस दो वो ही चट कर लेता है। खैर छोड़ो आप नहीं समझोगे।

"मेरा मन इस बात को मानने के लिए तैयार नहीं कि बहू ने बेटे को कहा हो कि हमको इनके साथ नहीं रहना।"

दोनों इसी तरह अपने-अपने तर्क से एक-दूसरे के मन के विकारों को शांत करने का प्रयास कर रहे थे।

"रमेश अब कहाँ है।"

"यह तो हमें भी नहीं मालूम। न हमने पूछा और न उसने बताया।"

"अरे इतना तो पूछते किस शहर में है। अता-पता तो ले लेते कम से कम चलकर देखते। मैं उसको समझाती।"

"बेटा। जब वो कह रहा है कि पिता जी कुछ दिनों के बाद मैं आपको यहाँ से ले जाऊँगा, तो तुम ही बताओ, एक बाप, बेटे की बातों पर विश्वास न करे?"

"सच कहा आपने। बचपन में बेटा बाप की ऊँगली पकड़कर बड़े विश्वास के साथ बापके साथ चलता है। बाप कभी भी बेटे का हाथ, इस कारण से भी नहीं छोड़ता कि कहीं बेटा ठोकर खाकर गिर न जाए। वहीं बेटा बड़ा होकर बाप से हाथ छुड़ाकर भाग जाता है। माँ-बाप को दर-दर की ठोकर खाने के लिए छोड़ देता है। उसका कोई फोन नम्बर है।"

"हाँ। पहले तो हर हफ्ते फोन आता था, हालचाल पूछता था। अब तो कई दिनों से फोन आना बन्द हो गया। फोन लगाओ तो उठाता ही नहीं। दया बाबू कहते हैं कि अपना घर में आने का तो पता है, लेकिन आज तक अपना घर से किसी को जाते हुए नहीं देखा। मन बड़ा उदास रहने लगा है। लोकलाज का डर न होता तो हम अपने गाँव चले जाते। सच बताऊँ दौलतिया कभी-कभी घर की चौखट छोड़ने की सजा ऐसी मिलती है फिर कभी कोई चौखट नसीब नहीं होती।"

"ओह! ये क्या कह दिया आपने। मैंने भी वही गलती की। काश कि मैं देवर की बात मान लेती तो कम से कम एक पति और अपना घर रहता। आज तो रोज नए पति बनते हैं। घर बदलता रहता है। मैंने भी अपनी चौखट छोड़ के अच्छा न किया। लेकिन मैं तो अपने रास्ते पर इतने आगे आ गई कि वापस होना मुश्किल है लेकिन रमेश बाबू का यह तरीका ठीक नहीं। लाओ उसका नम्बर दो मैं लगाती हूँ।"

"उसका नम्बर याद नहीं है। अपना घर में एक कागज पर लिख छोड़ा है।"

रामजीवन ने उदास मन से कहा। कुछ क्षण खामोशी छाई रही। फिर रामजीवन ने कहा -

“बेटा। अब तो तुम “माता देवीश्री” के नाम से जानी जाती हो। अब हो सके तो ये सब छोड़ दो।”

“हाँ... हाँ... आप भी मेरे आवरण पर धोखा खा गए। रामजीवन बाबू ये माता देवीश्री का चोला दिखावा है। इसके धारण करने से पैसा नहीं आता बल्कि इसके उतारने से पैसा आता है। जिससे ये शानो शौकत है, सेवादारों के घर के चूल्हे जलते हैं, जिनके पेट की आग बुझाने के लिए रोटी की व्यवस्था हो जाती है, आपके आसपास जो देवपुत्री घूम रही है ये सबको मजबूर, भूखे मरने की नौबत आ गई थी। समाज के ठेकेदारों ने अपनी मनोकामना पूरी करने के लिए इसका भी रास्ता खोज लिया और धर्म की आड़ ले ली। मेरे मन को अच्छा नहीं लगता रोज महादेव से इस बात के लिए क्षमा मांगते हैं कि आपके नाम की आड़ में गलत काम किया जा रहा है। हम सब पाप के भागीदार हैं। लेकिन क्या करें? समाज के बड़े लोग हमें छोटा नहीं होने देते।”

“जीवन जीना बड़ा कठिन काम है। समझ में कुछ नहीं आता कि कहाँ जाकर खत्म होगा।”

“जीवन बाबू ये दुनिया बड़ी रंगीन है मैंने भी सोचा था कि जिन्दगी रंग-बिरंगी हो। देखिए जितने भी मिले गिरगिट ही मिले।”

“बेटा। एक बात कहूँ।”

“दस कहिए। अब कहने-सुनने के अलावा भी कुछ बचा है क्या?”

“तुम देवपुर टोला की वो दौलतिया नहीं रही जिसे हम गाँव में देखा करते थे। आज इतनी बड़ी-बड़ी बातें, कहाँ से सीखा है ये सब।”

“जीवन बाबू बच्चा जब चलना सीखता है तो वह कई बार धरती पर गिरता है। फिर उसी धरती पर हाथ टेककर सहारा लेकर उठता है, चलता है, दौड़ता है। समाज के भीतर रह रहे विकृत मानसिकता के लोगों ने मुझे ये माता देवीश्री का आवरण पहना दिया। मुझे इस आवरण का सम्मान करना था। मेरा काम गलत हो सकता है लेकिन माता देवीश्री के आवरण में रहते हुए मैंने कभी कोई गलत काम नहीं किया। न आगे करूँगी क्योंकि भोली-भाली जनता आज भी धर्म पर अपनी आस्था रखती है, जिस दिन मानव का धर्म से विश्वास उठ जाएगा उसी दिन सृष्टि विनाश की ओर चली जाएगी।”

"वाह! सत्य वचन। आज हमको भी हर्ष हो रहा है कि देवपुर टोला की बेटी में कुछ करने का जज्बा है।"

"सुन।"

सावित्री ने दौलतिया से कहा -

"हाँ दीदी बोलो न।"

"हो सके तो अपने देवर की भी कुछ मदद कर देना। हम लोगों ने जब गाँव छोड़ा था तब बड़ी दयनीय स्थिति थी।"

दौलतिया की आँखें भर आई। भरे गले से बोली -

"आप चिन्ता न करें आज ही मैं एक देवपुत्र को गाँव भेजकर उसकी मदद कराती हूँ। आपने अच्छा याद दिलाया कि मेरा अपना तो कोई है।"

बातों में समय का पता न चला। घर के भीतर रहने से यह भी ज्ञात नहीं रहा कि शाम रात में कब बदल गई। रामजीवन ने कहा -

"अच्छा अब हमें चलने दो। दया बाबू हमारी राह देख रहे होंगे।"

"ठीक है।"

दौलतिया अपना कार्ड देते हुए बोली।

"जीवन भैया ये मेरा कार्ड है। इसे अपने पास रखो। कभी भी किसी भी तरीके की परेशानी हो तो बिना झिझक मुझे फोन करना। अपने को अकेला मत समझना। आपकी दौलतिया अब माता देवीश्री है। समझे न आप।"

"बदमाश। अभी भी शरारत करना नहीं छोड़ी।"

गाड़ी बाहर खड़ी थी। दोनों को बिठाकर दौलतिया ने एक लम्बी राहत भरी साँस ली और अपने कक्ष में चली गई। गाड़ी अपना घर की ओर तीव्र गति से दौड़ी चली जा रही थी।

“सच कहूँ तो आज मैं स्वयं को स्वतंत्र महसूस कर रही हूँ।”

“क्यों ऐसा क्या हो गया। रमेश साहब ख्याल नहीं रखते हैं क्या?”

“नहीं नहीं। रमेश बेचारा तो मेरे कहे अनुसार ही सब कुछ करता है लेकिन माँ-बाप तो माँ-बाप होते हैं। उनके जाने का तो उसे थोड़ा दुःख तो होगा ही।”

दीक्षा के कक्ष में पाँच महिलाएँ जो उनकी ग्रुप की थी, डबल बेड पर बैठी थीं। बीच में बियर की बोतलें, कुछ भरी कुछ अधभरी सजी थी। हाथ में बियर से भरे गिलास थे, प्लेटों में नमकीन, पनीर के पकौड़े और इसी तरह के स्वल्पाहारों से सजा था। सकुन सब कुछ बनाकर चली गई थी। ये महिलाएँ आपस में बात कर रही थी। दीक्षा के पास बैठी महिला ने कहा -

“दीक्षा ये तुम अच्छा करती हो। दोपहर के समय बियर पार्टी करती हो शाम तक उतर जाती है। पतियों की तो चिन्ता नहीं बस बच्चों से डर लगता है। कहीं ज्यादा हो गई तो कहेंगे देखो मम्मी शराब पीकर आ रही है।”

“इसीलिये मैंने अभी तक बच्चे का प्लान नहीं किया।” दीक्षा ने कहा। पास ही बैठी दूसरी महिला ने कहा -

“इसीलिए इतना अच्छा फिगर बना रखा है। पूरे मजे ले रही है। अपनी ज़िन्दगी जी रही है। यहाँ देखो तीन बच्चे हो गए। कमर, कमरा हो गया, पति भी करीब आना तो दूर देखना भी पसंद नहीं करता।”

“ऐसा नहीं है। पुरूष का मन स्त्री मोह से कभी भी नहीं हटता। पुरूषों को समझने की आवश्यकता है।”

“तो क्या मैं पुरूष को समझ नहीं पाती। ऐसे ही तीन बच्चे पैदा हो गए। तुम क्या समझती हो कि एक तुम ही हो पुरूषों का ख्याल रखने वाली।”

दोनों महिलाओं में इस बात को लेकर बहस छिड़ गई कि पुरूष स्त्री मोह से आकर्षित होता है या एक उम्र के बाद मुँह मोड़ लेता है। देर तक बहस चलती रही। इस बहस में बियर के एक-दो गिलास और गटक गए।

एक महिला दोनों को शांत कराते हुए समझदार महिला की तरह परिपक्व रूप से कहने लगी।

"शांत हो जाओ। शांत, आप दोनों शांत हो जाओ।"

सारी महिलाएँ अपने-अपने स्थान पर शांत की मुद्रा में उस समझदार महिला की ओर देखने लगी। वह कह रही थी -

"हम महिलाओं को पुरूष की भावनाओं को समझने की आवश्यकता है। प्रेम-प्रणय की प्रक्रिया के लिये उचित माहौल, सुन्दर परिवेश तैयार करके देना अति आवश्यक है। पुरूष के कमरे में आने से पहले उसके तनाव की स्थिति को भाँपना चाहिये। क्या वह सामान्य है या कि तनाव में है। पुरूषों के विभिन्न प्रकार की चेतना को समझने की आवश्यकता होती है।"

"गुड...।"

एक महिला ने खड़े होकर ताली बजाई और बोली -

"वाह क्या उपदेश है। यानी कि महिला अपने सारे काम समाप्त कर जब बिस्तर पर जाए तब पति महाशय के मूड को समझे, उनकी चेतना को संतुलित करे। उनके मतलब का वातावरण तैयार करे और फिर आमंत्रित करें कि प्रिय आईए हम प्यार करते हैं। अरे आंटी जी ये सब शादी के कुछ दिनों तक ही अच्छा लगता है। जहाँ पेट फाड़कर बच्चे पैदा हुए तो बाथरूम में जाकर बैठना मुश्किल हो जाता है। बिस्तर सजाने की तो बात ही दूर है।"

"देखो भले ही कुछ कह लो लेकिन आंटी मत बोलो। बस थोड़ा फिटनेस की कमी है वर्ना अभी मैं सबको मात दे सकती हूँ।"

"छोड़िए न कहाँ आप भी उसकी बात को माइन्ड कर रही हैं। उसकी तो आदत है अम्मा, आंटी कहने की।"

दीक्षा ने उस महिला को समझाया और बियर का गिलास भर दिया। वह महिला धीरे-धीरे बियर पीने में व्यस्त हो गई। महिला एक घूँट पीने के बाद बोली।

"दीक्षा तू वाकई अच्छी है। तुझे रमेश जैसा पति मिला। हमें देख हम प्यार के लिये तरस जाते हैं एक उम्र के बाद पति का ध्यान कम हो गया। अपने व्यवसाय में रम गया। कहता है ज्यादा की अभिलाषा, निराशा में बदल जाती है। पर ऐसा नहीं है। आज भी स्त्री को स्नेह की आवश्यकता है। दुलार

की चाहत है। स्त्री कल भी कमजोर थी और आज भी कमजोर है। स्त्री का निर्णय कुछ नहीं। स्त्री का सम्पूर्ण जीवन पुरूष के अनुसार संचालित होता है। कुछ स्त्रियाँ अपवाद हो सकती है।"

"गलत है। पुरूष भी स्त्री के बिना अकेला है। आपको बियर चढ़ गई है इसलिये आप पुरूष को भी सर चढा कर बोल रही हो।"

"नहीं दीक्षा मैं सच कह रही हूँ। पुरूष के सहयोग के बिना हम औरतों का जीवन अधूरा है।"

तभी सामने बैठी महिला ने जोर से चीखा -

"चुप! चुप हो जाओ तुम लोग। क्या स्त्री-पुरूष, स्त्री-पुरूष लगा रखा है। अरे भाड़ में जाए पुरूष। अभी तो इन्जॉय करने दो। मर्द साले दस जगह मुँह मारते फिरते हैं और औरत को कहेंगे घर से न निकलना। माई फुट। दीक्षा पुरूषों की बात मत करो। अपनी बात करो अपनी...।"

अभी आगे कुछ कहती कि वह महिला बिस्तर पर एक तरफ ढुलक गई। दीक्षा ने कहा -

"देखा आंटी बड़ा ज्ञान बघार रही थी। पुरूषों की बात मत करो हम औरतों की ज़िन्दगी में पुरूष ही तो है जो सब कुछ है। भला उनकी बात न करके हम किसकी बात करेंगे।"

"ठीक है। कभी-कभी तो ऐसा अवसर आता है कि जब जी भरकर हम अपने समय को व्यतीत कर पाते हैं।"

दीक्षा के घर से धीरे-धीरे महिलाएँ जाने लगी थी। उनको घर जाने की छटपटाहट पति और बच्चों का घर आने का समय, इस तनाव ने बियर के नशे को कपूर की भाँति उड़ा दिया था। स्त्री आज भी मानसिक रूप से परिवार के विपरीत चलने में कठिनाई का सामना करती है। वह महिला जो बिस्तर पर लेटी थी गहरी नींद में सो गई थी। दीक्षा और दीक्षा से बात करती आंटी बैठी थी। दीक्षा धीरे-धीरे बियर की खाली बोतलों को उठा कर एक तरफ रख रही थी। गिलासों को उठाकर किचन के वाश एरिया में रख रही थी। ये महिलाएँ आधुनिक युग की नहीं थी लेकिन आधुनिक परम्परा को अपनाने का भरसक प्रयास कर रही थी। धीरे-धीरे कक्ष साफ हो गया था। दीक्षा ने रूम प्रेशनर छिड़क दिया। कमरा सुगंधित हो गया। महिलाओं की बातों में समय का अभाव हो जाता है। दीक्षा और आंटी बातें कर रही थी -

"परफेक्ट लिविंग पार्टनर हो तो लाइफ बदल जाती है। अब तेरे अंकल तो बीच में मुझे छोड़ गए। बेटा विदेश में सेट हो गया। मेरे पास बंगला, गाड़ी, पैसा छोड़कर चले गए। इनका मैं क्या करूँ। नौकरों के काम आ रहा है।"

"आंटी सच बताना। अंकल के जाने के बाद कोई तो आपकी लाइफ में आया होगा।"

दीक्षा ने मानो आंटी के दर्द को छेड़ दिया। दीक्षा ने पूछा था।

"हाँ! था एक जिसे पाने के लिए मैंने दिन-रात एक कर दिया लेकिन...।"

"लेकिन क्या...?"

"ईश्वर ने सब कुछ दिया था मुझे। बस दिल का एक कोना खाली था। कोई मुझे भी प्यार करे। मुझसे भी बातें करे। देह की प्यास नहीं थी मुझे। शाम होते चाँदनी रातें चुभती थी मुझे। उसकी प्रतीक्षा रहती। वह बहुत मीठी बातें करता। उसका प्यार पाने के लिये मैंने वही किया जो उसने कहा। मैं उसके प्यार में इतना डूब गई कि यह नहीं देखा कि इसमें मेरा फायदा है या नुकसान बस आगे बढ़ती रही।

जब तक मैं अपना सारा प्यार और समर्पण उस पर उड़ेलती रही वह प्यार करता रहा। लेकिन मुझे लगा कि मेरे साथ कुछ गलत हो रहा है। वास्तव में मुझे ऐसा लगा कि मुझे वह प्यार नहीं मिल पा रहा है जिसकी मुझे ज़रूरत है। कारण कि जब मैं उससे बात करती तो वह अनदेखा कर देता अनसुना कर देता बस अपनी मांग करता। मेरी झुंझलाहट बढ़ती और बात करना बन्द कर देता, प्यार करना बन्द कर देता। मेरे इस अंतर्निहित तनाव ने मेरे भीतर संघर्ष को जन्म दिया तब मुझे पता चला कि प्यार पाने की अतिरिक्त कोशिश करके प्रेम नहीं पा रही थी बल्कि वह अस्वीकार कर रहा था। मैं उम्मीद में जी रही थी कि वह मुझसे खुश है, मैं उसके व्यक्तित्व से प्यार कर रही थी, वास्तविक पुरूष से नहीं। प्यार के लिये ज़रूरी नहीं कि हम अपने पार्टनर की हर बात से खुश हों। मैं टूट गई। विचलित हो गई और छोड़ दिया उसे। बस उसके बाद पुरूष का साथ न बाबा, अब सोचकर डर लगता है।"

"क्यों आंटी। इतना प्यार देने के बाद अचानक टूटन...।"

"व्यवहार जब व्यापार बन जाए तो संबंध मायने नहीं रखता।"

"व्यवहार, व्यापार वो कैसे?" दीक्षा ने प्रश्न पूछा।

"अपने होने की कीमत लेने लगा था। कहता है समय मूल्यवान है। सीधे-सीधे न सही बहाने से। जब आता तब पैसे मांगता। न देने पर अपने प्यार का वास्ता देता। मानो प्यार बेच रहा है और मैं उसके प्यार की खरीददार थी।"

"ये तो उलटा था। लोग तो महिलाओं को प्यार के बदले सब कुछ लुटा देते हैं। यहाँ उलटा।"

"उम्र में अन्तर था। वो जवान था मैं अधबूढ़ी, दीक्षा बेटे शरीर बूढ़ा हो जाता है। लेकिन इच्छाएँ बूढ़ी नहीं होती। फिर तेरे अंकल के अचानक चले जाने से मैं पर पुरूष की ओर आकर्षित हुई। अब तो एक कहानी बनकर रह गई मेरी ज़िन्दगी जिसे हर किसी को सुनाया भी नहीं जा सकता।"

आंटी की आँखों में आँसू छलक गए। दीक्षा ने उनके बहते आँसू को टिसू पेपर से पोंछा और बोली -

"सच कह रही हो आंटी कभी-कभी मानव के जीवन में खाली समय आता है जिसके भरने के लिये कोई न कोई देवता बनकर प्रवेश कर जाता है। वहीं विश्वास के साथ विश्वास घात भी प्रवेश कर जाता है। क्या करें औरत की ज़िन्दगी भी इस बियर के नशे के जैसी है। कुछ देर चढ़ने के बाद उतरती ज़रूर है।"

दोनों के बीच इसी तरह की बातें चल रही थी जो धीरे धीरे दूर तक जा रही थी।

स्थान के बदलते ही सफल रिश्तों को नियंत्रित करने वाले नियम बदल जाते हैं। ठीक इसी तरह रमेश जब तक देवपुर गाँव में था तब तक माँ बाप का बेटा रहा। विवाह के उपरान्त वह दीक्षा का पति बन गया।

व्यक्ति का संघर्ष बाहर खत्म नहीं होता तो वह उसे घर ले आता है और जूझता रहता है स्वयं में। आज रमेश के साथ कुछ ऐसा ही हो रहा था कारण था कि दिन भर में कई बार मोबाइल पर पिता जी का फोन आ रहा था। वह उठा न पा रहा था। बड़ी आत्मग्लानि हो रही थी। जैसे-तैसे स्वयं को शाम तक टाला। घर पहुँचते ही दरवाज़े की घण्टी बजाई। दीक्षा ने दरवाज़ा खोला।

"क्या हुआ?"

महिलाओं में चेहरा पढ़ने की शक्ति अतिरिक्त होती है जिससे पुरूष के चेहरे पर उभरे भाव प्रदर्शन को ठीक ठीक जान लेती है। रमेश भीतर आकर अपना लेपटाप सोफे पर रखते हुए, जूते उतारने लगा। दीक्षा ने एक गिलास पानी लाकर दिया। पानी को एक ही सांस में पीने के बाद पानी से हुए गीले होठों को दाहिनी बाजू से पोंछने के बाद रमेश ने दीक्षा की ओर देखा। दीक्षा अब तक सामने के खाली सोफे पर बैठ गई थी।

"क्या हुआ रमेश। कुछ अनबन, सब ठीक है न।" दीक्षा ने फिर से पूछा।

"हाँ सब ठीक है लेकिन...।"

"लेकिन क्या?"

"पिता जी का दिन भर फोन आता रहा मैंने उठाया नहीं।"

"क्यों एक बार तो उठा लेते।"

"क्या कहता। माँ-बाप को वृद्धाश्रम में छोड़कर भागने वाला नालायक बेटा हूँ। दीक्षा मुझे स्वयं में बहुत आत्मग्लानि हो रही है। तुम्हारे झूठे दिखावे के कारण मैंने अपने सच्चे माँ-बाप को ठुकरा दिया।"

"तुम कहना क्या चाहते हो कि मैंने तुमसे तुम्हारे माँ-बाप छुड़वाए हैं। रमेश ये अच्छा नहीं कह रहे हैं आप। मुझ पर दोषारोपण मत करो।"

"दीक्षा। जरा सोचो। गाँव में मेरे माता-पिता की इज्जत है। अपनी इज्जत बचाने के कारण वो कभी भी वापस गाँव नहीं जाएँगे और एक हम हैं, उन्हें अपने साथ रखने में इज्जत घटने का डर सता रहा है। दीक्षा ये मत भूलो हम लोग भी इस अवस्था में आएँगे। हम भी एक न एक दिन बूढे होंगे।"

"रमेश। मैं उन्हें अपने साथ नहीं रख सकती और हाँ अगर आपको इतना ही प्यार उमड़ रहा है तो आप जा कर उनके साथ रह सकते हैं। रही बात मेरे कारण माता-पिता को छोड़ने की तो मैंने भी तुम्हारे लिए अपने माता-पिता और परिवार को छोड़ा है। तुम्हारे सिवा मेरा यहाँ कौन है एक तुमको पाने के लिए मैंने तुम्हारे रिश्तेदारों को अपना माना। जरा सोचो मैंने जिसे कभी देखा नहीं उनको मैंने माँ-बाप, चाचा-चाची, मामा-मामी माना एक तुमको अपनाने की खातिर मैंने तुम्हारे सबको अपनाया। तुम तो मुझे मेरे घर से ले कर आए तो पलट कर भी यह नहीं पूछते कि मेरे माँ-बाप कैसे हैं। बहुत अन्तर है स्त्री और पुरूष के संबंधियों को संबंधी के रूप में अपनाना। ये काम स्त्री ही कर सकती है जो मैं कर रही हूँ।"

"क्या कह रही हो। दो-चार दिन में तुमने इतना कलह मचा दिया कि मुझे लगा कि मैं घर में नहीं जेल में रह रहा हूँ। दीक्षा मेरा दम घुट रहा है। मैं स्वयं को दोषी मान रहा हूँ। मुझे ऐसा लग रहा है कि मैं जीते-जी अपने माता-पिता को मौत के मुँह में छोड़कर आ गया हूँ। मैं उन्हें लाने की सोच रहा हूँ।"

"लाने की सोच रहे हो। पर कहाँ।"

"यहीं अपने घर में।"

"यहाँ। रमेश जी इस घर में आधा पैसा मेरा भी लगा है। इस घर की उतनी मालकिन मैं हूँ जितने कि तुम। अगर तुम्हें अपने माता-पिता से इतना प्यार है तो अलग घर ले लो और चले जाओ माँ-बाप के पास श्रवण बन कर रहो।"

दीक्षा ने श्रवण का उदाहरण उलाहना के रूप में दिया था। रमेश कुछ न बोल सका बस सोफे से पूरा टिक गया। मानो स्वयं को दीक्षा के सामने समर्पित कर दिया। दीक्षा ने फिर कहा।

"देखो रमेश। माता-पिता का अपना घर, ज़मीन, अपना सब कुछ जब गाँव में है तो शहर में नाहक रह रहे हैं मेरी मानो तो पिता जी से बात करो और उन्हें वापस गाँव जाने की सलाह दो। शहर में खर्चे बहुत हैं। फिर गाँव के लोग शहर में नहीं जम पाएँगे।"

दीक्षा ने स्नेह भरे स्वर में समझाने का प्रयास किया। रमेश, दीक्षा का ये बदला रूप देख चकित हो गया, बोला -

"दीक्षा मैं तुमको समझ नहीं पा रहा हूँ कि तुम मुझे समझ नहीं पा रही हो। कहीं न कहीं हमारी सोच में भिन्नता आ रही है।"

"हमारी सोच में नहीं हमारे दृष्टिकोण में बदलाव आ रहा है। हम जैसा देखते हैं वैसा ही सोचने लगते हैं।"

रमेश उठा और अपने शर्ट के बटने खोलकर बदन से शर्ट उतार कर एक तरफ फेंक दी फिर शांतचित से बोला-

"कोई भी पुरूष, एक महिला के लिए तब तक नहीं बदल सकता, जब तक कि महिला की भावनाएँ वास्तविक न हो। यहाँ तुम्हारी भावनाएँ तुम्हारे व्यवहार के विपरीत हैं जिनमें सिवाय स्वार्थ के और कुछ नहीं दिखाई दे रहा है।"

"सच कह रहे हो। मेरी भी बात सुन लो एक महिला के लिए यह महसूस करना कठिन नहीं कि उसकी शादीशुदा ज़िन्दगी खुशहाल है या फिर वह कई वर्षों के बाद महसूस करे कि वास्तव में वह कितनी दुःखी है। तब तक बहुत देर हो चुकी होती है और महिला रिश्ते को ठीक करने की कोशिश करते-करते थक जाती है, टूट जाती है। लेकिन मैं उन औरतों में से नहीं हूँ। मैं अपनी खुशियों पर पानी नहीं फिरने दूँगी।"

वाद, विवाद के रूप में बढ़ता चला जा रहा था। स्वर मधुर की बजाय कर्कश हो चले थे। जिस तरह गाते-गाते लोग चिल्लाने लगते थे। दोनों एक-दूसरे के आमने-सामने आ गए थे। रमेश अपना आपा खोता चला जा रहा था। दीक्षा माता-पिता को बार-बार तुच्छ साबित करने का असफल प्रयास कर रही थी। रमेश की सहन शक्ति ने जवाब दे दिया और 'तड़ाक' के साथ एक चांटा दीक्षा के गाल पर दे मारा। रमेश का मारना हुआ कि घर में काम करने के लिये 'सकुन' का भीतर घुसना हुआ। सकुन घर के भीतर

का माहौल देख कर अचंभित रह गई। दोनों सकुन को देखकर चकित हो गये। कुछ पल के लिए सब कुछ शांत हो गया। दीक्षा ने ही धीरे से कहा -

"तुमने मुझे मारा...।"

सकुन भी धीरे से किचन की ओर चली गई।

"दीक्षा तुम अपनी सीमा से आगे निकल रही थी।"

"रमेश मैं तुमको बताती हूँ कि मेरी सीमा कितनी है।"

और दीक्षा बिना कुछ कहे भीतर के कमरे में चली गई। खटाक के साथ दरवाज़ा बन्द कर दिया। रमेश धम से सोफे पर बैठ गया। किचन के भीतर से बर्तनों के आपस में टकराने के स्वर आने लगे थे।

उसी कमरे में भोजन करने के बाद बहुत देर तक खामोशी छाई रही। बस ए.सी. की ठण्डी हवा से कमरा कुछ ज्यादा ठण्डा हो गया था। सावित्री इस तरह ठण्ड सहने की आदी न थी तो धीरे से कहा -

"ए.सी. बन्द कर दो। ठण्ड लग रही है।"

माता देवीश्री ने रिर्मोट के बटन को दबा दिया ए.सी. झट बन्द हो गया। शांत वातारण को माता देवीश्री ने तोड़ा।

"महिलाएँ भविष्य में जीने के लिये वर्तमान खराब करती हैं। ज़्यादातर मामलों में जब महिला को वर्षों बाद अचानक पता चलता है कि वह नहीं मिल पा रहा है जिसकी उसे ज़रूरत है तो वह स्वयं को छला हुआ महसूस करती है। इस पीड़ा को वह स्वयं विष की भाँति पी जाती हैं और अन्त में वह कहती है कि तुम पर विश्वास करके उम्मीद में जीना मेरी गलती थी। इसी तरह मैं अमर के स्नेह पर विश्वास कर अक्सर यही सोचती थी कि शायद कल अच्छा होगा। कल अच्छा करने की आस में आज को जल्द से जल्द बिता देना चाहती थी परन्तु किसी ने सच कहा है कि किस्मत से ज्यादा किसी को कभी कुछ नहीं मिला है। अमर हमेशा कल पर विश्वास करता था। वो कल जो कभी आया ही नहीं, मैंने अक्सर कहा कि आज को अच्छा करो, कल अपने आप अच्छा हो जाएगा। लेकिन मानव की आदत कभी बदलती नहीं। आदतन किसी भी काम को कल करने की, उसको आज में रहने ही नहीं दिया। वह अक्सर कहा करता था कि कल हमारा होगा। सब कुछ ठीक होगा। वैसा ही होगा जैसा तुम चाहती हो। अब मैं क्या बताऊँ, कितना बताऊँ...।"

"अब मैं क्या कहूँ मेरी तो कुछ समझ में नहीं आ रहा है। गाँव की दौलतिया, शहर की माता देवीश्री बनकर इतनी बड़ी-बड़ी बातें करेगी हमारी तो कुछ समझ में नहीं आ रहा है।"

सवित्री ने माता देवीश्री की बातों के आगे स्वयं को समर्पित कर दिया। माता देवीश्री ने मानो सावित्री की मनोदशा को समझ गई और बोली।

"जब से मैंने माता देवीश्री का चोला धारण किया तब से समाज के सामने उपदेश देना भी प्रारम्भ किया। कहते हैं न कि करत करत अभ्यास के सब कुछ आ जाता है। जिसकी आपने कभी कल्पना भी न की थी। आज का मानव बहुत अकेला है साथ ही कुछ तो आस्था में विश्वास रखते हैं, कुछ अंधविश्वास पर विश्वास रखते हैं। कर्म दोनों ही नहीं करते। आस्था पर विश्वास रखने वाला भी अपना कार्य ईश्वर के भरोसे छोड़ देता है और अंधविश्वासी तो पूरी तरह ईश्वर के ही भरोसे ही रहता है। आस्था पर वहीं तक विश्वास करना चाहिये जहाँ तक मानसिक संतुष्टि मिल सके। कर्म के बिना फल का प्राप्त होना कठिन है। बस इसी तरह के उपदेश देते-देते अब मेरे मुख से ऐसी ही वाणी निकलती है। यहाँ समाज मुझे मेरे गुणों के कारण सम्मान देता है वर्ना एक सफाई कामगार दौलतिया को तो लोग अपनी चौखट पर पाँव भी न रखने दे, यहाँ वही बड़े-बड़े सेठ साहूकार अब मेरे पाँव पड़ते हैं।"

"सच कह रही हो। तुमने बहुत दुःख भी तो सहे हैं।"

"हाँ! यह स्थान पाने के लिए न जाने किन-किन स्थानों से होकर, किन-किन रास्तों पर चल कर आना पड़ा है। साधारण सी ज़िन्दगी जीने की तमन्ना थी, अतिविशिष्ट हो गई। यह जीवन कष्ट देता है। चलो मेरी छोड़ो तुम बताओ रमेश बाबू के क्या हाल हैं। रामजीवन भईया और वो रामलौट काका, बड़े मजेदार आदमी हैं।"

"रामलौट सा आदमी विरलेय ही मिलते हैं। भगवान सभी को रामलौट भईया सा जीवन दे। भले ही उनके आगे-पीछे कोई नहीं लेकिन जब वो चलते हैं तो उनके आगे-पीछे चलने वालों की कमी नहीं रहती। घर के आँगन में नीम के पेड़ के नीचे बैठकर जब वह गाँव की महिलाओं को छेड़ते हैं तो महिलाओं के द्वारा पलट कर दी जाने वाली गाली से वो स्वयं को आनन्दित महसूस करते हैं। जानती हो क्यों? वो इसलिये कि उस गाली में उन्हें अपनेपन के होने का आभास रहता है। उनको लगता है कि इसी बहाने लोग उनको पूछते है, उनके होने का आभास होता है। समाज के लोग जाने-पहचाने और क्या चाहिये।"

"रमेश बेटे से मिले तो क्या हुआ?"

"अब क्या बताएँ। सब कुछ बताया वही, वही बात दोहराने से मन खराब होता है। इतना समझ गई की औरत पल भर की खुशी के लिये वो खुशियाँ खराब कर बैठती हैं जो स्थाई है। अकेला जीवन, जीवन के उद्देश्य से परिवार से नाता तोड़ लेती है। आज की लड़कियाँ मानो जिस तरह वस्तुओं पर अपना अधिकार मान लेती है ठीक उसी तरह वो पुरूषों पर भी अपना अधिकार मान लेती है। यहाँ एक गलती कर बैठती है, वह यह नहीं समझ पाती कि मानव कोई वस्तु नहीं। वह सोचने-समझने की शक्ति रखता है। अच्छे, बुरे का ज्ञान है उसे। बहू भी एकांत चाहती है।"

"मैने भी सत्संग में देखा है कि पति, पत्नी के साथ न बैठ कर पर स्त्री के निकट बैठने की इच्छा रखता है। क्या करें। यह मानव स्वभाव है, पर स्त्री का मोह पुरूष के मन से नहीं छूटता।"

"कब तक? अब जिस अवस्था में मैं आ चुकी हूँ सत्यता के अधिक निकट हूँ। मेरी सांसें कब रूक जायें कुछ कह नहीं सकती। मृत्यु सत्य है। जन्म का समय निश्चित है। लेकिन मृत्यु का समय निश्चित नहीं है। मृत्यु को जब आना है तो उस पल को कोई रोक नहीं पाएगा। बस मेरी अंतिम इच्छा है कि मेरी अस्थियों को हरि के द्वार की ओर ले जाना। हरिद्वार में अस्थियों को विसर्जित करवा देना, कम से कम मेरी मुक्ति तो हो जाएगी।"

सवित्री की आँखों से पछतावे के आँसू निकलने लगे थे। उसको रोता देख माताश्री ने कहा -

"ये क्या दीदी। एक दिन था कि आप मुझे हौसला देती थी। मुझे समझाती थी आज आप इतनी कमज़ोर कैसे हो गई।"

"मैं कमज़ोर नहीं हूँ। बस अपने पाप का प्रायश्चित कर रही हूँ।"

"पाप भला आपने कौन सा पाप किया है।"

"देवाश्रम में पं. भगवान देव की बातों में आकर संतान प्राप्ति की लालच में आकर एकांत पूजा में शामिल हुई और गैर का बीज धारण कर सीधे-साधे आदमी के नाम मढ़ दिया। समाज में अपनी नाक बचाने के लिये मैंने बबूल का पौधा लगा लिया। आज वो मुझे ही चुभ रहा है। रामजीवन तो उसे अपना ही बेटा मान रहा है लेकिन ये तो मैं जानती हूँ कि रमेश किसकी संतान है। सच कहा है किसी ने कि ऊपर वाले की लाठी में आवाज़ नहीं होती। यही कारण है कि आज मेरे द्वारा किए गए अपराध को मैं किसी से

कह नहीं सकती। इसी का पछतावा मुझे शीघ्र ही दुनिया छोड़ने पर मजबूर करेगा। आज पहली बार मैं तुमसे कह रही हूँ। यही सच्चाई है। अपना खून, अपना होता है। पराया खून सर चढ़कर बोलता है। जो तुम्हारे सामने है।"

"नहीं दीदी स्वयं को मत कोसो। यह तो नियति है। पशु, पक्षी और भी जीव प्राणी के बच्चे जब बड़े हो जाते हैं तो अपना घर छोड़ देते हैं, स्वतन्त्र विचरण करते हैं आकाश में, उनको फिर किसी सहारे की आवश्यकता नहीं होती। सृष्टि के नियम के आगे किसी का नियम नहीं चलता। रमेश बेटे भी अब बड़े हो गए हैं अपने पैरों पर खड़े हो गए हैं। उनको भी स्वतन्त्रता चाहिये इसलिये उन्होंने यह निर्णय लिया। लेकिन इस निर्णय में उन्हें आपकी सेवा करते रहना चाहिये था। यहाँ वह गलत हैं। खैर छोड़ो ईश्वर ने मुझे खूब दिया है। भले ही रास्ता कोई भी रहा हो। मैंरे साथ रहो। आप दोनों की देख भाल मैं और मेरे लोग करेंगे।"

"नहीं...नहीं...। हम यहाँ नहीं रह पाएँगे। अरे हम तो पहले से ही तुम्हारे आश्रम में ही रह रहे हैं। वहीं चार लोग हैं। चार तरह की बातें होती है। मन लगा रहता है। तुम्हारा क्या है। कभी कहीं तो कभी कहीं। तुम्हारे सतसंग होते रहते हैं। तुम चली जाओगी तो बस हम फिर इस बड़े से घर में अकेले रह जाएँगे। हम लोग वहीं आश्रम में ही ठीक हैं। हमारा ख्याल दया बाबू बहुत ही अच्छे तरीके से रखते हैं।"

"हाँ! ये बात भी सच है। मेरा आना-जाना तो लगा रहता है। ठीक है मैं दयाबाबू को कह दूँगी कि किसी बात का संकोच किये बिना आप दोनों की देख रेख उचित तरीके से करेंगे। आवश्यकतानुसार बड़े से बड़े डॉक्टर से आपका इलाज करवा देंगे।"

"अब क्या इलाज कराएंगे। जब आत्मा पर घुन लग गया है और जीवन जीने की इच्छा समाप्त हो गई हो तो कौन सी दवाई हमको ठीक कर पाएगी अब तो बस अंतिम मिलाई समझो।"

"निराशा वाली बातें मत किया करो। अभी हम फिर से नया जीवन शुरू करेंगे। आप देखना मैं सब कुछ ठीक कर दूँगी।"

सविित्री उदास मन से बोली -

"अब तो बस करो। ये सारी बातें झूठी है। सच तो ये है कि मैं स्वयं ही जीवन त्यागना चाहती हूँ। आत्मग्लानि से भरी ज़िन्दगी एक बोझ सी लग

रही है। ऐसा लग रहा है कि मैं अपनी आत्मा पर अपने मृत शरीर के शव को लेकर ढो रही हूँ। अब इसका भार मुझसे और उठाए नहीं उठता है।"

सावित्री की आँखें नम होती चली गईं। माताश्री ने सामने रखे खाली गिलास को पानी से भरा और सावत्री की ओर बढाते हुए बोली -

"लो पानी पियो। मैं ड्रायवर को बोलती हूँ आपको आश्रम छोड़ आएगा।"

सावित्री पानी पी रही थी। माता देवीश्री अपने मोबाइल से ड्रायवर को फोन लगा रही थी।

"खों...खों...खों....।"

सावित्री पलंग पर लेटे-लेटे खांस रही थी। रामजीवन और दया बाबू पास ही कुर्सी पर बैठे थे। दया बाबू ने कहा -

"भाभी जी। आप चिन्ता करना छोड़ दीजिए। नहींतो आपकी सेहत खराब हो जाएगी।"

"मैं भी यही समझाता हूँ। मगर मेरी बात सुनती ही नहीं। कहती है फोन लगाओ। हो सकता है आज फोन उठ जाए। दया बाबू आप ही बताओ के बेटे को अगर फोन उठाना ही होता तो कब का उठा लेता। अपने कलेजे पर पत्थर रखकर यह मान लो कि यही हमारी नियति है। यही सच है।"

"कैसे मान लूँ। माँ हूँ। नौ महीने अपनी कोख में रखा है। अगर फोन उठ जाए तो कम से कम उसकी आवाज़ ही सुन लूँ। मैं कैसे अपना मुँह मोड़ लूँ। कुछ न कुछ बात है तभी तो वह फोन नहीं उठा रहा है।"

"लेकिन भाभी जी। अबवह आपकी खबर नहीं ले रहा है तो हम अपनी खबर कैसे किसी को दें। कोई माध्यम तो हो।"

सावित्री मुँह घुमाकर रोने लगी। रामजीवन नाराज़ होते हुए बोले -

"बस यही बात तो ठीक नहीं। जब देखो तब पुत्र मोह में आकर रोना चालू कर देती है।"

"तो अब मुझे रोने भी नहीं दोगे। दया बाबू आपको बताऊँ देवपुर के महादेव के सामने नाक रगड़ी, कई मन्नतों के धागे बांधे तब जाकर रमेश पैदा हुआ। मेरा मन कहता है कि वो कुछ नहीं कर रहा है बल्कि उससे ज़रूर यह सब करवाया जा रहा है।

"लो भला अब किसी को क्या पड़ी है कि वो रमेश को कहे कि अपने माँ-बाप की खबर न लें।"

"जीवन बाबू। कभी-कभी स्त्री मोह मानव की मति को भ्रष्ट कर देता है। हो सकता है कि भाभी जी जो कह रही है वह सच हो। ऐसा करते हैं एक बार रमेश के घर चलते है, देखते है सच क्या है?"

"हाँ जी, मेरा मन कहता है कि ज़रूर रमेश किसी विपदा में है, इसलिए ही वह फोन नहीं उठा पा रहा है। हम लोगों से बात नहीं कर पा रहा है।"

सावित्री के चेहरे पर क्षण भर के लिए चमक आ गई थी। रामजीवन ने सहानुभूति प्रकट करते हुए हौसला बढ़ाया-

"अब चिन्ता करना छोड़ दो। अभी हम लोग रमेश केपते पर जाकर देखते है सच्चाई क्या है। चलो दया बाबू चलते हैं।"

"दोपहर हो जाएगी जाते-जाते। घर पर कोई मिलेगा।"

"चलकर देखते हैं। नहीं तो पड़ोसी को बोलकर आ जाएँगे।"

"ठीक है मैं तैयार होकर आता हूँ।"

दया बाबू कमरे से बाहर चले गए। सावित्री कराहते हुए उठकर बैठ गई।

"देखो जी। रमेश मिल जाए तो उससे डाँटना मत, नाराज़ मत होना। नहीं तो गुस्से में आकर आप अपनी सेहत खराब कर लो।"

"नहीं, नहीं। ऐसा कुछ नहीं होगा। अगर बेटा मिल गया तो उसे आज ही साथ लेकर आऊँगा नहीं तो आस पड़ोस से कहूँगा कि आते ही वो हम लोगों से मिलने आ जाए।"

"जीवन बाबू चलो।"

बाहर से दया बाबू ने आवाज़ दी। रामजीवन कमरे से बाहर निकलकर दया बाबू के साथ सड़क तक आ गए। कुछ देर के बाद एक ऑटो रिक्शा में बैठकर रामजीवन के बताए पते पर रमेश के घर की ओर जा रहे थे।

दोपहर हो चली थी। आसमान पर सूरज तीव्र गति से चमक रहा था। गरमी के कारण पसीने से बदन गीला हुआ जा रहा था। एक बिल्डिंग के सामने ऑटो को रुकवाया गया। रामजीवन और दया बाबू दोनों उतरे। ऑटो एक तरफ चला गया।

"क्या यही बिल्डिंग है।"

"हाँ हम लोग जब आए थे तब इसी फ्लेट में रुके थे।"

लिफ्ट से ऊपर जाने के बाद दया बाबू ने गेट के पास जाकर देखा। दरवाज़े पर एक बड़ा सा ताला लटक रहा था। दया बाबू ने हाथ से उसे छूकर कहा-

"जीवन बाबू यहाँ तो ताला लगा है।"

"अरे।"

"आस पड़ोस से पता करें।"

रामजीवन उदास मन से इधर-उधर देखने लगे। उनको लगा कि पड़ोस का कोई व्यक्ति उन्हें दिख जाए तो रमेश के बारे में पूछ सकें। अभी कुछ समझते कि सकुन की आवाज़ आई -

"अरे बाबू जी आप। बड़े दिनों के बाद आए। माता जी नहीं आई।"

"अरे सकुन। दया बाबू ये सकुन बिटिया है यही हमें खाना खिलाती थी।"

"बाबू जी नमस्ते। बाबू जी तो बस ऐसे ही मेरी तारीफ करते हैं। मैं खाना बनाकर वापस अपने घर जा रही थी। आपको देखा तो पास आ गई।"

"बेटा ये रमेश कहाँ चला गया।"

"बाबू जी आपको नहीं मालूम।"

"नहीं। क्यों क्या बात हुई।"

"आपके जाने के बाद साहब और मेम साहब के बीच खूब झगड़ा हुआ। साहब बार-बार कह रहे थे, तेरे कारण मेरे माता-पिता चले गए। मैं अपने माँ-बाप का इकलौता बेटा हूँ। अब वो दर-दर की ठोकर खाएँगे। बाबू जी। साहब ने दीक्षा मेडम को मारा भी। आप लोगों का जाना साहब को अच्छा न लगा था। आप लोगक्यों चले गए थे।"

"हम लोग कहाँ गए थे।" रामजीवन ने हकलाते हुए कहा।

"गाँव। दीक्षा मेडम ने कहा कि आप लोगों को गाँव की याद आ रही है। इसलिए आप लोग अपने गाँव चले गए।"

"हाँ... हाँ... बेटा। हम लोग गाँव चले गए। बस अभी गाँव से आ रहे हैं। बेटा ये लोग अब कहाँ रहते हैं।"

"कहाँ रहते हैं ये तो पता नहीं। झगड़े के दो-तीन दिन के बाद दीक्षा मेडम अपना सामान लेकर घर छोड़कर चली गई। साहब अकेले रह रहे थे। फिर कुछ दिनों के बाद साहब भी बिना बताए पता नहीं कहाँ चले गए। एक माह की पगार भी मेरी नहीं दी। रमेश साहब आप लोगों को याद करता

था। वो दीक्षा मेडम पर नाराज़ था। दीक्षा मेडम बहुत ही बेकार थी बाबू जी मैंने देखा था। साहब अकेले में रोता था।। पर क्यों रोता था। ये नहीं मालूम।"

रामजीवन की आँखें भर आईं। वे सकुन के सर पर हाथ रखते हुए बोले -

"खुश रहो बेटी। आज तुमने मेरा भरम तोड़ दिया नहीं तो मैं ज़िन्दगी भर अपने बेटे को ही दोषी मानता।"

"जीवन बाबू आप तो कहते थे कि आपकी बहू संस्कारी थी। उसके माथे पर से पल्ला जरा भी नहीं सरकता था।"

"अरे बाबू जी मैं बताती हूँ।"

सकुन ने दीक्षा की किटी पार्टी की घटना को विस्तार से सुनाया। फिर अंत में बोली -

"दीक्षा मेम की छवि आपके सामने बनी रहे इस कारण वोजब तक आप लोग थे तब तक ऐसा नाटक करती रही। अच्छा बाबू जी मैं चलती हूँ, आगे घर में भी बर्तन साफ करना है। लेट हो जाऊँगी तो आगे तक लेट हो जाऊँगी। नमस्कार।"

सकुन अपनी आदत के अनुसार तूफान सी आई और आंधी सी चली गई। छोड़ गई विचारों के गुबार रामजीवन के मन में जो तीव्र गति से उथल पुथल कर रहा था।

"दया बाबू।"

"हूँ।"

"अब क्या करें।"

छोनों लिफ्ट के नीचे उतर कर सड़क पर आ गए। दया बाबू बोले।

"धूप में खड़े होने से अच्छा है कोई पेड़ देख लेते हैं उसी छाँव में खड़े होकर कुछ विचार करते हैं।"

दया बाबू और रामजीवन सड़क के एक तरफ चलने लगे। उनको दूर-दूर तक सड़क के किनारे पेड़ नहीं दिखा। घर के मुंडेरों पर गमले लगे थे जिन्हें देखकर दया बाबू बोले -

“जीवन बाबू। क्या ज़माना आ गया। आज एक भी पेड़ नहीं दिख रहा है जिसकी छाया में हम लोग कुछ देर सुस्ता लें। सबने अपने-अपने घरों में गमले लगा लिए हैं।”

“दया बाबू। गमले में लगे पौधे कभी पेड़ नहीं बनते। पेड़ वो ही बनेंगे जिनकी जड़ें ज़मीन से जुड़ी हो। यही गलती हमने भी की।”

“ऐसा क्या किया।”

“हमने अपना गाँव छोड़कर बहुत बड़ी गलती कर दी। आज हम भी एक गमले में लगे पौधे की तरह हो गए। जब तक गमले में पानी डलता रहेगा तब तक पौधा हरा रहेगा। जिस दिन पानी की कमी हुई पौधा सूख जाएगा। हमारे गाँव में जो पौधा एक बार ज़मीन में लग गया फिर उसे कोई पानी दे या न दे, वो ज़मीन से ही अपने हिस्से का पानी सोख लेता है। दया बाबू मानव, जीवन में कभी-कभी ऐसी गलती कर बैठता है जिसे वो चाहकर भी सुधार नहीं सकता।”

“जीवन भैया। ये बन्द दुकान की सीढ़ियों पर कुछ देर बैठ लेते हैं। ज्यादा चलने की आदत नहीं। बूढ़ी हड्डियाँ हैं। शरीर का बोझ नहीं उठा पा रही हैं। कुछ देर रुक कर चलते है।”

दोनों दुकान की सीढ़ियों पर बैठ गए। ठण्डी-ठण्डी हवा भी लगने लगी थी।

“जीवन बाबू।”

“हूँ।”

“बिना पता के रमेश बेटा को कहाँ ढूढेंगे।”

“मैंने तो आशा छोड़ दी। वो तो सावित्री के विश्वास को बनाए रखने के लिए यहाँ तक आ गया था। मैंने उसी दिन यह भांप लिया था कि बेटा हमसे अपना दामन छुड़ा रहा है। दया बाबू ये तो नियति का विधान है। कुछ देर के लिए हमारे विश्वास को ठेस तो लगती है लेकिन इससे होगा क्या?”

“चलो वापस चलते हैं।”

“सावित्री से मैं क्या कहूँगा।”

“कहेंगे कि संदेशा छोड़ दिया है जल्दी आएगा।”

“यह झूठ कब तक साथ देगा।”

"जीवन बाबू झूठ का सहारा लेंगे तो सावित्री भाभी कुछ दिन तक जी सकेगी। वर्ना सच का सामना करने की ताकत तो मुझे उनमें दिखाई नहीं दे रही है।"

"ठीक है। अब आप जैसा समझो।"

"जीवन बचाने के लिए कहा गया झूठ, पाप नहीं है।"

दया बाबू ने पास ही आ रहे ऑटो रिक्शा को रुकवाया और दोनों बैठ कर आपस में बातें करते हुए अपना घर की ओर लौट रहे थे।

अपना घर आते-आते शाम हो गई थी। सावित्री के कमरे मे झाँककर देखा सो रही थी। बाहर रखी कुर्सी पर दया बाबू और रामजीवन बैठ गए। पानी पीने के बाद रामजीवन ने कहा -

"समय कितनी तेज़ी से बदल रहा है। दया बाबू कुछ समझ में नहीं आता। जब अपना खून ही सफेद हो जाए तो पराया तो है ही पराया।"

"आपका कहना तो ठीक है लेकिन सारे बच्चे ऐसे नहीं होते। दुनिया में अभी ऐसे बच्चे हैं जो अपने बुजुर्गों का मान-सम्मान और आदर करते हैं, जिनकी मिसालें दी जाती है।"

"सच है लेकिन ऐसे बच्चों की संख्या कम है जिनका उदाहरण हम दे सकते हों।" रामजीवन कहते जा रहे थे।

"अब आप ही देख लो। वर्तमान समय में घर बनाते समय अपना कमरा, बच्चों का कमरा, अतिथि गृह, खाने का कमरा, बैठक, पूजा आदि की व्यवस्था तो की जाती है। लेकिन इस घर में माँ-बाप और दादा-दादी के लिए कमरा न के बराबर। इसी कारण से इन बुजुर्गों को अंत समय में वृद्ध ाश्रम पहुँचा दिया जाता है।"

"सच कहा जीवन बाबू आपने। शहर में ज़मीनों की कमी और पैसों की कमी के कारण मल्टी स्टोरी बिल्डिंग का चलन बढ़ा है जिसमें दो कमरे का फ्लेट ले लिया तो मानो जीवन का सबसे बड़ा काम कर लिया। अब तो चलन हो गया है छोटा घर और छोटा परिवार। पहले संयुक्त परिवार होते थे जिनमें बच्चे अपने बुजुर्गों का तथा बुजुर्ग अपने बच्चों का ध्यान रखते थे।"

"मैंने पहले भी कहा था समय बदल रहा है। आज किसी के पास समय नहीं है कि वो थोड़ा समय अपने परिवार को दे दें।"

इसी तरह की पारिवारिक विषयों पर गहन चर्चा कर रहे थे।तभी सावित्री कमरे से बाहर आती हुई दिखाई दी। दया बाबू ने सावित्री को आता देखा तो बोले -

"जीवन बाबू भाभी आ रही है। कुछ कहना मत।"

रामजीवन उठे और हाथ पकड़कर कुर्सी पर बिठा दिया। सावित्री कमजोर हो गई थी। पुत्र शोक ने उनकी चिन्ता बढ़ा दी थी जिस कारण से उनका स्वास्थ्य दिन प्रतिदिन घट रहा था। अब उनके चेहरे से भी रोगी होने का आभास हो रहा था। कराहती आवाज़ में बोली।

"क्या हुआ। कुछ पता चला बेटे का।"

"हाँ... हाँ...। घर पर तो ताला लगा था लेकिन सकुन मिल गई थी। बहुत बड़-बड़ कर रही थी। तुमको पूछ रही थी। कह रही थी माता जी को नहीं लाए।"

"बेटे का क्या हुआ।"

"मैंने कह दिया। जैसे तेरे साहब आए कहना हमने अपना घर में बुलाया है। तुम देखना सकुन, रमेश को जैसे ही बताएगी रमेश दौड़ता हुआ हमारे पास...।"

रामजीवन का गला भर आया। दया बाबू ने देखा तो वो रामजीवन की पीठ पर हाथ रखते हुए बोले -

"क्या जीवन बाबू। पूरी जिन्दगी कभी हार नहीं मानी और अब आकर इस उम्र में हार मान रहे हो। कैसे हो।"

"दया बाबू समझाओ इन्हें। अगर ये ही हिम्मत हार जाएँगे तो मेरा क्या होगा। बीमार मैं हूँ और रो ये रहे हैं।"

"अरे भाभी कौन कहता है कि आप बीमार हैं। आप जरा खाना-वाना समय पर खाईए फिर देखिए सब कुछ ठीक हो जाएगा।"

"मैं आपके लिए चाय बनवाकर लाता हूँ।"

दया बाबू ने कहा और भीतर चले गए। रामजीवन अपनी कुर्सी को सावित्री के करीब खींच कर ले आए, सावित्री का हाथ पकड़कर बोले -

"सब ठीक हो जाएगा। भरोसा रखो।"

"आप मेरे साथ हैं तो किस बात की परेशानी है लेकिन सुनो जी।"

"हाँ, बोलो न।"

"मेरा मन कहता है कि मैं अब ज्यादा दिन न रह पाऊँगी।"

"ऐसा नहीं कहते। अगर तुमने हिम्मत हार दी तो...।"

"नहीं सच कह रही हूँ। चलो अच्छा है। आपके कांधे पर सुहागन तो जाऊँगी। बस बेटे से मिलने की इच्छा रह जाएगी। मैं चाहती हूँ कि मेरी अस्थियों को हरिद्वार में विसर्जित करना। मैंने महादेव से मन्नत मांगी थी कि हे महादेव मुझे मौत कहीं भी देना लेकिन ऐसी व्यवस्था बनाना कि मेरी अस्थियाँ हरिद्वार की पवित्र गंगा में विलीन हो जाए।"

"फिर तुमने फालतू मरने-जीने की बात करना चालू कर दिया।"

"नहीं सच कहो न। एक बार तुम हाँ कह दो मैं समझूँगी कि मेरी मन्नत कबूल हो गई।"

रामजीवन ने सावित्री का हाथ अपने हाथ में कसकर पकड़ लिया और भरे गले से बोले-

"तुम चिन्ता मत करो जैसी तुम्हारी इच्छा। महादेव की कसम वैसा ही पूरा करूँगा।"

एक लम्बी साँस खींची सावित्री ने और एक तरफ गरदन लटका दी, जिसे देखकर रामजीवन बाबू चीख उठे -

"सावित्री...।"

रामजीवन की चीख सुनकर वहाँ खड़े-बैठे सारे बुजुर्ग उठकर इनके पास आ गए। उठाकर कमरे में ले जाया गया। दया बाबू तुरन्त एम्बुलेंस बुलाकर अस्पताल ले गए जहाँ सावित्री का तत्काल इलाज चालू हुआ।

देर रात के बाद सावित्री को होश आया। धीरे से कहा -

"पानी।"

पास ही रामजीवन बैठे थे जिनकी आँखों से नींद कोसों दूर थी। वैसे भी इस उम्र में नींद न आने की शिकायत बनी रहती है। तुरन्त एक गिलास पानी भर कर दिया सावित्री को आपने बाएँ हाथ से उठाकर दाहिने हाथ पर पानी पिलाया। पानी पीने के बाद सावित्री रामजीवन से बोली -

"अब ठीक लग रहा है। आप भी थोड़ा सो लो कब तक जागोगे। कहीं ऐसा न हो कि मेरी देखरेख करते-करते आप बीमार हो जाओ।"

"तुम मेरी चिन्ता करना छोड़ दो। बस बिना कुछ चिन्ता के आराम करो। सोने की कोशिश करो।"

सावित्री ने आँखें बन्द कर ली। धीरे से कहा –

"मैं भी महादेव से गुहार लगा रही हूँ कि मुझे हमेशा के लिए सुला ले। अब यह जीवन और नहीं जिया जा रहा है।"

"ऐसा क्यों बोल रही हो। मैं कह रहा हूँ न कि सब ठीक हो जाएगा। दया बाबू है। माता देवीश्री, दौलतिया है ये सब सुबह होते ही तुमसे मिलने आएँगे।"

"ये सुबह कब होगी।"

"अभी रात के तीन बजे हैं। बस कुछ ही घण्टों में सुबह हो जाएगी।"

"ठीक है। मैं सोती हूँ। आप भी एक झपकी ले लो।"

रामजीवन ने सावित्री का माथा सहलाना प्रारंभ किया। सावित्री को रामजीवन के हाथों का स्पर्श अच्छा लग रहा था। स्नेह से भरा हाथ किसी दवा से कम नहीं होता। सावित्री को नींद आ गई थी। रामजीवन भी कुर्सी पर सर टिका कर नींद लेने लगे थे।

सुबह सूरज तो निकला परन्तु सावित्री उसे देख न पाई। सावित्री की साँसों ने शरीर का साथ छोड़ दिया। बेजान शरीर अस्पताल के बिस्तर पर शांत था। बाहर अपना घर के लोग एकत्रित हो चुके थे। माता देवीश्री का वाहन आकर रुका। दया बाबू माता के निकट जाकर खड़े हो गए। माता देवीश्री तीव्रता से उतरकर अस्पताल के भीतर चलने लगी। पास खड़े दया बाबू से धीरे से पूछा -

"रामजी कहा हैं।"

"रामजीवन बाबू अन्दर ही है।"

कमरे के बाहर रामजीवन बाबू नम आँखों से खड़े थे। माता देवीश्री उर्फ दौलतिया को देखकर रामजीवन की बूढी आँखों से तीव्र आँसुओं की धार बहने लगी। माता आंसुओं को पोछते हुए बोली।

"न राम जी न, अपने को संभालो। आप हिम्मत हार जाओगे तो कैसे काम चलेगा।"

"बेटे की आवाज़ सुनने के लिए तरस गई। कई बार फोन लगवाया लेकिन फोन न उठा। एक बार फोन उठा ले तो यह बता दूँ कि बेटा माँ अब इस दुनिया में नहीं रही। कम से कम अंतिम दर्शन कर ले लेकिन महादेव की मर्जी न जाने कौन से पाप की सजा दे रहा है हमें।"

सावित्री के शव को अस्पताल से लेकर अपना घर में अंतिम यात्रा के लिए तैयार किया गया। माता देवीश्री के देव पुत्रों ने रमेश का पता लगाने का भरसक प्रयास किया। न तो फोन उठा और न ही उसके निवास का पता चला। श्मशान घाट पर रामजीवन ने सावित्री की चिता को मुखाग्नि दी और सावित्री धीरे-धीरे पंचतत्व में विलीन हो रही थी।

समय कभी भी किसी के लिए नहीं रुकता बल्कि मानव को ही समय की प्रतीक्षा रहती है। रामजीवन और दया बाबू कुर्सी पर बैठे थे। प्रातःकाल की चाय पी चुके थे। दया बाबू ने कहा -

"अब जो होना था सो हो गया। अब अपना मन हल्का करो। भाभी की अस्थियों के विसर्जन की सोचो।"

"दया बाबू। उसकी अंतिम इच्छा थी कि उसकी अस्थियों को हरिद्वार ले जाऊँ। यह उसने मन्नत भी मांगी थी। देवपुर महादेव के मंदिर में गाँव छोड़ने से पहले मन्नत के धागे भी बांधे थे। लेकिन मेरे पास तो कुछ पैसे नहीं हैं। गाँव जाकर भी क्या करूँगा। वहाँ भी खेती बंजर पड़ी है। गाँव किस मुँह से जाऊँ। गाँव के लोग समझेंगे कम हँसेंगे ज्यादा। दया बाबू मैं क्या करूँ, मेरी तो कुछ समझ में नहीं आ रहा है।"

"ईश्वर पर विश्वास रखो। महादेव इतने कठोर न होंगे कि भाभी की अंतिम इच्छा को पूरा करने का रास्ता न निकालें। मैं माता देवीश्री से कहता हूँ। हो सकता है कि वो कुछ हमारी मृद कर सकें।"

माता का नाम सुनकर एक पल के लिए रामजीवन के चेहरे पर प्रसन्नता उभरी फिर मुरझा गई। उदास मन से बोले -

"दया बाबू माता देवीश्री से कहना उचित रहेगा। वो क्या सोचेगी।"

"देखो जीवन भैया। ये समय सोचने-विचारने का नहीं है। ये समय है भाभी की अंतिम इच्छा पूरी करने का। तरीका कोई भी हो कैसा भी हो। हमें उनकी इच्छा की पूर्ति करनी है। नहींतो उनकी आत्मा को शांति नहीं मिलेगी। आप शांत रहो, मैं होकर आता हूँ।"

दया बाबू उठे और उन्होंने बाहर रखी अपनी चप्पल को पहना। अपना घर से बाहर निकलने लगे तभी रामजीवन ने आवाज़ दी -

"दया बाबू। जरा सुनो।" दया बाबू रुक गए।

"मैं भी चलता हूँ।"

दोनों एक साथ ऑटो रिक्शा में बैठकर माता देवीश्री के आश्रम की ओर चलने लगे। रामजीवन बाबू सोच रहे थे -

"गाँव में जो हमारे भरोसे रहा करते थे, समय ने आज ऐसा पलटा खाया कि आज हम उन पर भरोसा करने जा रहे हैं कि शायद वो हमारी कुछ मद्द कर दे।"

समय आसान काम को कठिन बना देता है और कठिन काम को आसान, समय प्रत्येक मानव को ऊपर उठने का एक अवसर देता है। यदि

मानव उस अवसर को चूक गया तो समय को वापस लाना, मानव के बस की बात नहीं।

रामजीवन भी समय से चूके हुए मानवों में से एक है। गाँव में उपजाऊ ज़मीन, अपना मकान और एक मान-सम्मान का व्यक्तित्व छोड़कर शहर में पुत्र मोह के चलते आ गए। बेटे ने पत्नी को प्रसन्न रखने के लिए माँ-बाप को बेघर कर अपना घर में ला छोड़ा।

ऑटो के रुकते ही रामजीवन बाबू की चेतना वापस आई। दया बाबू ने रामजीवन को हिलाते हुए कहा -

"यार कहाँ खो जाते हो। जब देखो तब चिन्ता में डूबे दिखाई देते हो। देखो माता देवीश्री का घर आ गया। उतरो।"

रामजीवन को लगा शायद वही कुछ गलत कर रहा है जिस कारण से दया बाबू नाराज़ हो रहे हैं।

माता देवीश्री को देवपुत्री ने बताया कि अपना घर से दया बाबू आए हैं, तो माता जी तीव्रता से बाहर आई। दरवाज़े पर रामजीवन को खड़ा देखा तो बोली -

"अरे आप बाहर क्यों हैं। भीतर आईए ना।"

"न अभी समय उचित नहीं है। इसलिए बाहर ही ठीक हैं।"

"अच्छा तो बाहर कुर्सी पर बैठकर बात करते हैं।"

दया बाबू और रामजीवन दोनों छोटे से बने बगीचे में रखी कुर्सी पर बैठ गए। माता जी भी उनके सामने बैठ गई। देवपुत्री अब तक जलपान की व्यवस्था कर चुकी है। दया बाबू से माता ने कहा -

"हाँ दया बाबू बोलो कैसे आना हुआ।"

"अब आप से हम लोगों की स्थिति छुपी नहीं है। जीवन बाबू का कहना है कि भाभी की अस्थियों को हरिद्वार लेकर जाना है।"

"अरे इससे अच्छी बात क्या है। बिल्कुल ले चलेंगे।"

"लेकिन हमारे पास पैसा नहीं है।"

"अरे आप चिन्ता मत करो महादेव का आशीर्वाद है हमारे ऊपर, कब चलना है।"

"कल।"

रामजीवन ने कहा।

"ठीक है। कल सुबह गाड़ी आपके पास पहुँच जाएगी। मैं भी साथ चलूँगी।"

दोनों कोलगा कि सावित्री की मन्नत वास्तव में आज पूरी होती दिखाई दे रही है।

माता ने अपने वाहन से दोनों को अपना घर तक छुड़वा दिया। दोनों ने कुर्सी पर बैठकर राहत की साँस ली। रामजीवन ने कहा–

"दया बाबू आज भी ईश्वर है। लोग गलत कहते हैं कि ईश्वर नहीं है। ईश्वर की शक्ति का अंदाजा नहीं लगाया जा सकता। हे महादेव आपकी महिमा अपरम्पार है।"

रामजीवन अपने दोनों हाथों को जोड़कर देवपुर के महादेव का स्मरण कर प्रणाम कर रहे थे।

सुबह अस्थि कलश को लेकर लाल कपड़े में बांध लिया गया। बड़े से वाहन में वाहनचालक और उसके बगल में एक देवपुत्र बैठा था। पीछे की सीट पर माता देवीश्री, बीच में अस्थिकलश को पकड़े रामजीवन, उसके बाद दया बाबू बैठे थे। माता देवीश्री ने कहा -

"चलें, दया बाबू।"

"जी माताजी।"

"बोलो हर-हर महादेव।"

सभी ने जोर से हर-हर महादेव के नारे लगाए। गाड़ी चल दी। रामजीवन ने कहा -

"एक बार बेटे को और फोन लगा देते। हो सकता है कि अबकी बार उठ जाए तो कम से कम माँ की अस्थियों के अंतिम दर्शन कर लेता।"

माता देवीश्री ने आगे बैठे देव पुत्र को कहा। देवपुत्र मोबाइल पर नम्बर डायल कर रहा था। उधर से मोबाइल की घण्टी बजने की आवाज़ आ रही थी लेकिन कोई फोन नहीं उठा रहा था।

वाहन देर तक नियत गति से चलता रहा। सभी शांत बैठे थे। रामजीवन अस्थिकलश को अपनी गोद में किसी बच्चे की तरह संभाले हुए थे। रामजीवन, दया बाबू के कांधे पर सर रखकर गहरी नींद में सो रहे थे। दया बाबू, रामजीवन के सरके बोझ से दबे जा रहे थे। उन्होंने अपने हाथ से रामजीवन के सर को हिलाया परन्तु उनका सर हिल न रहा था। दया बाबू को लगा मानो रामजीवन गहरी नींद में हमेशा के लिए सो गए। दया बाबू को अपने शरीर पर रामजीवन के शरीर का बोझ उतना न लग रहा था जितना कि उनकी आत्मा पर इस बात का बोझ था कि जिस पुत्र के लिए मन्नत के धागे बांधे थे आज वो धागा टूट गया और मन्नत अधूरी रह गई।

दया बाबू ने रामजीवन के देह को अपने कांधे से न हटाया। गाड़ी तीव्र गति से हरिद्वार की ओर एक नियत गति से चली जा रही थी। सावित्री की मन्नत को पूरा करने के लिए...।

www.ingramcontent.com/pod-product-compliance
Lightning Source LLC
LaVergne TN
LVHW100354181026
850499LV00037B/461

* 9 7 8 9 3 5 5 4 3 1 3 2 5 *